여신 비파

여신 비폐

류즈위, 김이석 옮김

류즈위 단편집

민음사

차례

항아는 응당 후회하리라   7

남의 아이   59

강가 모래섬에서   90

리치 사용 설명서   121

여신 뷔페   168

기차는 꿈을 꾼다   227

동창회   245

크리스틴   254

한국어판 『여신 뷔페』 작가의 말   290

추천사   295

항아*는 응당 후회하리라**

어둡고도 고요한 요가 교실 안, 통유리 창을 통과한 밤빛이 삼

* 중국의 '후예사일, 상아분월(后羿射日, 嫦娥奔月. 후예는 해를 쏘고, 상아는 달로 도망치다.)' 신화에 나오는 인물로 한국에서는 달에 사는 선녀인 월궁항아로 널리 알려져 있다. 원래 이름은 항아(姮娥)인데 전한 시대 문제(文帝)의 이름과 발음이 같아 피휘(避諱)하여 상아(嫦娥)라고 불리게 되었다. '후예사일, 상아분월' 신화는 다음과 같다. 옛날 중국의 하늘에 열 개의 태양이 떠올랐고, 그 열기에 세상이 환란에 빠졌다. 뛰어난 궁수였던 후예가 화살을 쏘아 아홉 개의 태양을 떨어뜨리자 세상에는 하나의 태양만 남게 되었다. 태양들은 천제의 자식이었기에 이를 알게 된 천제가 크게 분노하여 후예와 그 아내인 항아를 지상으로 내쫓았다. 훗날 후예는 서왕모로부터 장생불로 약을 얻었는데, 항아가 혼자 이 약을 먹고 달로 날아갔다. 어찌하여 항아가 홀로 장생불로 약을 먹었는지에 대해서는 설(說)이 여럿이다. 후예의 제자인 봉몽(逢蒙)이 위협하자 빼앗기지 않기 위해서 먹었다는 설도 있고, 독차지하려는 욕심 때문이었다는 설도 있으며, 폭군인 후예의 장생불로를 막고자 훔쳐 먹었다는 설도 있다. 또한 후예가 하백의 부인과 바람이 난 것에 불만을 품어 약을 먹고 후예를 떠나 달로 가 버렸다는 설도 있다.
** 당나라 시인 이상은(李商隱)의 시 「상아(嫦娥)」의 "상아는 영약을 훔친 것을 후회하리라.(嫦娥應悔偸靈藥)"라는 구절에서 따왔다.

면의 거울에 반사되자 사방에 별이 총총한 밤하늘이 펼쳐졌다. 가까우면서도 아득한 밤하늘이.

이럴 때마다, 이럴 때만 나는 이 모습이야말로 내가 바라던 월궁(月宮)이라고 생각했다. 신들이 내게 주었던 월궁도, 사람들이 상상했던 월궁도 나는 영 마뜩잖았다.

찰나처럼 짧고도 작은 이곳 월궁 안에는 연노란색 고치가 열 개나 걸려 있었고, 라벤더와 파촐리, 일랑일랑의 향기를 맡으며 수강생들이 해먹에 몸을 맡긴 채 시체 자세인 사바아사나를 하고 있었다. 나는 평소처럼 무작위로 고치 하나를 골랐고, 안에 마이크를 넣어 줬다. 나조차도 누구의 것인지 알아들을 수 없는 목소리가 교실 사방에 걸려 있는 스피커를 통해 전해졌다.

"……그 뒤로 그는 우리 둘을 다 아는 친구들에게 이렇게 말했어요. 제가 가게를 열 수 있었던 건 물주가 뒤에서 스폰해 줘서였다고, 제가 돈에 눈이 멀어서 자기를 버린 거라고요. 하지만 저는 애초에 그와 사귄 적이 없는걸요. 또 어떤 사람에게는 이렇게 말하더라고요. 누구든 저와 사귄다면 그건 쓰레기를 재활용하는 거라고, 남들이 갖고 놀다 버린 여자를 줍는 거라고요."

사바아사나를 할 때는 수강생 중 한 명만 발언할 수 있었다. 이게 '분월(奔月)요가'만의 문화였다. 내가 맡은 수업이나 다른 이가 맡은 수업, 하타 요가든 핫 요가든, 인 요가든 플라잉 요가든 모든 요가 수업에 공통된 문화였다. 어둠과 서라운드 음향의 보호 아래, 누구든 월궁 안에서 자기 목소리를 울려 퍼뜨릴 수 있는 것. 처음에는 발언을 주저했던 수강생도 나중에는 아주 좋아하게 되었다. 특히 분월 요가는 여성 전용 요가원이었다. 어쩌면 이 점이

묘한 안정감을 주는지도 몰랐다. 말을 뱉더라도 밖으로 새어 나가지 않고 진공상태인 월궁 안에 영원히 남을 테니.

그러나 이곳은 월궁이 아니었고, 진공상태도 아니었다. 어쩌면 오히려 그랬기 때문에 그녀들이 솔직하게 털어놓으려 한지도 몰랐다.

"그런데 매일 집 앞에서 절 기다려요. 마주치기만 하면 제게 이러는 거예요. 왜 자기한테 기회를 안 주느냐고요. 한번 만나 볼 수도 있는 거 아니냐고요. 뭐라더라, 친구로 시작하면 된대요. 굳이 이렇게 매몰차게 거절할 필요가 있느냐고 말이에요…… 웃긴다니까요! 제가 처음에 거절했을 때, 저보고 쌍년이라고 했었거든요. 사귀지 않을 거면 처음부터 자기한테 기회를 주지도 말았어야 했대요! 근데 이제 와서 이런 말을 하다니, 누가 들으면 제가 진짜로 너무한 줄 알겠어요! 그래서 집으로 돌아가지도 못하고 있다니까요. 매주 친구네를 전전하면서 지내요. 이사를 가려 해도 몰래 가야 한다고요……."

사바아사나가 끝난 뒤 나는 교실 불을 켰다. 월궁이 사라졌다. 수강생들이 하나둘 해먹을 뚫고 나왔다. 누군가는 바로 자리를 뜨지 않고 해먹 정리를 도왔고, 누군가는 샤워실로 씻으러 갔다. 어떤 이들은 옹기종기 모여 수다를 떨었고, 어떤 이는 고독한 영웅처럼 혼자 밖으로 나갔으며, 어떤 이는 내게 듣기 좋은 말을 들려주며 감사와 작별을 전했다.

주변의 분주하면서 소란스러운 발걸음에는 신경도 쓰지 않는 웨이니 같은 이도 있었다. 그녀는 해먹에 몸을 맡긴 채 박쥐처럼 잤다.

"일어나. 더 자면 숙박비도 받을 거야."

다가가 해먹을 흔들고는 다리를 살짝 들어 그녀의 엉덩이가 있을 법한 곳을 가볍게 찼다.

"아……."

해먹의 천을 걷어 내자 예상대로 웨이니의 얼굴이 드러났다. 자신은 아무 잘못이 없다는 듯한 순진무구한 표정이었다. 웨이니는 둥근 얼굴의 가느다란 눈을 비볐다. 여전히 졸린 듯 보였다. 그녀의 깊은 잠을 방해했다는 생각에 조금 미안한 마음이 들 정도였다.

"선녀 언니, 수업을 좀 더 늦은 타임으로 열어 줬어야 했어요."

수강생들은 나이대가 모두 달랐지만, 다들 나를 선녀 언니라고 불렀다. 누가 나이를 물어볼 때마다 나는 오백 살이 된 뒤로는 딱히 세 보지 않았다고 솔직하게 답했다. 그러자 처음에는 몇 번씩 캐묻던 수강생들도 더는 묻지 않았다. 내 대답이 바람난 자기 애인 혹은 배우자보다 더 확고하다는 걸 깨달았기 때문이었다. 대신 그들은 나를 친근하게 선녀 언니라고 불렀다.

다른 건 몰라도 이 호칭만큼은 내게 분명히 부합했기에 나도 그들이 그렇게 부르도록 그냥 내버려두었다.

"이미 충분히 늦게 열고 있어. 네가 나한테 하도 부탁해서 열어 줬다는 걸 잊지 말라고. 이 수업도 10시 반에야 끝나잖아. 나를 과로로 죽일 셈이야?"

해먹을 계속 흔들었다. 그러지 않으면 다시 잠들 터였다. 그녀는 정말 그랬다.

"그때 네가 나한테 약속했잖아. 이 시간대에만 열어 주면 남아서 정리하는 걸 도와주겠다고. 어서 가서 바닥 청소해. 안 그러면 이 시간대 수업을 없애 버릴 거야!"

웨이니는 슬피 울부짖더니 순순히 해먹에서 나왔다. 나는 이 아이를 참 좋아한다. 행정직인가 보조직으로 일한다고 했던 것 같다. 전화 교환원 비슷한 것일 수도 있고. 어찌 되었든 돈을 많이 버는 자리는 아니었다. 사장이 퇴근 시간에 맞춰 출퇴근 기록기 옆에 서서는 퇴근하는 직원들이 일을 제대로 마쳤는지 확인한다고 했다. 그래서 일 년 반 전에 수강 등록을 한 웨이니는 마지막 타임인 8시 반 수업에도 늦곤 했다.

그녀처럼 야근 때문에 수업 시간에 맞춰 올 수 없는 수강생들을 위해 나는 얼마 전 유명 동영상 공유 사이트에 채널을 하나 만들었고, 기초 요가와 스트레칭에 대한 영상을 올렸다. 그러나 오래 운영하지는 못했다. 모종의 이유로 업로드를 그만두었기 때문이다. 그런데도 이를 두고 나는 서왕모와 약간의 마찰을 겪어야 했다. 서왕모는 이러면 다음번에 다른 장소에서 새로운 삶을 시작했을 때 아주 곤란해질 수 있다고 했다.

사람의 특정한 기억을 없애는 데 능한 천신도 인터넷까지 어찌할 수는 없었으니까.

물론 서왕모의 불만이 그뿐만은 아니었다. 예를 들어 내가 여러 남자와 데이트했던 일을 두고 천계의 신들이 크게 분노했다고 한다. 내가 아녀자의 도리를 지키지 않았다나. 그래서 회의가 열릴 때면 그 분노를 서왕모에게 대신 풀었는데, 화가 치밀어 오르면 걸레 같은 암캐 선녀라는 말도 뱉었다고 한다. 인간 세상에서 쓰이는 욕들에 비해 딱히 신선하지도 않았다.

장생불로의 미모를 가지고 있으면 확실히 신분을 감추고 조용히 살아가기가 어려웠다. 하지만 그게 내 잘못인가? 만약 그때 내가 단약을 삼키지 않았더라면, 비열하면서도 옹졸한 한착(寒浞)*이 장생불로하게 되었을 것이다!

내가 할 수 있는 가장 큰 위협이라고는 조회 수가 폭발할 만한 영상을 몇 개 더 올려 그들이 증거를 지우느라 고생하게 만드는 것, 다수의 남성과 섹스하여 슬픔에 젖은 채 독수공방하는 젊은 과부라는, 그들이 바라는 이미지를 와장창 깨 버리는 것뿐이었다.

"선녀 언니는 말만 매몰차지 속은 전혀 안 그렇잖아요. 하나도 안 무섭거든요."

해먹에서 내려온 웨이니가 자기 허리를 만져 보며 말했다.

"근데 요가 수업을 하는데도 살이 전혀 안 빠졌네요. 젠장…… 깜짝이야. 그렇게 노려보실 거 없어요. 요가는 수련이 핵심이지 다이어트를 위한 게 아니라는 건 저도 알고 있다고요."

"잘 들어. 요가의 핵심이니 뭐니 이런 말들은 다 헛소리야. 체지방을 태워 살을 빼는 방법으로 가장 좋은 게 뭐냐면……."

"섹스잖아요. 계속 섹스하는 거. 죽을 듯 섹스만 하는 거."

* '후예사일' 신화의 후예는 본래 '예'라고 불렸다. 하나라 유궁(有窮) 부락의 지도자인 후예(기원전 1998~기원전 1940)가 뛰어난 궁술로 신화 속 존재인 예처럼 신격화되었는데, 반대로 예 또한 역사적 인물인 후예에게 영향을 받아 사람들에게 후예라고 불리게 되었다. 이 소설에서는 신화 속 후예와 역사 속 후예를 하나의 존재로 보았다. 한착(기원전 2013~기원전 1933)은 역사적 인물인 후예와 관련이 있다. 후예에게 중용되어 재상이 되었으나 나중에 후예를 죽여 군(君)의 자리를 빼앗았고 그 처첩도 차지했다.

웨이니가 내 말을 가로채고 먼저 말했다. 나는 참지 못하고 웃음을 터뜨렸다.

"선녀 언니 입에서 그런 말이 나오면요, 정말 위화감이 든다니까요. 그러면서도 아주 설득력이 있어요."

웨이니는 방긋 웃더니 자기가 쓴 해먹을 정리했다. 쾌활하게 도구실로 달려가서는 물통과 대걸레를 꺼내 청소를 시작했다. 사실 매일 아침 계약한 청소 회사에서 사람이 나와 청소를 해 주었다. 수업이 끝난 뒤에 청소를 도우라고 한 건 별생각 없이 대충 걸었던 조건이었다. 그런데 그녀는 수업에 오기만 하면 거의 매번 약속을 지켰다.

노래를 흥얼거리는 웨이니를 보자 나도 모르게 집에 있는 강아지 미투(咪兔)가 생각났다. 웨이니와 미투 모두 통통하면서도 폭신했으며 애교 부리기를 좋아하는 젊은 여성이었다. 내가 웨이니의 여러 요구를 좀처럼 거절하지 못했던 건, 요가 강의 영상을 찍거나 늦은 시간의 수업을 추가로 열어 줬던 건, 어쩌면 둘이 너무 닮아서일지도 몰랐다. 둘은 아주 오래전 옛날을 떠올리게 했다. 세상의 절반에 달하는 인간들이 태어날 때부터 쉬이 자기를 다치게 만들 수도 있다는 걸 몰랐던, 듬뿍 사랑받는 시절에 머물러 있는 바로 그 항아를.

오늘은 카운터 직원이 생리 휴가를 썼다. 그래서 웨이니가 바닥을 닦았고, 남은 사람이 없는지 샤워실을 확인했으며, 도구실에 요가용품을 가져다 놓았다. 마지막으로 떠나는 수강생이 나와 짧은 대화를 마친 뒤 밖으로 나서고 나서야 우리 두 사람은 각자의 가방을 멘 채 입구 쪽으로 갈 수 있었다.

"오늘은 네가 불을 끌 수 있게 해 줄게."

"진짜요?"

웨이니는 크게 기뻐했다. 그녀도 나처럼 불 끄는 것을 매우 좋아했다. 하루를 완벽하게 끝내는 의식과도 같다고 했다. 아마도 늘 대낮처럼 밝은 회사에서 영원히 불을 끄지 못한 채 야근을 해야 했기에 그런 듯했다. 반면 나는 그냥 밝은 게 싫었다. 특히 요가 교실의 거울들이 서로 빛을 반사하면서 빛날 때면, 무한히 펼쳐지는 넓고도 황량한 공간을 마주할 때면, 나는 늘 광한궁(廣寒宮)을 떠올렸다. 어느 방향으로 걷든 복도와 누각이 자동으로 복제되듯 펼쳐졌던 광한궁, 영원히 촛불이 꺼지지 않던 광한궁, 영원히 벗어날 수 없었던 광한궁.

전등 불빛이 한 줄씩 다 꺼진 것을 확인하는 일은 나에게 일종의 치료 행위와도 같았다.

그녀는 신이 나서 문 옆의 조명 제어함을 향해 달려갔고, 탁탁탁 소리를 내며 전등 세 줄을 연이어 껐다. 그런데 작은 무언가가 갑자기 교실 안으로 뛰어 들어왔다. 나는 부딪히기 직전에 재빨리 옆으로 피했다. 그 사람은 나와 웨이니가 상황을 파악하기도 전에 몸을 돌렸고, 힘껏 유리문을 닫았으며 유리문 양쪽에 달린 자물쇠도 잠가 버렸다.

깜짝 놀란 웨이니가 소리를 질렀을 때였다. 또 다른 누군가가 득달같이 달려오더니 문 바깥에서 미친 듯이 유리문을 두드렸다.

"나와! 나오라고! 씨발, 이 미친년이 날 망신시키려고 작정했어. 단단히 혼을 내야 나를 물로 안 보지!"

요가 교실 안으로 들어온 이는 숨을 헐떡이면서 계속 뒷걸음질을 했고, 나와 다시 부딪힐 뻔했다. 그 사람을 붙잡고 나서야 나는 그녀가 막 수업을 끝내고 나갔던 렌 엄마임을 알아보았다. 렌 엄마는 말 그대로 렌의 엄마라는 뜻이었다. 렌팡의 엄마로 나이는 환갑쯤 되었다. 이곳에서 반년 정도 수업을 들은 렌팡이 어버이날 선물로 자기 엄마에게 일 년 수강권을 선물하면서 렌 엄마도 이곳 수강생이 되었다. 환불이 안 되는 수강권이었기에 아무리 돈을 아낀다 할지라도 얌전히 요가원에 와서 수업을 들을 수밖에 없었다. 렌 엄마도 그런 경우였다.

다시 뒷걸음질하다가 자기 발에 걸려 넘어질 뻔한 렌 엄마를 부축한 뒤 나는 유리문 너머에서 소리를 지르고 있는 남자를 보았다. 늘 그러했듯 남성적인 특징이 가득한 얼굴을 똑똑히 볼 수 있었지만, 그 생김새는 제대로 인지할 수 없었다. 말도 마찬가지였다. 연달아 이어지는 소리는 확실하게 들렸고, 생각 끝에 그것이 욕설이라는 걸 알 수 있었지만, 정확히 어떤 내용인지는 시종일관 알 수 없었다. 확실하게 알 수 있는 유일한 건, 그가 문손잡이를 붙잡고 거세게 흔들고 있다는 사실이었다. 유리문과 금속 잠금장치가 서로 격렬하게 맞부딪치면서 귀에 거슬리는 소리가 나고 있다는 것도.

그 소리는 날카로우면서도 독이 묻은 발톱처럼 나를 움켜잡았고 멀리 날아올라 끝없는 기억의 시공간 속으로 나를 내동댕이쳤다.

쾅쾅.

그가 처음으로 상을 하사받았을 때였다. 그는 어린아이처럼 들떠서 내게 의기양양 하사받은 보물들을 자랑했다. 자기 건 다 내 거라고 몇 번이나 말하면서 내 몸에 하나씩 걸어 주었다.

이 장면에서 가장 이질적인 존재는 바로 그였다. 그에게 보석이 가당키나 했던가.

콩콩.

늘 힘이 무궁무진했기에 남편은 반드시 쇠사슬로 묶여야 했다. 건장한 남성 몇 명이 달려들어 그를 끌고 갔고, 겨우 그를 내게서 떼어 놓았다. 쇠사슬이 서늘한 옥석 바닥에 부딪히면서 우렁찬 소리가 났다. 콩콩. 항아, 항아…… . 그는 외쳤다. 항아. 콩콩. 항아. 그의 목소리로 전해지는 내 이름이 쇠사슬 부딪히는 소리에 점점 뒤덮이더니 옅어지며 멀어졌다.

콩콩.

매일 밤 한착이 와서 문을 두드렸다. 매일 밤 다른 보물을 가져와서는 큰 소리로 문을 두드렸다. 나보고 문을 열라고 했다.

나는 그가 뭘 원하는지 알고 있었다. 그는 모든 걸 원했다. 그는 이 보물들을 원했다. 그는 후예의 여인을 원했다. 어디에 숨겨져 있는지 오직 나만 아는 장생불로 약을 원했다. 내가 기꺼이 자신을 따르기를 원했다. 그래야만 자신이 배신자가 아니라 건실한 군주가 될 수 있는 이라고 천하에 알릴 수 있었을 테니까.

한착의 눈에 나는 항아도 아니었다. 이름이 없는 존재였다. 그저 머리 위에 '왕의 여자'라는 아름다운 왕관이 쓰인 존재. 또한 그에게 나는 왕좌로 갈 수 있는 음도(陰道)*였다. 그는 왕의 자리

---

* 음도는 정도(正道)에 반대되는 말일 뿐만 아니라 여성의 생식기를 의미하기도 한다.

를 제대로 찬탈했다고 느끼기 위해서라도 반드시 후예의 형상을 자기 형상으로 만들어야 했다.

이때 나는 그를 매우 두려워하면서도 미워했었다. 그와 동시에 마음속 깊이 이렇게 믿고 있었다. 내가 이 문을 지키고 있는 건 내 남편을 위해서야. 나 자신을 위해서가 아니야. 안타깝게도 그렇게 믿고 있었다.

쾅쾅.

나는 내내 문을 열지도 그를 맞아들이지도 않았다. 문밖의 보물들이 더 큰 소리를 내며 부딪혔고, 분노가 담기면서 문을 두드리는 소리가 격렬해졌다. 욕설과 고함, 문맥 없는 모욕이 이어졌다.

"문 열어! 문 열라고. 해진 걸레 같은 게 어디서 고고한 척이야. 누가 먹어 준다니까 좋아서 몰래 웃고 있잖아. 당장 문 열라는 말 안 들려!"

이건 사천 년 전에 있었던 일 아닌가? 헷갈렸다. 사람을 어지럽게 만드는 기억의 어긋남 속에서 갑자기 모든 게 뒤죽박죽되어버렸다. 시간도 공간도 순서도 다 헷갈렸다.

쾅쾅.

"선녀 언니, 어쩌죠?"

웨이니의 목소리가 나를 다시 요가 교실로 데려왔다.

"일단 불을 다 꺼. 카운터 옆에 가서 숨은 다음에 전화로 신고하자."

나는 속삭이고 나자마자 내 행동에 혐오감을 느꼈다. 사실 우리가 이 공간에 머무는 한, 출입구가 저 사람에 의해 막혀 있는 한, 소리를 작게 내거나 어딘가에 숨더라도 우리는 안전해질 수 없었다. 그저 선천적으로 약한 존재가 자기 몸을 강한 존재로부터 숨기려는 본능일 뿐이었다. 사천 년 전 침궁에서 한착이 오는 소리에 바로 몸을 숨겼던 것과 같은 본능일 뿐이었다.

그러니까 빌어먹을 사천 년이나 지났는데도 나는 여전히 같은 상황에 놓여 있고, 아직도 쓸데없이 동물적 본능에나 사로잡혀 있다는 건가? 퉤.

어둠 속에서 나와 웨이니는 렌 엄마를 데리고 유리문 너머에서 잘 보이지 않는 카운터 쪽으로 갔다. 나는 전화로 경찰에 신고했고, 웨이니는 렌 엄마를 안심시켰다. 요가하기 편하도록 질끈 묶었던 렌 엄마의 머리카락은 흐트러져 딱한 몰골이 되어 있었다. 수업 때 입었던 요가용 바지 차림이었고, 운동용 민소매 위에 헐렁한 티셔츠를 입고 있었다. 새하얀 티셔츠와 그녀의 팔뚝, 뺨에는 얼룩과 핏자국이 있었는데 어디를 다쳤는지는 잘 보이지 않았다. 렌 엄마는 카운터 옆 구석에 웅크린 채 울지도 않았고, 소리를 지르지도 않았으며, 말도 하지 않았다. 아무 소리도 내지 않았다. 마치 문밖에 있는 남자가 모든 소리를 빼앗아 펑펑 쓰고 있는 듯했다.

이런 버전의 인어공주 이야기도 있을까? 왕자라고 여겼던 이가 알고 보니 가장 소중한 목소리를 앗아 간 마녀였다는 이야기.

렌 엄마의 감정을 느낄 수 있었던 유일한 순간은 그녀의 어깨에 손을 내려놨을 때였다. 그녀의 몸 깊은 곳에서 충격의 울림이 전해졌다. 그걸 떨림이라고 부를 수 있을까. 내 생각에 그것은 떨림 이상의 무엇이었다.

나는 카운터 위에 있는 물티슈를 두 장 뽑아 렌 엄마에게 건넸다. 그녀는 물티슈를 쥐고만 있었다. 자기가 뭘 쥐고 있는지도 전혀 모르는 듯했다.

"렌 어머니, 밖에 있는 저 사람이 남편인가요?"

그러자 렌 엄마가 고개를 가로저었다. 그런 뒤에는 고개를 끄덕였고, 다시 가로저었다.

"우리는, 같이 살아요."

연로한 경비원이 숨을 헐떡이며 달려왔다. 곧이어 유리문 너머에 몇 사람의 모습이 추가되었다. 어떤 이는 경비원에게 남의 집안일에 참견하지 말라고 했고, 어떤 이는 포효하는 남자에게 계속 말을 걸었다. 만류하는 것처럼 행동했지만, 내뱉는 말은 전혀 그렇지 않았다.

"롱 형, 형이 너무 잘해 주는 거야. 요가 수업 같은 건 왜 듣게 해? 살을 뺄 거면 집안일이나 더 하라고 하면 될걸."

"옷 입은 꼴이 진짜 어이없네. 왜 남들 다 보게 엉덩이를 까고 다녀. 바보도 저렇게는 안 입겠다."

"자기 나이를 생각해야지. 대체 누구에게 보여 주려는 거야? 부끄러운 줄도 모르고."

"집으로 데려가서 혼을 내. 여기서 시끄럽게 구는 건 보기 안 좋으니까. 쟤는 부끄러움을 몰라도 너는 아니잖아."

카운터 쪽에서는 바깥이 잘 보이지 않았다. 하지만 대화 소리로 알 수 있듯이 저 중에는 여성도 있었다. 남녀가 불평등하다는 페미니스트들의 비판과 달리 여성을 모욕하는 일에서는 남녀가 평등해 모두에게 책임이 있었다. 여성도 둘째가라면 서러웠다.

경찰이 도착하고 나서야 나는 유리문을 열었다. 문밖에는 남성 셋에 여성 한 명이 있었는데 얼굴이 하나같이 모호하게 보였다. 나는 그들의 입이 벌어졌다가 다물어지는 것만 구분할 수 있었다. 지겨울 만큼 진부한 위협과 당당한 궤변, 자기 집안일에는 경찰이 나설 필요가 없다는 단골 멘트도 빠지지 않았는데 여기에 멍청한 허세까지 더해졌다. 이 모든 게, 정말로 이 모든 게 너무나 지겨웠다. 귀뿐만 아니라 자궁에도 딱지가 앉을 듯했다. 렌 엄마는 이상하리만치 조용했다. 너무 조용해서 욕을 퍼붓는 이가 민망해할 정도였다. 그는 경찰 앞에서 렌 엄마에게 주먹을 휘둘렀고, 사람들이 곧 그를 만류했다. 그야말로 난리법석이었다. 결국 그들은 소란을 피운 죄로 경찰차에 탔고, 싸움을 만류하던 이들도 함께 가게 되었다.

사람을 짜증 나게 만드는 대화에 더는 끼고 싶지 않았지만, 참고인 진술을 해야 했기에 나와 웨이니도 경찰서로 갔다.

공권력의 위엄을 보여 주기 위해서일까, 어느 시대에든 경찰서 안은 늘 환했다. 백열등 불빛은 모든 애매함과 상상을 거절했고, 차가움과 날카로움만을 추구했다. 그러나 소리만큼은 이와 상반되었다. 다른 사건으로 경찰서를 찾은 이들이 언쟁을 벌이며 내는 갖가지 소리들을 차단하고 나서야, 이 사건에 대한 언쟁에만 집중하고 나서야, 나는 어쩌다가 이런 다툼이 벌어지게 되었는지 퍼즐의 조각을 끼워 맞출 수 있었다.

렌 엄마는 요가 수업이 끝나자마자 근처에 있는 볶음 요릿집으로 향했다. 동거인과 그 친구들의 모임에 참여하기 위해서였다. 그런데 같은 테이블에 앉은 이가 요가 바지와 운동용 민소매의 어깨끈이 드러나는 헐렁한 티셔츠를 입은 렌 엄마가 지나치게 음란하다며 수준 낮은 농담을 했다. 이에 분노한 동거인은 저질스러운 농담을 한 친구가 아니라 렌 엄마를 때렸다. 렌 엄마는 바로 도망쳤고, 숨을 곳을 찾다가 요가 교실까지 오게 된 거였다.

엄청난 일이 있었을 거라고 여기지도 않았지만, 이 이유는 나를 좀 절망시켰다. 여와조차 메울 수 없는 커다란 구멍이 있었으니까.* 그러나 하나하나 지적하기도 귀찮았다. 진화론이라는 것이 인류가 수천 년 동안 점점 똑똑해졌다고 장담하지 않았던가? 적자생존을 통해서 살아남은 이들이 이렇게 폭력적이면서도 우둔하다고?

작은 경찰서 안에는 각종 논쟁이 가득했다. 아마 막 제거한 발가락 각질만큼이나 중대한 일일 터였다. 5시 방향에서는 경찰이 가슴을 치면서 성희롱을 했다는 날카로운 고함이 전해졌다. 곧이어 귀찮음이 잔뜩 묻어나는 또 다른 목소리가 이렇게 말했다. 그건 여경이었고요. 우리도 절차와 규칙이라는 게 있습니다. 누명을 씌우시면 곤란하죠, 아주머니. 8시와 10시 방향 사이에서는 서로 떨어뜨려 놓은 게 분명한 두 여성의 욕설이 전해졌다. 내용으로 짐작건대 10시 방향이 본부인이었고 8시 방향이 불륜녀였다. 그런데 나는 본부인과 불륜녀 사이에 존재할 또 다른 당사자의 목소리는 들을 수 없었다. 남자의 목소리든 여자의 목소리든.**

* '여와보천(女媧補天)' 신화에서 여신인 여와는 오색 돌을 녹여 하늘의 구멍을 메우고 자라의 다리를 잘라 기둥 네 개를 만들어 하늘을 떠받친다.
** 2019년 5월 17일 타이완 입법원(국회)이 행정원에서 제출한 동성혼 특별법을 통과시키면서 타이완은 아시아 최초로 동성혼을 법제화

웨이니는 혈기 왕성한 나이답게 격분했다. 렌 엄마를 편들어 욕을 해 댔고, 우리가 몸에 딱 붙는 옷을 입는 건 그래야 선생님이 몸동작을 제대로 보고 부정확한 자세를 고쳐 줄 수 있기 때문이라고 진지하게 설명했다. 문제가 있는 것은 엉덩이까지 가리는 헐렁한 티셔츠를 입은 사람을 두고 저질스러운 농담을 하는 사람들이지, 수업이 끝나자마자 다급히 귀가하느라 샤워도 못 하고 옷도 갈아입지 못한 렌 엄마가 아니라고 했다. 또 렌 엄마가 요가 수업을 듣는 건 그녀의 자유라고, 동거인의 허락 따위는 필요 없다고 했다. 게다가 수강료도 동거인이 내 준 게 아니라고. 또……음, 또 뭐라고 했더라? 사실 나도 집중해서 듣지는 않았다. 이때 나는 어떻게 해야 찰스 다윈을 지옥에서 끌어내 진화론에 무슨 문제가 생긴 거냐고 따질 수 있을지 생각하느라 바빴다.

"아가씨, 진정 좀 하세요. 그렇게 히스테릭하게 군다고 사건 해결에 딱히 도움이 되지는 않습니다."

거의 똑같은 말이 양쪽에서 동시에 울렸다. 하나는 5시 방향의 경찰 성희롱 현장에서, 다른 하나는 내 앞에서 전해졌다. 옆에 있는 나조차 기진맥진하게 할 만큼 피로가 극에 달한 듯한 경찰이 자기 의견을 격앙된 말투로 밝히고 있는 웨이니에게 말했다.

사실 나는 웨이니가 히스테릭하다고 생각하지 않았다. 잠을 충분히 자서 그런지 상당히 논리적으로 반격을 하기 시작했다고 생각했을 뿐이었다. 그러나 경찰이 내뱉은 말에 웨이니는 바로 히스테릭해졌다. 이번에는 정말 속마음에서 전해졌다.

한 나라가 되었다.

"당신 뭔가 문제 있는 거 아니에요? 사람을 때리고 사람에게 욕을 퍼붓는 건 저 사람들인데, 지금 나보고 진정하라는 거예요? 사람을 때리는 저 개새끼보다 내가 더 히스테릭해 보인다 이거예요? 내가 왜 진정해야 하는데?"

"아가씨, 이러면 진짜 곤란해요. 경찰서는 이성적으로 이야기하는 곳입니다. 차분히 얘기하면 되잖아요?"

경찰이 다시금 말렸다.

"하, 이성적으로 굴라고, 아가씨. 우리 다 문명인이잖아."

경찰서를 볶음 요릿집의 연장선이라고 보는 이들의 얼굴은 여전히 모호했다. 그러나 나는 그들의 목소리로부터 목소리와 아주 잘 어울리는, 조롱기 가득한 웃음을 상상해 낼 수 있었다. 이들은 웨이니가 이성적이지 않다는 듯이 굴었다. 요가 바지를 입는 것이 수치심을 모르는 부끄러운 짓이라고 말하는 자신들은 이성적이라고 여겼고.

"아휴, 경찰서에 어쩌다 저렇게 건방진 사람이 왔어? 경찰 선생님도 진정해야 문제를 해결할 수 있다고 했는데."

웨이니는 할 말을 잃었다. 그녀가 침묵하던 순간에 마치 그들의 말에 반박이라도 하듯이 5시, 8시, 10시 방향에서 여성들의 우렁찬 목소리가 전해졌다. 그와 동시에 남성의 분노에 찬 고함도 계속 이어졌다. 선천적으로 저음이라서 그럴까. 어디에나 있어서 그럴까. 어디서 전해지는 소리인지 쉬이 가늠되지 않았다. 그래서 누구에게나 익숙한 배경음처럼 들렸다.

심지어 목소리조차 날 때부터 불평등하구나.

웨이니는 나를 몇 번이나 보았다. 내가 무슨 말이라도 하며 도와주기를 바랐던 것이다. 그녀에게는 정말 미안하지만 나도 어쩔 방법이 없었다. 길고 긴 세월 동안 무수히 소통하려 했지만 번번이 물거품이 되어 버렸기에 나도 이제는 기력이 소진되어 기름 한 방울 남지 않은 등잔불 같았다. 결국에는 웨이니에게 다가가 어깨를 토닥이며 "저 사람들은 상대하지 않는 게 나아."라는 말이나 하는, 배알도 없는 이가 되어 버렸다.

지금의 나 같은 이들 때문에, 그들이 뱉은 말들 때문에 과거의 내가 상처받았던 걸 잊은 건 아니었다. 다만 혼자였다면, 평범한 사람이 보기에는 매우 강인한 여성이라 할지라도 이렇게 오래 살아왔다면, 또 그토록 많이 시도했으나 매번 헛수고가 되는 걸 경험했다면 포기하고 싶은 마음이 들 수도 있는 것이다.

나는 고개를 돌렸다. 시선이 책상 옆에 조용히 앉아 있는 렌 엄마에게 닿았다. 하늘빛조차 무색해질 만큼 밝은 경찰서 안 전등빛은 그녀의 몸에 남은 찰과상과 골절상과 얼룩에 처량함을 더했다. 그러나 그녀는 여전히 아무 소리도 내지 않았다. 그들이 원하던 다소곳함을 완벽하게 연기하고 있기라도 한 것처럼. 그녀는 고소할 생각도 없었다. 진단서를 발급받아 놓는 게 어떠냐는 제안에도 고개를 가로저었다. 웨이니를 제외한 모든 이들이 매우 기뻐했다. 이 여자는 분별력이 있다고, 그러니 집으로 데려가 잘 가르치면 문제없을 거라고 여겼다. 나는 석판으로 된 바닥 어딘가를 텅 빈 눈으로 보고 있는 그녀의 모습을 보다가 며칠 전 수업을 떠올렸다. 그녀는 아주 긴장했었다. 작게 비명을 지르면서 부드러운 연노랑 해먹 위로 휘청휘청 올라가더니 균형을 잡는 데 성공했다. 그때 그녀는 얼마나 기뻐했던가.

렌팡과 그녀의 남편이 곧 도착했다. 두 사람은 나와 웨이니에게 연이어 감사를 표했다. 렌팡이 달려가 엄마를 안아 주었을 때, 렌 엄마의 얼굴에는 마침내 울고 싶다는 듯한 표정이 떠올랐다. 나는 렌 엄마가 이 남자와 동거하는 이유를 알 것 같았다. 그녀가 고소하지 않는 이유도. 어쩌면 지난 사천 년이라는 세월은 내게 세상에는 단일한 가치관으로 옳고 그름을 판단할 수 없는 일이 많다는 걸 알려 주었는지도 몰랐다. 그렇다 할지라도, 설사 그렇다 할지라도, 나는 가슴이 너무나 아팠다.

한참을 시달린 나와 웨이니가 경찰서를 나서려고 했을 때는 이미 자정이 지나 있었다. 나는 웨이니가 옆쪽으로 가 전화하는 걸 들었다. 누군가에게 데리러 와 달라고 하거나 앱으로 차를 부르려는 듯했다.

"아직도 야근 중이야? 아…… 맞아. 괜찮아. 괜찮다니까. 바쁘면 네 일부터 해야지. 응…… 난 먼저 잘게. 안녕."

웨이니는 통화를 마쳤다. 도와달라는 말도 차마 하지 못한 듯했다. 대신 고개를 돌리더니 미안하다는 듯 내게 물었다.

"선녀 언니, 저 좀 데려다주실 수 있어요?"

"왜? 데리러 올 사람이 없어?"

"네, 제 친구가…… 아직 야근 중이래요. 근데 제가 스쿠터를 요가원 아래에 뒀거든요. 여기서 집으로 바로 가고 싶은데, 혼자서는 택시 타기가 무서워서요."

이때 나는 앱으로 도착지를 변경할 수 있는지 생각하고 있었다. 그래야 웨이니를 데려다줄 수 있었으니까. 그런데 바로 옆에서 이번 사건과 무관한, 온몸으로 술 냄새를 풍기는 남자가 웃으며 나타났다.

"아이고, 부탁이야. 아가씨는 엄청 안전하니까 무서워할 필요 없다고. 덩치가 그렇게 크니 길에서 마주치면 오히려 내가 더 무섭겠는걸. 나한테 무슨 짓이라도 할까 봐."

얼굴이 모호한 남자가 말을 뱉으면서 일부러 귀에 거슬리는 비명을 질렀다. 그가 가슴을 두 손으로 가리면서 과장된 몸짓으로 옆으로 피하자 자리에 있던 이들이 모두 웃었다. 이번에도 그중에는 여성도 있었다.

"하하하. 제가 가다가 야수 본능이 폭발해서 다른 사람한테 무슨 짓을 저지를 수도 있잖아요. 누군가 제 옆에서 다른 사람의 안전을 위해 지켜 줘야 하지 않겠어요. 하하."

웨이니는 다른 이들을 따라 그들과 함께 웃었다. 다른 이가 자신을 오해하는 상상을 떨쳐 내기라도 하듯 공중에 손을 휘젓기도 했다.

그녀의 입꼬리도 평소 웃을 때보다 더 위로 올라가 있었다. 그녀가 손을 휘두르는 사이에 많고도 무고한 먼지들이 화들짝 놀라며 사방으로 흩어졌다. 책에서 읽었던 나비 효과에 의하면 지금 이 순간 세상 어딘가에서는 여섯 살짜리 꼬마 여자아이가 소 한 마리 값에 결혼을 강요받고 있을 터였다.

바로 이 손짓 때문에.

어쩌면 웨이니가 도움을 청하려고 나를 쳐다봤을 때 내가 침묵했기 때문일 수도 있었다.

"아, 그럼 맞지. 그래야 안전하지. 자네도 안전하고, 나도 안전하고, 다른 사람도 안전하고. 다른 사람들도 다 자네 같았다면 천하가 태평했을 텐데. 경찰도 한가해질 테고, 번거로운 일도 확실히 줄어들 거야. 그럼 좋지 않겠어? 근데 내가 보기에 친구를 안전하게 데려다줘야 하는 건 자네 친구가 아니라 자네여야 할 것 같은데. 자네 친구가 강간을 열 번 당해도 자네는 한 번도 안 당할 거야. 자네는 걱정할 필요가 없어서 좋겠어."

내가 강간을 몇 번이나 당했더라? 열 번은 되었던가? 이제껏 나는 그걸 세 봐야겠다고 생각한 적이 없었다. 이자가 유머랍시고 담아 던지는 말에 의하면, 나는 집 안 벽에 붙은 포스터 위에 바를 정 자를 쓰면서 횟수를 세어 봐야 할지도 몰랐다. 어찌 되었든 나는 강간당한 경험이 풍부한 그런 여성이니까.

나는 첫 번째와 가장 최근의 강간을 확실히 기억했다. 처음 나를 강간한 것은 한착이었다. 내 남편과 아들을 죽인 자. 그는 도저히 기다릴 수 없었는지 얇은 문을 발로 차 열더니 시위(侍衛)와 시녀가 보는 앞에서 합법적으로 통치권을 취득하는 마지막 단계를 완수했다. 가장 최근에는 철학과 남학생에게 당했다. 그날 나는 우리가 평범한 데이트를 할 거라고 여겼다. 그러나 그 일이 끝나고 난 뒤 그는 내게 이렇게 말했다. 우리는 욕망을 직시할 필요가 있다고, 옛 관념에 사로잡히지 말아야 한다고. 성 해방이 이루어진 지 오래되었는데도 모두가 제자리걸음인 건 나처럼 고지식하고 보수적인 여성 때문이라고 했다. 늘 피해자의 위치를 점유하면서 내려놓지 않으니 가부장제의 유해함이 이렇게 더 공고해지는 거라고.

이런 수단만큼은 지난 사천 년 동안 확실히 진화한 듯했다.

"지금 우리가 사는 사회는 남녀가 평등한 사회야. 남성도 강간을 당할 수 있다고. 여성만 위험하다고 여기지 말아 줘. 우리도 매우 두렵다고. 모든 사람에게 책임이 있다니까. 당신 같은 여자들이 허구한 날 강간당할까 봐 두려워하니까 우리처럼 다른 이를 강간한 적 없는 남성들이 무고하게 약자가 되어 버리잖아. 이러면 경찰들이 얼마나 힘든데. 일이 많아져서 아주 고생한다고."

다시는 파문이 일어나지 않을 거라고 생각했던 내 마음이, 아직 짓밟히지 않은 불씨가 남아 있기라도 하듯, 돌에 부딪힌 파도가 되어 깨어났다.

"당신이 뭔데 그런 말을 해요?"

이렇게 평등권을 얻어 내고 사회 질서를 유지하는 데 헌신하는 우수 시민은 정말 존경스러웠다. 나는 참지 못하고 그에게 다가갔다. 이렇게 언제나 나라 걱정, 사회 걱정을 하는 자는 대체 어떤 인간인지 좀 더 자세히 알고 싶었다.

"경찰을 그렇게까지 생각해 주다니. 근데 댁은 경찰서에 왜 온 거예요?"

"아, 나는…… 아니, 그걸 내가 왜 말해 줘야 하는데? 우리에게는 묵비권이라는 게 있다고. 우리에게는 태도를 밝히지 않을 자유가 있다, 이 말이야. 우리에게는 언론의 자유도 있지. 그리고 나는 그냥 농담한 거잖아. 이제 이런 농담도 못 하는 건가? 아니, 친구도 가만히 있는데 자네가 왜 화를 내? 내가 자네가 강간당할 거라고 말한 것도 아니고, 어, 자네를 강간하겠다고 한 것도 아니고, 그냥 예를 든 거잖아. 예쁘다는 뜻으로 한 말이라고. 그걸 이해 못해? 칭찬한 거니까 나한테 고마워해야지. 농담도 못 알아듣고. 예쁘다고 칭찬을 해 줘도 알아듣지를 못해요. 이러면 곤란하지."

"아—뇨—, 나는 화가 난 게 아니에요. 그냥 궁금한 거죠. 댁이 어떻게 약자가 되는데요? 다른 사람을 강간하지 못해서 약자가 된다는 거예요? 아니면 강간당하는 걸 선택할 수 없어서 약자가 되었다는 거예요?"

나는 최대한 부드러우면서도 따뜻한 어조로 말했다. 심지어 평소와 달리 앳된 말투였다. 그가 제대로 알아듣기를 바라면서 어떻게 해도 제대로 볼 수 없는 얼굴을 향해 몸을 살짝 기울이기까지 했다.

"진짜로 궁금해서 그래요. 왜 그런 말을 해도 된다고 생각하는 거예요? 이 여자는 강간당할 거야, 이 여자는 안 당할 거야, 이런 말을 할 자격은 어디서 생기는데요? 혹시 이쪽 연구를 했어요? 아니면 댁이 자지를 달고 있으니까 그래도 된다고 생각하는 거예요?"

"뭐야! 예쁘게 생겨서 입이 왜 이렇게 험해?"

그 사람이 갑자기 다리를 휙 뻗는 바람에 의자 다리에서 귀에 거슬리는 소리가 났다. 사람도, 사람이 앉아 있던 의자도 내게서 오십 센티미터는 멀어졌다.

조금 전까지 껄껄 웃었던 이들도 모두 꿀 먹은 벙어리가 되었다. 내가 저 사람보다 재미있지 않나. 왜 아무도 안 웃지? 농담을 할 수 있는 언론의 자유가 있다더니? 왜 내가 농담할 때만 다들 묵비권을 행사하는 거지?

"음? 내가 어디가요? 무슨 험한 말을 뱉었는데요? 강간? 아니면 자지?"

내가 다가가자 그는 뒤로 물러섰다. 더 가까이 접근하자 그는 아예 의자에서 벌떡 일어났다. 나는 그에게 바짝 붙었다.

"궁금해서 그러는데, 강간이라는 말이 별로예요, 아니면 자지라는 말이 별로예요? 근데 아까 계속 강간, 강간 하던데, 그게 험한 말이라고 생각 안 했으니까 내뱉은 거 아니에요? 그럼 자지가 심한 말이라고 생각하는 건가? 맞아요?"

"아니, 여자애가 대체 강간이라는 말이랑 그, 그 말을 왜 자꾸 내뱉어. 자네는 교양이라는 것도 없나!"

놀랍게도 그 사람은 경찰 뒤로 숨었다. 경찰이 어쩔 수 없이 중재에 나서며 나와 그 사람 사이를 막았다.

"아가씨, 진정하세요. 이러지 마시고요……."

"단 한 번도 큰 소리로 말한 적 없고, 싸우거나 욕을 한 적이 없는데. 그냥 궁금해서 물어보는 거잖아요. 경찰 나리, 대체 뭘 어떻게 진정하라는 건데요?"

"아니, 이건 좀 너무 그렇잖아요. 멀쩡한 여자가 강간이니 뭐니 이런 말을 왜 하는 거예요? 듣기 안 좋게. 예쁘게 생겨 가지고. 자꾸 그러면 남자들이 놀라서 도망간다고."

지난 사천 년 동안 배웠던 욕들이 가슴에서 부글부글 끓어 댔다. 너무 많아서 무얼 먼저 뱉어야 할지 순간 선택할 수 없을 정도였다. 그런데 뱉을 수 있는 말의 90퍼센트는 여성을 욕하는 말이었다. 그리고 지금 이 순간, 내가 가장 욕하고 싶지 않은 사람은 바로 여성이었다.

나는 찰스 다윈을 욕하고 싶었다.

경찰서 밖에는 내가 부른 차가 이미 와 있었다. 운전석에 앉은 사람이 곤혹스러워하는 얼굴로 바깥을 두리번거렸다. 나는 좁은 경찰서를 둘러본 뒤 결국 그만하기로 했다. 아니지, 나는 그만할 수밖에 없었다. 내가 선택할 수 있는 게 아니었다.

"우리 가자."

내가 손을 뻗어 웨이니의 손등을 만지자 그녀가 화들짝 놀랐다. 그러나 바로 가방을 들며 나를 따라 경찰서를 나왔다. 아직 입구도 지나지 않았는데 뒤에 있던 이들이 안도의 한숨을 내쉬는 게 느껴졌다. 그들의 목소리가 다시 커졌다.

나는 그들의 말이 뚜렷하게 들리기 전에 서둘러 택시에 올랐다.

"선생님, 안녕하세요. 저희가 하차 장소를 바꾸려고 하는데요, 가능할까요?"

"그럼요. 휴대폰으로 바꾸면 됩니다. 근데 요금이 달라져서 다시 계산해야 해요."

"네, 괜찮아요."

나는 고개를 숙이며 앱을 열고는 웨이니에게 집 주소를 물었다.

"네? 선녀 언니, 안 데려다주셔도 괜찮아요. 제가 데려다드리는 게 맞는걸요. 언니야말로……."

도저히 더는 들어줄 수가 없었다. 나는 고개를 들어 그녀를 노려보았다.

"지금 그 말 진심으로 하는 거야? 아니면 농담이야?"

웨이니는 놀란 듯했다. 틀림없이 나 때문에 놀랐을 터다. 내 두 눈에는 사천 년이나 얼어붙어 있던 고독의 별이 있었다. 아차 하는 사이에 누구든 얼려 버릴 수 있는 별이. 그러나 나는 웨이니에게 상처를 주고 싶지 않았다. 비록 그녀가 상처받는 데 익숙하다 할지라도.

"네 주소부터 줘."

나는 눈을 깜빡이며 심호흡했다. 그와 동시에 심호흡하지 않는
척하면서 조금 전의 날카로움을 착각으로 여기게 만들려고 했다.

"집까지 데려다줄게."

앱으로 도착지를 다시 설정한 뒤 기사에게 확인을 받았다. 나
는 좌석을 뒤로 젖힌 뒤 뭐라고 말해야 할지 고민했다. 그런데 웨
이니가 내 손을 잡으며 먼저 말을 걸었다.

"선녀 언니, 저 때문에 화난 건 아니죠?"

어째서 세상은 '화나다', '차분하다'로만 사람을 판단하고 나누
는 걸까. 인류의 감정이 그렇게 단순하기라도 한 것처럼 말이다.
어떤 일이 벌어졌을 때 화를 내는 사람은 차분하지 않고, 차분한
사람은 반드시 옳다. 심지어 정의롭다고 여겨지기도 한다.

"너한테 화가 난 게 아니라 내가 뭘 어쩔 수 있는 게 아니라서
답답한 거지. 내가 화난 건 너 때문이 아니야."

심지어 나는 그들 때문에 화가 났다고 할 수도 없었다. 그러나
하나하나 자세히 설명해 줄 수는 없었다. 세상이 이미 내 인내심
이 바닥나도록 만들었으니까.

"그러면 언니가 가르쳐 주면 되잖아요. 답답해하지 말아요."

웨이니가 애교를 부리며 내 손가락을 흔들었다. 식지를 흔들기
도 하고 중지를 흔들기도 했다. 나를 향한 신뢰가 가득 담긴 반짝
이는 두 눈을 보자 다시금 집에 있는 미투가 생각났다. 어서 집에
가서 안아 줘야겠어. 나는 미투의 몸에서 나는 개 특유의 냄새가
너무나 그리웠다.

"아까 렌 엄마 보호할 때는 그렇게 열심이더니 어째서 다른 사
람이 너한테 안전하게 생겼다고 말했을 때는 오히려 수긍한 거

야?"

"근데 저 정말 안전하게 생겼잖아요!"

웨이니가 너무 빨리 답하는 바람에 나는 미처 스스로를 막지 못했다. 나는 눈을 부릅뜨며 그녀를 노려보았다.

"알았어요, 알았어. 무슨 말 하려는 건지 알아요. 저도 다 안다고요. 하지만 그들에게 이성적으로 설명해 줘도 소용없어요. 그러면 제가 농담을 진담으로 받아들이는 사람이 된다고요. 그리고 그들은 진짜로 농담을 했던 거잖아요. 최소한 자기 자신들은 그렇게 생각하죠. 안 그러면 분위기 싸해지잖아요. 또 그 사람들한테 무슨 수로 '악당은 피해자를 고르지 않는다.'라는 말을 하겠어요? 그 말을 하는 저조차 악당은 피해자를 고르지 않는다는 부분을 강조해야 저 역시 피해자가 될 가능성이 있다는 생각이 드는걸요. 그러니까 나도 집으로 돌아가기가 두려운 것이다, 이걸 증명까지 해야 하고요. 이건 진짜, 완전히, 누워서 침 뱉기예요."

나는 할 말을 잃었다. 웨이니는 자신이 어떻게 해야 하는지 아주 잘 알고 있었다. 다만 그렇게 할 수 없었던 거였다.

"선녀 언니, 이걸 아셔야 해요. 저처럼 못생기고 뚱뚱한 여자들은요, 가장 큰 장점이 어울리기 좋다는 거예요. 농담도 받아 줄 줄 모른다는 말까지 듣게 되면, 제 곁에는 친구가 하나도 안 남을걸요."

웨이니는 차에서 내렸다. 나는 여전히 생각에 잠겨 있었다. "뚱뚱한 여자도 존중받아야 해."와 같은 말은 어떻게 건네야 겉만 번지르르한 말이 되지 않을 수 있을까. 어찌해야 자기는 겪어 본 적 없는 남의 일에 함부로 간섭하는 사람이 되지 않을 수 있을까.

"아가씨, 친구분 내렸는데 어디로 갈 거예요?"

기사가 고개를 돌리고 물었다. 나는 잠시 생각했다. 요가원을 떠날 때 아로마 오일 디퓨저 기계를 껐던가. 간판 불도 안 껐던 것 같은데. 그래서 요가 교실로 돌아가기로 했다. 웨이니가 차에서 내리자 기사는 갑자기 친절해지더니 계속 말을 걸었다. 나는 택시 기사와 수다를 떨지 않는 편이었지만, 그렇다고 이야기를 나누는 게 나쁘다고 생각하지는 않았기에 답을 하기도 하고 하지 않기도 하면서 대화를 드문드문 이어 갔다.

"이렇게 늦게 집에 가다니. 남편이나 남자 친구가 데리러 오지는 않아요? 나한테 아가씨처럼 예쁜 마누라가 있었다면 틀림없이 바짝 긴장했을 거예요. 혹시라도 남한테 빼앗길까 봐."

"아, 그 사람은 죽은 지 오래예요."

마침 나는 고개를 숙인 채 집에 잘 도착했다는 웨이니의 문자에 답을 하고 있었다. 그래서 사실대로 내뱉고 만 것이었다. 나는 다급히 말을 바꿨다.

"아, 죽은 듯 잠든 지 오래라고요."

"허, 그래요? 깜짝 놀랐네. 하하. 이렇게 예쁘고 젊은데 남편이 일찍 죽었다면 너무 아깝지 않겠어요? 완전히 자원 낭비지."

나는 휴대 전화로 문자를 입력하다가 멈추고 답을 하지 않았다. 자세를 바꾸지 않은 채 조용히 시선을 들어 올렸고, 마침 백미러로 나를 지켜보고 있던 기사와 눈이 마주쳤다. 역시 내가 구분할 수 없는 얼굴이었다.

"아뇨, 오해하지는 마시고요. 내 말은 그러니까, 아가씨가 이렇게 젊으니까, 남편도 엄청 젊지 않겠나 그거예요. 젊은 사람이 이렇게 일찍 죽으면 그만큼 안타깝고 아까우니까."

그래도 여전히 뭔가 이상했지만 어찌어찌 납득할 만한 해명이었다. 어쩌면 내가 괜히 의심하는 걸지도 몰랐다. 웨이니가 사진 한 장을 보냈다. 실수로 내 텀블러를 집에 가져갔다면서 고개를 기울인 채 혀를 내밀며 웃고 있는 이모티콘을 같이 보냈다. 나는 자판을 치기가 귀찮아 휴대폰 마이크 구멍에 대고 다음번 요가 수업에 올 때 가져다 달라는 음성 메시지를 남겼다.

"아가씨, 요가 수업 해요? 하, 어쩐지 몸매가 너무 좋더라고. 사무실에 오래 앉아 있는 아가씨 같지 않더라니. 그런 아가씨들은 나이가 젊어도 살이 좀 처져 있거든. 근데 아가씨는 만져 보면 탄력이 있을 것 같아요. 이렇게 말하는 게 맞죠? 탄력이 있다고. 탱탱한 거."

뭐라고 설명할 수 없는 비상벨이 울렸다. 나는 백미러로 시선이 맞닿을까 봐 고개를 들어 아예 창밖을 보았다. 파란색 바탕에 글자는 흰색인 '분월요가' 간판이 멀리 도로 위 허공에서 달처럼 빛나고 있는 게 보였다. 과연 간판 불을 끄지 않았던 것이다. 그러나 지금 차에서 내려 요가원으로 가는 건 좋은 결정이 아닐 듯했다. 나는 주변 상업 지구를 둘러보았다. 이 시간대에는 손으로 꼽을 만큼 사람이 없었다. 게다가 목적지로 설정한 곳에서는 가장 가까운 편의점도 결코 가깝지 않았다.

나는 내 예감을 따르기로 했다.

"죄송한데요, 저기 편의점 앞에서 내릴게요. 배가 좀 고파서요. 먹을 걸 사서 가려고요."

"아, 그래요. 그럼 밖에서 기다릴게요. 다 사고 다시 타면 되니까."

"아뇨, 아니에요. 제가 여기 근처 살거든요. 걸어서 가면 돼요."

"아냐, 아가씨처럼 예쁜 사람은 혼자 걸어서 가면 안 된다니까. 밖에 늑대들이 얼마나 많은데. 다 위험하다고. 좀 기다려도 괜찮아요."

"아니에요, 진짜 아니에요!"

목소리가 통제를 벗어나 튀어나왔다. 누군가 지금 나에게 진정하지 못한다거나 히스테릭하다고 한다면 수긍할 만했다.

"배가 많이 고프거든요. 편의점에서 먹고 집으로 갈 거예요. 오래 걸릴 테고요! 그러니까 기다리지 않으셔도 됩니다."

"오래 걸려도 기다릴 수 있는데. 천천히 먹어요."

"아니에요, 정말 괜찮아요! 가족한테 데리러 오라고 하면 되는 걸요!"

"아, 그래요?"

백미러로 나를 다시 훑어보고 있는 기사를 곁눈질로 보고 재빨리 시선을 돌리면서 아무 일도 없다는 듯 행동했다. 그러나 나도 모르게 입에서 계속 말이 쏟아져 나왔다. 내 생각을 숨기기라도 하려는 듯이 연이어 말을 해 댔다.

"오늘 너무 바빠서 저녁도 못 먹었거든요. 갑자기 배가 고파지네요. 참 이상한 일이에요. 하하. 기사님, 운전하실 때 꼭 밥 챙겨 드세요. 바쁘다고 거르지 마시고요. 밥을 잘 안 먹어서 위장을 너무 오래 비워 두면 담에 결석이 생긴다고 하더라고요."

바보인가. 나는 이런 헛소리를 대체 왜 뱉고 있는 거지? 차량은 환한 편의점 앞에 섰고, 나는 감사를 표하며 차에서 내렸다. 곧장 편의점 안으로 들어갔다. 몹시 배가 고픈 척 신선 식품 코너 앞에서 배회하다가 되는대로 먹거리를 한아름 안았다. 한참 뒤에 넓은 창문 너머를 흘깃 보았다. 기사가 떠났는지 확인하기 위해서였다. 그런데 조금 전 너무 긴장한 나머지 차량이 어떻게 생겼는지 전혀 기억해 두지 못했다는 걸 깨달았다.

어두운색이었던 것 같은데. 저쪽에 서 있는 저 차일까? 적은 어둠 속에 있었고, 나는 빛 속에 있었다. 편의점 안에서 내다보려니 차 안에 사람이 있는지 없는지는 물론 자동차 색깔도 확인할 수 없었다. 밝은 곳에 있으니 확실히 좀 더 안전하기는 했지만 여전히 이런 생각이 들었다. 지금 경솔하게 밖으로 나갔다가는 누군가의 사냥터로 들어가게 될지도 모른다.

차를 부르는 앱을 다시 열었다. 근처에 부를 수 있는 차가 세 대나 있었다. 그러나 조금 전 그 차가 근처에 없는지 확인할 방법이 없었다.

그렇다. 나는 피해망상증이 있었다. 이 점에는 완전히 동의할 수 있다. 사천 년이나 살아오면서 나는 피해망상증과 생존 본능의 차이를 전혀 구분할 수 없게 되었다. 내 생각에는 생존 본능이라는 것도 실질적인 위험을 맞닥뜨리기 전에는 다 피해망상증이라고 불리는 것 같다.

다시 고개를 돌린 뒤 품에 안고 있던 도시락을 제자리에 내려놓았다. 후마장량몐* 하나만 들고 카운터로 가서 계산했다. 배가 고프지는 않았지만 무언가 먹고 나가야겠다는 생각이 들었다.

---

* 胡麻醬凉麵. 간장과 참깨 소스를 넣어서 차갑게 먹는 비빔면. 타이완의 편의점에서 쉽게 볼 수 있는 도시락 중 하나다.

음식을 먹은 뒤라면 상대방이 이곳을 먼저 떠났을 가능성이 크다는 게 첫 번째 이유였고, 이대로 나갔다가는 그 기사를 다시 만나 이런 질문을 받을 수도 있다는 게 두 번째 이유였다.

"아까 먹고서 집으로 간다고 하지 않았어요? 왜 날 속였지? 날 의심한 건가? 내가 아가씨한테 무슨 짓이라도 할까 봐?"

편의점 안에 있는 간이 테이블 앞에 앉아 후마장량멘을 먹었다. 맛도 잘 느껴지지 않았다. 그러면서도 수시로 창문 너머를 보았다. 그럴 때마다 창을 계속 흘깃거리는 나 자신이 싫어졌다. 진짜였다. 어째서 나는 기사를 의심할까. 그저 나와 한담을 나누고 싶어 했던, 내 아름다움을 칭찬하던 사람이었는데. 게다가 이렇게 늦은 시간까지 영업을 한다는 건 돈을 조금이라도 더 벌려고 수면 시간을 포기할 만큼 생활이 녹록지 않다는 뜻이었다. 나는 기다려 주겠다는 상대방의 호의에 감사하기는커녕 큰 소리를 내기까지 했다. 싫다. 어쩌다 이런 사람이 된 거지? 증거도 없이 남을 판단하다니. 이건 좀 너무하잖아. 하지만 어떤 증거가 필요하지? 돌이킬 수 없는 상황에 빠져야 얻을 수 있는 증거만이 충분한 증거 아니던가?

지난번 철학과 학생과의 데이트 때도 계속 '설마, 아니겠지', '남을 의심해서는 안 돼.'라고 생각하는 바람에 그 지경이 되었던 거 아닌가? 사정을 알게 된 사람이 나중에 그랬다. 네가 그때 좀 더 기민하게 굴었다면 무언가 이상함을 눈치채자마자 핑계를 대고 빠져나갔을 거라고, 설사 핑계를 대지 못했더라도 비명을 지르면서 도망쳤으면 되는 문제였다고, 네가 정말로 싫었다면 얼마든지 막을 수 있었다고.

네가 정말로 싫었다면. 이 말은 이런 뜻이겠지? 일이 그 지경이 되도록 그냥 두었다는 건 틀림없이 너도 어느 정도는 원했다는 뜻이잖아.

막을 수 있는지 막을 수 없는지는 증거와도 같았다. 일이 벌어지고 난 뒤에야 알 수 있는 거였다. 일이 벌어지고 나서야 비로소 막을 수 없었다는 걸 알 수 있으니까. 일이 일어나기 전에는 그저 '네가 너무 예민하게 구는 거야.'만 될 뿐이었다. 그리고 '네가 너무 예민하게 구는 거야.'가 여럿 쌓이다 보면, 다음번에는 '내가 너무 예민하게 구는 게 틀림없어. 세상에 나쁜 사람이 그렇게 많을 리 없잖아. 지난번 아무개랑 아무개는 다 괜찮은 사람이었는걸. 젠틀했지. 이번 사람도 그럴 거야.'가 되어 버렸다.

그 철학과 학생이 다른 여성에게 손을 대는 바람에 퇴학 처분을 받고 나서야 나는 비로소 스스로를 향한 의구심에서 약간 벗어날 수 있었고, 나 자신을 조금 더 믿을 수 있었다.

웨이니가 잘못 말한 게 하나 있었다. 일부 여성만 어울리기 좋다는 장점을 가져야 하는 것은 아니었다. 뚱뚱하지 않은 이도, 나이가 많지 않은 이도, 못생기지 않은 이도, 예쁘고 날씬하며 나와야 할 곳은 나오고 들어가야 할 곳은 들어간 이도, 딱 달라붙는 청바지나 플리츠스커트를 입은 이도, 여성이라면, 여성이기만 하다면 이 장점을 갖추고 있어야 했다. 선을 넘는 것 같기도 하고 떠보는 듯하기도 하며 '썸'을 타는 듯한 모호한 회색 지대를 견뎌 낼 수 있는, 체온을 나누는 교류의 시간을 가질 수 있는 이가 되어야 했다. 그러지 않은 여성은 정치적 올바름을 추구하는 이였고, 페미니스트였으며, 여성을 갈구하는 남성의 동물적 본능을 무시하는 이였다. "우리는 먼저 섹스 계약서를 써야 해. 안 그러면 섹스하고 난 다음에 후회된다면서 네가 나를 고소할 수도 있잖아." 전설로 전해지는 이 이야기의 주인공 여성이 되는 거였다.

계약서를 쓴다 할지라도 중도에 언제든 해지할 수 있다는 걸 그들은 잊고 있는 듯했다. 그러나 중도 해지야말로 훨씬 더 어려운 일이었다. 오히려 강제로 당할 가능성이 있으니까. 그래서 아예 말을 내뱉지 않는 것이다.

무슨 맛인지도 모르고 식사를 마쳤다. 나는 매대에서 생리대를 하나 꺼내 계산대로 갔다.

"봉투 필요하세요?"

"아뇨, 괜찮습니다. 근데 있잖아요, 혹시 여기 편의점에 후문이 있나요? 물건 옮길 때 쓰는 그런 문이요."

"네? 아니요. 물품 입고는 정문으로 해요. 뭐 때문에 그러세요?"

"아니에요. 별거 아니었어요. 저는 괜찮아요. 감사합니다."

내가 대체 무슨 말을 하고 싶은 건지 알 수 없었다. 모호한 얼굴의 남성 직원을 보고 웃었다가 바로 이렇게 걱정했다. 아무나 보고 웃는 게 유혹으로 비치지는 않을까…… 아, 모르겠다. 인생 참 어렵다. 사천 년이나 살았는데도 인생이 아직 어려웠다.

길가에 세워진 차에 신경 쓰지 않는 척하면서 편의점에서 나왔다. 이십 분쯤 걸리는 거리였지만 걸어서 귀가하기로 했다. 이십 분이 긴 시간은 아니니까. 다른 나라와 비교했을 때 타이완은 치안이 안전한 편이었다. 다만 이 시간대에 여자 혼자 이십 분이나 걸어가려니 다소 불안할 수밖에 없었다.

남자 친구들을 부를 생각을 안 한 건 아니었다. 심지어 나와 성적인 관계가 없는 남성 친구 중에도 연락을 받자마자 달려올 이들이 많았다. 하지만 한밤중에 연락해서 집까지 데려다달라고 하면 둘이 지금 '썸' 타고 있다는 오해를 부를 가능성이 있었다. 그렇다고 그 오해를 대놓고 풀어 주면, 나는 사람을 이용하는 쌍년이 될 터였다. 아니면 친구의 호의를 곡해할 뿐만 아니라 자신이 매력 넘친다는 착각에 빠진 공주병 환자가 되거나. 어쩌면 그보다 더 심각한 상황이 생길 수도 있었다. 나 자신을 변론할 수 없는 또 다른 데이트 강간이 되어 버리는 것이다.

아니지. 나는 이 중 무엇이 더 심각한지 구분할 수 없었다.

가장 중요한 건 내가 더는 다른 남성을 마주할 심적인 여유가 없다는 거였다. 조금 전까지만 해도 편의점에서 후마장량멘을 앞에 둔 채 대체 기사를 왜 의심했을까, 스스로에게 반복적으로 묻고 있었던 나였다. 나는 그저 혼자서 조용히 집에 가고 싶을 뿐이었다.

축시*가 막 지났다. 큰 거리도 작은 골목길처럼 평안한 어둠속에 고요히 잠겨 있었다. 이곳이 한 수의 시가 될지, 한 폭의 그림이 될지 혹은 한 편의 공포 영화가 될지는 어둠 속에 있는 캐릭터의 성별에 달려 있었다.

나는 조심스레 걸음을 옮겼다. 신발 바닥이 땅에 닿는 리듬과 두 손의 흔들리는 각도를 세밀하게 조정했다. 약간의 계산 착오로 평안한 밤이 균형을 잃고 흔들릴까 봐, 그러다가 무너져 버릴

* 오전 1시부터 3시까지.

여신 뷔페   41

까 봐 걱정이 되었다. 나는 되도록 밝은 곳으로만 걸었다. 가로등 아래로 이리저리 움직이는 혼란스러운 그림자들과 누가 더 차분한지 경쟁이라도 하는 것 같았다. 손에는 막 구매한 생리대를 쥐고 있었다. 서왕모 낭랑은 내가 생리를 하지 않은 지 오래라는 걸 알고 있었다. 장생불로 약을 먹은 뒤로 이제껏 이 몸은 생리를 하지 않았다. 다시는 임신도 할 수 없었다. 그런데도 나는 두려웠다. 여전히 너무나 두려웠다.

생리대를 손에 쥐고 있었던 건 이 미약한 암시를 통해 조금이라도 걱정을 덜 수 있기를 바랐기 때문이었다. 물론 나도 알고 있었다. 어떤 이들은 이런 것 따위 신경도 쓰지 않는다는 걸. 하지만 어두운 곳에 몸을 숨긴 누군가는 이걸 보고 생각을 바꿀 수도 있지 않겠는가. 그러니까 아무것도 없는 것보다는 뭐라도 있는 게 나았다. 지금 손바닥에 땀이 나는 걸 감수한 채 쥐고 있는 생리대는 범인(凡人)들이 천신을 향해 피우는 향과 다를 바 없었다. 마음의 평화를 바라든 일신의 평안을 바라든 어쨌건 신에게 기원하는 거였다.

집에 도착하기까지 삼 분쯤 남았을 때였다. 나는 어느 정도 안심하며 익숙한 골목길로 꺾어 들어갔다. 골목길 양쪽에 있는 주택들은 모두 잠들어 있었고, 오직 가로등만 넋을 놓은 채 빛을 발하고 있었다. 가로등 사이의 거리는 대여섯 걸음이었다. 그림자가 앞뒤로 교차할 때, 나는 바로 뒤에서 옷이 바스락거리는 소리를 들을 수 있었다. 그와 동시에 내 발밑에 있는 그림자가 내게 속하지 않는다는 것도 알아차렸다. 게다가 그림자는 내게 점점 가까이 다가오고 있었다. 기이할 정도로 가벼운 발걸음이 내 뒤를 바짝 따랐다. 일부러 소리를 내지 않고 있는 건가? 그리고 저건 플라스틱 봉지 소리인가? 안에 무언가 담긴 것처럼 들리지는 않는데. 뒤에 있는 사람은 빈 플라스틱 봉지로 뭘 하려는 거지?

온몸의 모공이 모두 열렸다. 모공조차 공기에서 상황을 파악할 수 있는 단서를 찾아내려 했다. 내 발걸음은 더 빨라졌지만, 그걸 들킬 정도로 빠르게 움직이지는 못했다. 집에서 삼 분 거리인 골목에서 내가 죽게 된다면, 집에 있는 미투에게 밥을 줘야 한다는 걸 알 사람이 있을까? 서왕모 낭랑은 장생불로 약이 막아 줄 수 있는 건 내 노화뿐이라고 했다. 폭력적인 사건을 겪으면 나도 죽을 터였다. 낭랑이 나 대신 미투를 돌봐 줄까? 우리 미투는 아직 너무 어린데.

그 사람의 발걸음 또한 빨라졌다.

심지어 나를 지나쳤다.

온몸의 모공이 탄식했다. 굽이 낮은 신발을 신은 여성이었다. 한 손으로는 검은 비닐 양산을 들고 있었고, 다른 한 손으로는 그것을 계속 비틀고 있었다. 결연한 표정의 그녀는 빠르게 내 곁을 지나갔다. 그녀 또한 나처럼 신발이 바닥에 닿을 때 유달리 신경을 썼고, 그래서 발소리가 유독 가볍게 들렸다. 그러나 걸음걸이가 매우 뻣뻣해 보였다. 그녀도 나만큼이나 마음의 여유가 없던 것이다.

이 분 뒤쯤 집에 도착한 나는 피해망상에 사로잡혀 문 앞에서 주변을 둘러보며 사람이나 차가 따라오지는 않았는지 확인했다. 그러다가 집 앞에 세워 놓은 스쿠터의 발판이 거의 뜯겨 있는 걸 발견했다. 게다가 위치도 아예 바뀌어 있었다.

레이스나 시폰으로 만들어진 발판이 아니었다. 이렇게 뜯길 정도면 대체 얼마나 힘을 주었던 거지? 무언가 다른 동기라도 있었던 걸까?

의문을 가득 품은 채 문을 열었다. 현관의 작은 불빛이 그곳에서 나를 기다리던 미투를 촛불처럼 밝혀 주었다. 사랑스러운 얼굴이 나를 보고 있었다. 꼬리도 떨어질 듯 격렬하게 흔들었다. 착하다, 우리 미투. 나 집에 왔어. 오늘도 걱정이 너무 많았던 밤이었어. 다행이야. 그저 생각만 많았던 것뿐이라서.

세상의 절반을 차지하는 인류는 알지 못할 것이다. 그들은 여성이 늘 이것저것 걱정하는 걸 싫어한다. 그러나 걱정이 많다는 건 얼마나 좋은 일인가. 걱정하는 것에만 불과하다는 게 얼마나 좋은 일인지 그들은 알지 못할 것이다.

너무 피곤했지만, 전혀 졸리지 않았다. 나는 미투에게 물을 새로 갈아 줬고, 가방에서 오늘 산 사료를 꺼냈다. 발정기 암컷을 위한 특수 배합 사료였다. 나는 미투에게 내일부터 이걸 먹을 거라고 선포했다. 내 말을 알아들었는지는 모르겠지만 미투는 미친 듯이 꼬리를 흔들었다.

화장실에서 휴지를 따뜻한 물에 적신 뒤 부드럽게 미투를 닦아 주었다. 부풀어 오르고 피까지 난 생식기를 닦아 주면서 미투에게 어처구니없던 오늘 밤 일들을 하소연했다. 그러자 서왕모 낭랑이 나타났다.

"아, 암컷 개랑 여자만이 키우기가 어렵구나."

서왕모 낭랑은 내가 미투를 닦아 주는 걸 보더니 가볍게 고개를 가로저으면서 담담히 말했다.

"이미 인시*에 가까웠거늘, 어찌하여 오늘 밤에는 귀가가 늦었느냐?"

"그걸 지금 몰라서 제게 물어보시는 건가요? 가짜 신선이기라도 한 거예요? 오늘 밤에 제가 얼마나 힘들었는지 알아요? 와서 좀 도와줄 수는 없었냐고요."

나는 고개를 들어 그녀를 노려보았고, 휘날리는 치맛자락을 획 치웠다.

"옆으로 가서 휘날리세요. 저는 미투 엉덩이를 닦아 줘야 한다고요. 신선의 새 날개옷을 더럽히기라도 하면 곤란하니까요. 저는 물어 줄 수가 없어요."

"아, 경이 실례를 한 것이야. 그 기사는 경에게 모욕을 당하고는 분노해서 차를 세우고 몰래 울었어. 아주 오래 감정을 추스르지 못했지."

"뭐라고요? 진짜요? 그 기사가요? 오늘 저를 태워 줬던 그 기사?"

"그러하다네! 그자는 그저 평범한 사람에 불과했어. 물건을 훔치지도 빼앗지도 않는, 처자식을 위해 종일 생계를 도모하는 이였지. 늦은 밤까지 운전하는 것만으로도 이미 피곤했을 터인데 운 나쁘게도 경을 만나게 된 거야. 엎친 데 덮친 격이랄까. 아, 참으로 가련한 일이야. 근거도 없이 의심을 받았으니. 게다가 수줍음이 많고 말을 잘 못했거든. 입이 있어도 말을 뱉기가 어려웠지. 그러다 보니 자연스레 슬픔이 마음에서 솟아 나오고 부끄러움과

---

* 오전 3시부터 5시까지.

분노가 뒤섞였던 게지."

"어! 아니죠? 진짜라고요? 일부러 그런 건 아니에요. 그저……
그래서 그 사람은 나중에 괜찮아졌어요?"

"그리 슬픈 일을 겪었는데 일할 마음이 들겠는가. 차를 세우고
한참 동안 조용히 눈물을 흘리다가 미천한 신세와 볼품없는 용
모를 탓하며 자기를 비하했지. 그래서 다른 이에게 모욕을 당하
고 존엄을 짓밟힌 거라고 말이야. 허허! 그래서 술집으로 가서 술
을 마실 수밖에 없었다네. 그런데 몇 잔 마시고는 몽롱한 정신으
로 차를 몬 게지. 그러다가 불량배들을 살짝 스치며 지나가게 되
었고, 곧장 협박을 받았다네. 순순히 따르지 않아서 엄청난 구타
도 당했지. 아, 이때 그의 아내와 아이는 자기네 가장이 머리가 터
진 채 피를 흘리며 의원에 누워 있다는 걸 전혀 몰랐다네. 그의 옆
에는 관아의 아전들이 음주 운전 벌금 고지서를 떼 주려고 기다
리고 있었지."

"네? 어쩌다 그렇게 된 거죠? 나는, 나는 그저 조금 먼저 내렸
을 뿐이에요. 그를 모욕하려던 건 아니었어요."

"경이 그런 게 맞다네."

"하지만 저는……."

"하하, 심히 재미있군! 본좌는 본래 농을 좋아하네. 허튼소리와
거짓말로 경을 놀린 것이니 본좌를 탓하지는 말게나! 경이 차에
서 내린 뒤 그자는 곧장 다른 손님을 태우러 갔다네. 그에게는 아
무 일도 일어나지 않았어. 그러니 걱정하지 말게나."

낭랑은 가볍게 웃더니 아무 일도 없었다는 듯 옷을 펄럭이며
거실로 갔다.

나는 정말 세면대에 머리를 박고 죽고 싶었다.

다 닦아 주자 미투는 즐겁게 거실로 달려가서는 서왕모 낭랑을 보고 꼬리를 흔들었다. 나는 화장실 안을 치운 뒤 바로 뒤를 따랐다. 그런데 서왕모 낭랑이 내 컴퓨터 책상 앞에 자리를 잡더니 프라이버시 따위는 싹 무시하고 내 컴퓨터로 인터넷 사이트를 보고 있는 게 아닌가.

"나를 왜 속인 거예요?"

"항아여, 경이 지옥에 있는 찰스 다윈을 끌어내고 싶다고 몇 번이나 이야기하지 않았는가. 채찍질하고 고문을 가해 어찌하여 범인의 진화 속도가 이리 느린지 묻고 싶다고 했지. 그러나 범인은 백 년도 못 살지. 그런데 수천 년이나 살아온 경만 해도 지능이 그리 크게 향상되지는 않지 않았는가. 그들을 속이기는 너무나 쉬워. 어려움이라는 게 전혀 없을 정도지. 본좌가 보건대, 그들의 진화 속도가 너무 느리다고 해서 그들을 싫어해서는 안 될 것이야. 경은 이 말을 좀 생각해 볼 필요가 있어."

낭랑은 내 컴퓨터 책상 앞에서 우아하면서도 가볍게 날더니 타닥타닥 키보드를 치기 시작했다. 그 모습이 영화 「미션 임파서블」 속 톰 크루즈의 명장면 같았다.

나는 정말 할 말을 잃었다.

"진화가 참 빠르네요! 아주 그냥 주둥이 진화가 제일 빨라요!"

화가 나기는 했지만 나는 그 일이 더 신경 쓰였다.

"그래서, 그 기사는, 그냥 잡담한 거에 불과했던 거예요? 다른 의도가 있었던 건 아니고요? 그 사람은 성격이 솔직했던 것뿐인가요? 여성과 이야기를 나누는 데 서툴렀던 것일 뿐? 제가 민감하게 반응했다는 거죠?"

"애석하나 신선도 사람의 마음을 읽지는 못하지. 본좌도 사람이 행동을 취하기 전까지는 그 마음을 미리 알 수 없다네."

서왕모 낭랑의 오색구름처럼 화려한 치마와 긴 소매, 조끼, 띠, 술이 나풀거렸다. 어쨌거나 함께 나풀거릴 수 있는 건 다 입고 있었다. 낭랑이 말을 뱉을 때, 그것들은 무례하게도 이리저리 나풀거리다가 내 얼굴을 스쳤다.

"이 또한 신선이 인간 세상을 구할 수 없는 이유 중 하나라네. 사람의 마음이라는 건 고정되지 않아서 선과 악이 순간의 선택에 달려 있거든. 그 순간에 수천수만 가지 생각이 떠오를 수 있지. 또한 어제는 선했던 이가 오늘은 악할 수도 있다네. 어제는 옳았으나 오늘은 틀릴 수도 있고. 실행에 옮긴 것이 아니라면, 바로 다음 순간 선한 생각대로 할지 악한 생각대로 할지는 당사자인 자기 자신도 알 수가 없다네. 하물며 신선은 더더욱 모르겠지."

그러나 우리는 알아야만 했다.

우리는 아주 짧은 시간 안에 눈앞에 있는 남자가 어떤 생각을 하고 어떤 생각을 하지 않을지 반드시 알아내야 했고, 이들이 할 일과 하지 않을 일을 고려해야 했다. 어쩌면 그 모든 일이 순간의 선택으로 결정되는 일에 불과할 수도 있을 것이다. 그런데 그건 우리의 안전도 마찬가지였다. 너무 많은 걸 고려하면 사람들에게 비웃음을 살 수 있지만, 대신 그날만큼은 안전하게 살 수 있었다.

아니, 물론 그들 모두가 그렇다는 건 아니었다. 그들 중 대다수는 아주 좋은 사람들이니까. 여성을 강간하지도, 성희롱하지도 않았다. 그건 나도 알았다. 문제는 그들 중 누가 그러하고 누가 그러하지 않은지를 알 수 없다는 거였다. 어제 그러지 않았다고 해서 오늘도 그러지 않을지도 알 수 없었다.

젠장, 그러니까 서왕모 낭랑의 말에도 나는 기분이 전혀 나아지지 않았다. 내가 알고 싶은 건 오늘 내가 했던 행동이 옳은지 여부였다.

"사람의 마음을 읽기가 어렵다고는 하지만 경이 묻는다면 본좌가 생각을 말해 줄 수는 있지. 확실히 경은 지나치게 경계하여 결례를 범했네."

서왕모 낭랑이 코끝을 찡그리며 말을 이었다.

"본좌도 아녀자의 몸이기는 하나 경처럼 피해를 입을까 봐 늘 두려워하지는 않는다네. 경은 궁수를 만나 놀란 새처럼 굴지 않는가. 이는 겁이 너무 많아서 화를 부르는 게 아닌가?"

"낭랑 의견은 안 물어봤거든요! 그리고 낭랑이 모르시는 듯해서 말씀드리는데요, 낭랑은 여성이기는 하지만 법력이 있잖아요. 남성이 신체적으로 유리한 것처럼요. 진짜로 그런 상황을 겪더라도 신들은 자기에게 저항할 능력이 있다는 걸 알아요. 그러니까 긴장할 리가 없죠. 신선들이 정말 용감하거나 긍정적이어서가 아니에요. 우리보다 마음이 더 강인해서도 아니죠. 그냥 단순히, 빌어먹을, 그럴 필요가 없으니까 그런 거잖아요."

"경은 남성을 미워하고 신도 미워하는 것이로군. 큰 잘못이야! 이상하군. 경은 이미 오랫동안 달거리를 하지 않았는데 어찌하여 성정이 이리도 성급하면서 화가 많단 말인가? 혹시 광한궁에 사람이 드물어 종일 토끼 새끼들하고만 있어서 그런가? 그래서 경의 성격이 이렇게 비틀린 겐가? 슬프도다!"

낭랑이 오호, 하고 중얼거리면서 날아왔다. 상고 시대의 요괴를 연구하는 듯한 표정으로 고개를 기울이면서 나를 보았다. 나야말로 묻고 싶었다. 남신들과 너무 오래 어울리다 보니 다른 사람의 경험과 감각에 무감각해진 거 아니냐고. 예전, 적어도 내가 장생불로 약을 삼켰을 때만 해도 서왕모 낭랑은 내 처지를 안타깝게 여겼고, 다른 신들의 반대에도 불구하고 나를 달로 보냈다. 그때는 이렇지 않았다.

"범인들이 할 일이 없어 달 착륙 경쟁이나 하던 것이 문제였네. 그러지 않았다면 경도 사천 년이나 이어진 고립된 삶을 지속할 수 있었을 텐데 말이야. 애석한 일일세. 신선계에서 벗어나 속세로 와서 범부와 말이나 섞어야 하다니 참으로 가련해. 이제 와 생각해 보니 장생불로하는 것이 꼭 즐거운 일만은 아니었어."

나도 동의하는 바였다.

"장생불로하는 여인은 더더욱 그렇죠."

"허! 경은 어찌하여 그런 말을 하는가? 장생불로 선단은 세상의 보물일세. 범인에게뿐만 아니라 선인과 요괴들에게도 매우 귀하지. 게다가 오늘날은 천지개벽이 된 이래로 부녀자의 권리가 가장 강할 때 아닌가. 경은 잊어서는 안 될 걸세. 옛날의 경은 뒷전에 처박힌 채 호시탐탐 노림을 당해야 했던 물건과 다를 바 없지 않았는가. 그러나 지금은 반려를 택할 수도 있고 사업에 나설 수도 있으며 옷이나 신발도 고를 수 있지. 집을 사고 재산을 모을 수도 있고. 이 모든 게 어찌 세상에서 으뜸가는 은혜가 아니겠는가? 자네 같은 현대 여성들은 이를 명심해야 할 것이야. 감사할 줄 모르거나 경솔히 말을 뱉어서는 안 될 일이지!"

"그러게요. 남자들은 원래부터 가지고 있었던 선택권을 갖게 됐으니까요. 정말 운이 좋았네요."

나는 말을 이었다.

"정말이지 감격스러울 정도예요."

서왕모는 고개를 반대쪽으로 기울이면서 흥미롭다는 듯 나를 보았다.

"항아는 어찌하여 소통을 포기하는가?"

"아까 그러셨잖아요, 사천 년을 살았으면 진화해야 한다고요. 제 몸은 진화할 방법이 없지만 머리는 뭔가 배울 수 있잖아요. 쓸데없이 기력을 낭비하지 말라는 교훈을 말이죠."

"허! 채널 구독자 수가 1만 명이 넘었구먼! 아, 경은 어찌하여 인기가 많아진 건가?"

서왕모 낭랑은 내 포기에 대한 흥미를 빠르게 포기했다. 신경도 쓰지 않는다는 듯 도로 컴퓨터 책상 앞으로 날아가서는 톰 크루즈의 자세로 내 마우스와 키보드를 만지작거렸다. 그러자 곧 동영상 공유 사이트 창이 화면에 떴다. 거기에는 내가 전에 찍었던 요가 수업 영상이 몇 개 있었다.

수강생의 부탁으로 막 인터넷에 올렸을 때 내 영상은 갑자기 인기가 폭발했다. 서왕모 낭랑은 그만두라는 천계의 뜻을 내게 전달했고, 나도 그 뒤로는 업로드를 하지 않았다. 그런데 구독과 팔로우, 좋아요, 댓글 수가 계속 증가했다.

"세상의 도리가 바닥에 떨어졌구나. 검은 거울 앞에서 엉덩이를 내밀고 가슴을 펴기만 하면 이렇게 명성을 날릴 수 있단 말인가? 슬프도다! 오호통재로다! 경은 본래 선녀이거늘. 경이 관세

음보살처럼 인류를 구해 주길 바라지는 않네. 그러나 자기 자신만큼은 단정히 해야지. 윤리를 널리 퍼뜨리고, 아녀자의 도리를 지켜야 할 게 아닌가. 어찌하여 도덕을 저버리고 관심을 구하려 하는가!"

"저는 그런 게 아니라…… 하, 됐어요."

나는 한숨을 내쉬었다. 미투도 내 감정을 알아챘는지 폴짝 뛰며 내 다리에 매달렸다. 나를 위로하고 싶어 하는 것 같았다. 그러나 머리를 내 손바닥 아래로 힘껏 밀어 넣으면서 자기를 쓰다듬으라고 강요하기도 했다.

"영상 하나에 댓글이 180개나 달렸다고? 경은 절을 짓거나 사당을 세워야겠어. 신도들이 피우는 향이 끊이지 않을 거야! 기다려 보게. 자세히 읽어 봐야겠어. 박고 싶다. 완전 섰음. 진짜 꼴리네. 조개 벌려서 박아야지. 엄마가 나보고 영상 보면서 자위는 왜 하냐고 물음. 이 다리면 가능하지. 4분 23초에서 나만 대흥분한 건가. 삽입 동작 준비 완료. 저 목소리가 침대 위에서 울리면 진짜 음탕하겠다. Y존 보이면 점수 줌. 이 영상으로 두 번은 쌀 수 있음. 이 자세 진짜 꼴리네, 못 참겠다. 액 냄새 맡아 보고 싶음. 이 여자는 욕구 불만인 게 분명해. 저기 핥고 싶다. 절벽녀는 나만 싫어하는 건가. 물고 싶다. 꽂고 싶다. 얼굴만 반반하네 뭐. 하고 싶다. 쌌음. 손 넣어 보고 싶다……. 황당하도다! 황당해! 항아, 경은 이 댓글의 내용을 알고 있는가? 어서 와 보게!"

이때 나는 소파에 앉아 있었다. 미투는 내 허벅지 위에 앉아 내 품에 고개를 파묻고 있었고, 나는 미투의 귀를 쓰다듬고 있었다. 지금 나는 어디에도 가고 싶지 않았다. 특히 저딴 건 전혀 보고 싶지 않았다.

"그런 댓글은 하도 많이 봐서 별 감흥도 없어요. 처음 보시는 거라면 이 세상의 경이로움을 제대로 경험해 보실 수 있겠네요."

"쯧쯧. 사람의 마음은 알 수 없는 법이라고, 신도 그 마음을 알 수 없다고 방금 말했는데 이렇게 뒤통수를 맞았구나. 어찌 이럴 수가 있는가! 마음이 어찌 이럴 수 있어! 현대인들은 프라이버시인가 뭔가를 이야기하면서 음란한 행동도 반드시 문을 잠그고만 하고, 주변에 아무도 없을 때만 의복을 벗는 줄 알았건만. 세상 사람들이 자기 몸과 마음의 상황을 모를까 봐 두려워하기라도 하는 건가. 저렇게 큰 소리로 자기 심신의 비틀림과 통제 불능을 떠벌리고 다니다니. 이건 전대미문이야. 본좌의 식견이 너무 짧은 것인가?"

서왕모 낭랑은 모니터를 멍하니 보았다. 나는 잠시 고민했지만, 입을 그렇게 크게 벌리고 있으면 안 된다고 말하지 않기로 했다. 영상에서 그렇게 하면 빠르게 '짤'로 만들어지곤 했다. 기다란 막대기 같은 무언가와 합성까지 된 채로.

이렇게 말하는 이유는, 내 이메일로 온갖 종류의 것들이 왔기 때문이었다. 브리지 자세, 아기 자세, 휠 자세, 견상 자세, 낙타 자세, 고양이 자세…… 내가 영상에서 시범을 보였던 각종 요가 자세가 모두 섹스 체위로 뒤바뀌어 있었다. 게다가 그들은 스크린 샷과 자기의 환상을 합성해 사진으로 만들거나 영상으로 제작했다. 그러고는 그걸 내게 메일로 보내 공유하기도 했다.

세상은 확실히 진화를 이루었다. 예전이었다면 저들 중 한두 명이 나를 협박해 자기 체액을 공유하게 했을지도 몰랐다. 지금의 저들은 물리적으로 떨어진 채 자신의 성적인 상상만 공유할 뿐이다.

"지금은 최고의 시대이자 최악의 시대예요."

나는 디킨스의 명언*을 떠올렸다. 이 시공간에 있는 나에게 이 말은 이렇게 읽힐 수도 있었다.

지금은 인류 역사상 성평등에 가장 근접한 시대였다. 그러나 그렇기 때문에 너무 쉽게 '이미 충분히 평등해'라고 여겨지곤 했다. 그래서 진화를 포기할 수 있는 시대가 된 것이다. 여기서 한 걸음 더 나아가면 누군가의 기본 권리를 침해하는 것처럼 되어 버렸다.

딴생각에 빠진 나는 내 품에 기댄 채 소파 위에 반쯤 누워 있는 미투를 토닥여 주었다. 미투는 금세 잠들었다. 깊은 잠에 빠져 코를 골기 시작했다. 천계에서 스마트 제품 사용을 금지하기라도 했는지 서왕모 낭랑은 내 컴퓨터로 인터넷을 하는 데 집중했다. 댓글들을 모두 읽으면, 그녀는 신선들에게 독심술이라는 법력이 없는 게 일종의 배려일지도 모른다고 생각하게 될지도. 대다수의 경우, 우리는 내면의 목소리 같은 건 전혀 듣고 싶어 하지 않았다.

잠에서 깼을 때, 미투는 여전히 내 다리 위에 있었고, 서왕모 낭랑은 떠나고 없었다.

발코니에 놓인 계화 화분을 지나며 바닥 위로 떨어진 햇빛은 희미했고 밝은 듯 밝지 않았다. 아직 날이 완전히 밝았다고는 할 수 없었다. 나를 확실히 깨워 준 건 아래층 철문에서 들려오는 덜

---

* 찰스 디킨스의 『두 도시 이야기』에 나오는 구절이다.

컹 소리였다. 무언가가 부딪치면서 문에서 나는 소리는 몇 시간 전 요가원의 문이 흔들리면서 나던 소리와 매우 비슷했다.

나는 경계하며 시간을 확인했다. 새벽 5시였다. 새벽 5시에 우리 집 건물 아래 철문을 두드릴 사람이 누가 있지? 젠장. 어제 그 기사가 나를 쫓아와 사는 곳을 확인한 건 아니겠지? 그럴 리 없어. 서왕모 낭랑도 그랬잖아. 다른 손님을 태우러 갔다고. 나는 몸을 일으켜 확인하려 했지만 미투와 함께 바닥에 쓰러지고 말았다. 미투가 내 다리 위에서 얼마나 잤는지는 모르겠지만, 다리가 너무 눌린 나머지 마비가 되었던 것이다.

건물 아래에서 들려오는 소리는 점점 이상해졌다. 충격음 외에도 무언가를 긁는 듯한 소리가 들렸다. 아니면 신음이라고 해야 하나? 나는 인어공주의 하반신처럼 되어 버린 다리를 질질 끌며 손에 힘을 줘서 발코니 위로 기어올랐다. 계화 나무의 가지와 잎, 방범창 사이로 아래를 내려다보았다.

사람은 아무도 없었다.

검은 개뿐이었다.

검은 개는 털에 윤기가 돌았고 몸집이 좋았으며 동작이 민첩했다. 짖는 소리마저 우렁찼다. 떠돌이 개이지만 밖에서도 잘 지내는 듯했다. 나는 이 개를 알아보았다. 며칠 전 미투를 데리고 공원을 산책했을 때, 발정기인 미투를 보고 십여 블록이니 따라온 개였다. 우리는 집에 도착할 때쯤에야 검은 개를 따돌릴 수 있었다.

서왕모 낭랑, 개가 집까지 찾아왔는데요?

검은 개는 아주 격렬하게 철문에 몸을 들이받았고, 문을 발로 긁었다. 열정 가득한 행동인지 고통스러운 행동인지 구분할 수 없었다. 곧이어 개는 미투의 냄새가 배어 있는 내 스쿠터 발판으로 달려가 미친 듯이 긁기 시작했고, 수시로 고개를 들며 짖었다. 자신의 유일한 사랑이 나 때문에 탑(혹은 어두운 지하실)에 갇혀 학대와 구타라도 당하고 있다는 듯, 총알을 수십 발 맞더라도 자신의 사랑을 구해 내겠다고 맹세하는 듯한 모습이었다.

나는 고개를 돌려 이 일의 발단이 된 이를 보았다. 순수한 공주님은 마침 뒷다리로 기쁘게 자기 몸을 긁고 있었다. 그녀의 관심을 간절히 바라는 이가, 폭우를 맞으면서 울부짖는 이가 아래층에 있다는 걸 전혀 모르고 있었다. 시선이 다시 아래로 향했다. 검은 개는 이 근처에 자주 출몰하던, 마침 지나가던 다른 떠돌이 개들을 쫓아내고 있었다.

어쩐지 기시감이 들었다. 마치 이 모든 일이 여러 번 있었던 것 같았다.

아냐, 이렇게 생각하지 말아야 해. 모든 수캐가 이런 건 아니잖아. 이렇게 생각하는 건 다른 수캐들에게 불공평한 거라고.

저리던 다리가 좀 나아졌다. 나는 벽을 짚으며 겨우 몸을 일으켰다. 소독액을 준비할 생각이었다. 이따가 아래층 철문과 길바닥, 스쿠터에 남은 미투의 냄새를 다 닦아서 지워야지. 테이블 가장자리에 몸을 기댔다가 천천히 주방으로 걸음을 옮길 때였다. 컴퓨터 책상 위에 종이 한 장이 놓여 있는 게 보였다.

항아 보게나. 오늘 밤 경을 방문한 것은 실로 전하고 싶은 일이 하나 있었기 때문이네. 그러나 생각이 너무 많아 차마 입을 열 수 없었다네. 그리하여 이렇게 서신으로 대신하고자 하니 탓하지 말기를 바라네.

경이 속세를 떠나 달로 돌아가고 싶다고 한 지도 벌써 한 해나 되었네. 며칠 전 드디어 천계의 답변을 받았지. 애석하게도 경의 요청은 모두 거절당했어. 참으로 아쉬운 일일세! 그러나 천계에도 어려움이 있다네. 속세의 과학 기술이 날이 갈수록 발전하고, 하늘에 오르고 별에 닿는 것이 너무나 쉬운 일이 되고 있어. 별자리 대다수를 고통스럽게 포기했어야만 했지. 그중에서도 달은 가장 위험했다네. 또한 인간 세상의 혼란은 이제 천계도 감당할 수 없을 정도일세. 화들짝 놀란 선인들과 요괴들도 인재를 피하려고 속세에서 떨어진, 고요하면서 청정한 곳을 찾고 있지만, 천계도 이에 대응할 여력이 없어. 이제 더는 이용할 수 있는 별이 없으니 살 곳이 없다네. 그저 한숨만 내쉴 뿐이지.

경은 본래 월궁의 선녀였으나 강제로 속세에 갇히게 되었지. 본좌는 이를 미안해하고 있네. 이리저리 애를 써 보았으나 만회할 수가 없어 일부러 자네에게 밝은 척을 했지. 그러나 오늘 밤 경의 영상에 달린 댓글을 보고 놀라움과 슬픔에 빠졌다네. 이제야 알게 된 거야. 장생불로 약이라는 것이 여인의 몸에는 무간지옥과 다를 바가 없다는 것을. 그러나 본좌 또한 경의 고통에 심히 공감할 수 있네. 천계 동료라는 이들은 대부분 수염이 났으니까. 남존여비에 익숙하고, 양을 숭상하며 음을 천시하는 이들이지. 그 생각이 공고하고 그 감정이 굳건하니 수천 년이 지나도 변화가 없었네. 내가 끝없는 법력을 지니기는 했으나 혼자 힘으로 다수에게 맞서면서 여성의 자리를 끌어올리기가 쉽지는 않네.

미래는 아득하고도 험난하지만, 언젠가 경이 그 몸으로 인간 세상과 조화를 이루며 살아갈 수 있기를 바랄 뿐이네.

나는 고개를 들었다. 진부하게도 눈물이 시야를 흐렸다. 나는 눈물이 싫었다. 이건 너무 뻔했고 지나치게 감정적이었으며 매우 침착하지 못했고 과도하게 격정적이었다. 히스테릭했다. 피해자의 위치에 서는 것이라 너무 여성적이었다.

요가 교실에서도 울지 않았는데. 경찰서에서도 울지 않았는데. 차 안에서도 울지 않았는데. 편의점에서도 울지 않았는데. 혼자 집으로 걸어갈 때도 울지 않았는데. 근데 어째서 집 안에서 운단 말인가.

울면 여자가 되어 버리는 거야. 진짜로 여자가 되어 버리는 거라고. '그런' 여자가 되어 버린다면 이제 누구도 내 말을 진지하게 들어 주지 않을 거야. 나의 두려움과 걱정을 믿어 주는 이가 없어질 거야. 정말로 그렇게 될 거야.

그러니 집에서도 울 수 없어.

나는 거추장스러운 눈물을 닦은 뒤 장생불로 약만큼이나 쓸모없는 다리를 인어공주처럼 질질 끌면서 주방으로 갔다. 소독액을 준비하기 위해서였다. 바닥을 닦고 스쿠터를 닦고 철문을 닦을 솔도 준비해야지. 그런 뒤에는 검은 개가 선천적으로 왕성하면서도 잘 억제하지 못하는 자기 호르몬을 모두 분비하기만을 기다릴 것이다. 검은 개가 떠나면 우리 집 미투의 냄새를 남김없이 지워야지.

어쨌든 미투가 잘못한 거니까. 그녀는 자기 냄새를 남기지 말았어야 했어.

남의 아이

금요일 퇴근 시간. 지하철 환승역을 향해 달려드는 사람들은 중원절(中元節)*에 제삿밥을 먹으려고 다투는 고혼(孤魂)들과 다를 바 없는 모습이었다. 아니, 고혼들조차 비틀비틀 뒷걸음질하면서 사람들에게 길을 내어 줄 정도였다.

어쨌든 금요일은 매주 한 번씩 돌아오니까. 더 자주 연습할 수 있으니 일 년에 한 번뿐인 중원절과 비교할 수는 없을 터였다.

차라리 그냥 죽어 버리지. 그러면 자리도 덜 차지할 텐데. 키가 150센티미터도 안 되는 위제가 사람들에게 떠밀려 지하철 밖으로 튕겨 나갔다. 키가 너무 작다는 원념(怨念)도 그녀의 썩은 동태 눈 같은 두 눈에 생기를 불어넣어 주지는 못했다. 대신 콧구멍이 크

---

* 음력 7월 15일. 타이완 사람들은 음력 7월을 귀월(鬼月)이라고 부르는데 이때 저승 문이 열려 귀신이 이승으로 넘어온다고 한다. 저승 문은 초하루에 열리기 시작해 중원절에 가장 활짝 열리고 그믐에 완전히 닫힌다. 귀월에는 타이완 곳곳에서 제의가 행해진다.

게 벌어졌다. 초조함 때문인지 신선한 공기를 들이마시기 위해서
인지 위제도 알 수 없었다. 그녀의 마음에 쌓여 있던 저주와 욕설,
분노, 증오가 콧구멍을 통해서 쏟아져 나왔다. 그것들은 그녀의
저주를 받은 낯선 승객들의 몸에 달라붙었고, 그들을 새로운 숙
주로 삼았다.

그러나 지금은 금요일 퇴근 시간이었다. 누구든 이맘때면 초조
해했고 우울해했으며 반쯤은 미쳐 있었다. 어쩌면 다른 이의 콧
구멍이 더 많은 원념을 쏟아 내고 있을 수도 있었다.

늘 손에 쥐고 있던 휴대 전화가 울리기 시작했지만 위제는 사
람들이 붐비는 통에 옴짝달싹할 수 없었다. 이리저리 애를 쓴 끝
에야 겨우 손을 뒤집어서 발신자를 확인했다. 역시나 선임 비서
관이었다.

"이년이 미쳤나!"

어렵사리 받은 전화에서 다짜고짜 들려온 욕설은 이 전화가 보
이스피싱이 아니라는 걸 분명하게 알려 주었다.

"저우위제, 씨발, 너 어디서 뒈지기라도 했어? 페이스북 메시지
폭발했는데 처리 안 할 거야? 사무실 전화가 미친 듯이 울려서 너
대신 답장해 줄 사람도 없다고!"

페이스북 계정 관리자로서 그녀도 알림창이 폭발했다는 걸 당
연히 알고 있었다. 그러나 답장을 한다고 해서 그 속도를 따라갈
수 있을 것 같지 않았다. 그래서 어쩔 수 없이 알림을 잠시 껐다.
그러지 않으면 휴대 전화가 끝도 없이 진동해 삼십 분이면 배터
리가 방전될 터였다.

"처리했어요. 다만 메시지가 끊임없이 와서…… 진짜 너무 많

다고요…… 젠장!"

인파를 따라 계단으로 향하던 위제는 발이 걸려서 넘어질 뻔했다. 그러나 통화 중인 상대방이 선임 비서관이었기에 뿜을 뻔한 구토물을 삼키듯 입안에 담긴 욕을 도로 삼켰다.

빌어먹을. 진짜 토할 것 같네.

그녀는 구토물을 삼키듯 욕을 삼켰다는 자기 머릿속 비유가 역하다고 느꼈고, 마음이 생리 반응으로 이어지면서 자기도 모르게 헛구역질을 했다.

"미쳤나, 이게! 자기 일 좀 제대로 하라고 했을 뿐인데 지금 토하는 거야!"

"아뇨, 비서관님한테 토한 게 아니에요."

그녀는 좀 더 부드러운 말투로 말했다.

"죄송해요. 오늘 휴가는 제가 한 달 반 전에 올린 거라서요. 그래서……."

"야! 방금 뭐라고 했어? 휴가! 오늘 휴가를 쓰겠다고?"

이제껏 꼬리에 불이 붙은 것처럼 굴던 선임 비서관이 엉덩이에 불붙은 꼬리가 하나 더 늘어난 듯 반응했다.

"난 네가 지역 사무실에 간 줄 알았는데. 지금 어디야?"

사실 휴가 신청서대로라면 오늘 아침에 떠났어야 했어요. 긴급한 상황이라 아직까지 남아 있었던 거예요. 위제는 욱하는 기질이 있었지만 이런 말을 뱉어서는 안 된다는 것쯤은 알고 있었다. 진짜로 말했다가는 목숨이 남아나지 않을 것이다. 제삿밥도 얻어먹지 못할 만큼 처참한 죽음을 맞이하겠지. 그렇게 죽으면 귀신이 되어서도 너무 불쌍하지 않을까.

"아, 그게, 지금 고속 철도역에 있……."

말을 마치기도 전에 휴대 전화가 날아갔다. 옆 사람이 먼저 가려고 몸을 들이밀면서 위제와 부딪혔기 때문이었다.

"젠장! 내 전화!"

휴대 전화가 지하철 개찰구 너머로 날아가는 걸 본 위제는 더는 쌓인 분노를 참을 수 없었다. 고개를 돌려 자기와 부딪힌 남성에게 욕을 해 댔다.

"씨발, 문제가 뭐예요! 왜 와서 부딪치는 거예요? 휴대 전화로 교통 카드 찍어야 하는데 못 나가게 됐잖아요!"

"너무 천천히 걸어서 내 아들이 못 지나가잖아. 살짝 밀었을 뿐인데 휴대 전화가 날아가다니. 당신이 제대로 안 쥐어서 그런 거 아냐?"

검은 상의에 검은 청바지, 검은 운동화 차림의 남성이 고개를 돌리며 받아쳤다. 알고 보니 어린아이의 짓이었다. 하긴 그녀는 150센티미터도 안 되는 호빗*이었다. 하지만 남성은 한눈에도 장신으로 그녀의 머리는 그의 팔꿈치에도 안 닿을 듯했다.

"아가씨, 여기 전화기요……."

개찰구 밖에 있던 어떤 남성이 그녀에게 휴대 전화를 건네주었다. 조금 전 아들을 데리고 있던 남성과 비교하면 표정과 말투가 훨씬 더 부드럽고 예의가 있었다. 보기만 해도 마음이 즐거워져 그녀는 세계 멸망을 향한 염원의 불길을 적시에 꺼뜨렸다.

---

* 존 로널드 로웰 톨킨의 소설에 나오는 가상의 종족으로 평균 키가 약 1미터다.

휴대 전화를 받은 위제가 이 은혜에 보답할 방법이 없으니 몸으로 갚으면 어떻겠냐는 헛소리를 뱉으려고 했지만, 착한 남성은 곧장 몸을 돌리더니 여자 친구의 손을 잡고 가 버렸다.

좋아. 역시 세계는 종말을 맞이하는 게 좋겠어.

값비싼 충격 방지 케이스 덕분에 휴대 전화는 고장 나지 않았지만, 선임 비서관과의 통화는 끊겨 있었다. 충격 때문에 끊어졌는지 비서관 꼬리에 붙은 불 때문에 꺼졌는지는 알 수 없었다. 어찌 되었든 그녀는 다시 전화를 걸어야 했다.

지하철 개찰구를 나선 뒤 고속 철도 개찰구를 향해 걸음을 옮기면서 다시 전화했지만 상대는 받지 않았다. 그녀는 어쩔 수 없다는 듯 고개를 들었다가 주변 사람들 사이에서 익숙한 얼굴을 보았다. 복도 위 스크린이 소리 없이 보여 주고 있는 뉴스 영상에 그녀가 모시고 있는 의원의 얼굴이 나왔다.

"단순히 형벌을 강화하는 것만으로는 문제를 해결할 수 없습니다. 이건 문제를 표면적으로만 해결하는 방법이에요. 본질적으로는 해결할 수 없습니다. 오히려 더 많은 사회적 문제를 일으킬 수 있지요……."

그녀는 스크린 속 의원이 내뱉는 말을 대신 읊조렸다. 대중의 분노를 샀던 바로 그 말이었다. 공교롭게도 이때 상대가 전화를 받았다. 곧이어 커다란 욕지거리가 고막을 찢을 듯 들려왔다.

"미친년, 그딴 건 왜 외우고 다녀? 우리가 덜 시달린 것 같아?"

스크린에 담긴 건 오늘 정오에 큰 논란을 일으켰던 기자 회견 장면이었다. 그래서 잠깐 보는 것만으로도 의원이 어떤 말을 뱉었는지 기억해 낼 수 있었다. 겨우 몇 시간 전의 일이라서, 수백

번 방송된 영상이어서 그런 게 아니었다. 그녀가 이 대본의 초고를 작성했기 때문이었다.

"죄송해요. 마침 고속 철도역에서 뉴스 재방송을 보고 있었거든요."

"지금 어디든 간에 당장 돌아와. 씨발, 안 그러면……."

드디어 고속 철도역 개찰구 앞에 도착했다. 위제는 고개를 옆으로 기울여 어깨와 머리 사이에 휴대 전화를 끼웠다. 그러고는 숄더백 안을 뒤적거렸다. 개찰구 앞에 선 채로 계속 표를 찾을 수는 없으니 다른 이들이 먼저 들어갈 수 있도록 옆으로 비켜야겠다고 생각했을 때였다. 고속 철도 표가 휴대 전화 안에 있다는 게 떠올랐다.

"……흠, 선임 비서관님, 잠시만 기다려 주세요. 잠시만요. 어……."

휴대 전화를 켠 뒤 화면 위에 손가락을 댔다. 큐알 코드를 찾은 그녀는 다급하게 사람들 사이로 돌아갔고, 반쯤 끼인 채로 줄을 섰다. 스캔 후 개찰구를 지난 그녀가 휴대 전화를 들어 귀에 대려고 할 때였다. 휴대 전화 화면에 메시지 하나가 떴다.

이모, 오늘 오는 거야? 빨리 올 수는 없어? 나랑 약속했잖아.

"세상에……."

알 수 없는 힘이 갈비뼈 아래 심장을 움켜쥔 듯했다. 악력이 점점 위협적으로 강해졌다. 위제는 휴대 전화를 힘껏 쥐었다. 가슴속 충동이 폭발할 것만 같았다. 그러나 지금 자기와 통화하고 있는 이는 꼬리가 아홉 개 달린, 거기에 불까지 붙은 구미호였다. 이 사실을 스스로에게 상기시킨 위제는 다시 전화기를 귀에 가져다 댔다.

"여보세요. 선임 비서관님, 죄송해요. 제가 지금 꼭 가 봐야……."

"꼭 돌아와야 해! 씨발, 지금 상황 파악 안 돼? 마조* 할멈이 곧 들어와 회의할 거라고. 회의 끝나면 바로 일 시작해야 해. 근데 지금 밖에서 처놀고 있다, 이거지!"

국회 사무실 사람이든 지역구 사무실 사람이든 다들 몰래 의원을 마조 할멈이라고 불렀다. 이들이 모시던 의원은 평소 행실을 보았을 때 확실히 마조 할멈이라는 호칭에 걸맞았다.

"아뇨, 제가 꼭 남부에 가야 해서요. 선임 비서관님, 죄송해요. 하지만……."

"나야말로 부탁 좀 하자. 대체 이럴 때 내려가서 뭘 하겠다고. 곧 회의 시작인데 남부로 가겠다고? 씨발, 가서 제삿밥이라도 먹겠다는 거야?"

"회의 끝나고 결론만 제게 알려 주세요. 삼십 분 안에 성명서 써 드릴 수 있어요. 서두르면 십오 분 안에도 문제없고요. 이건 제가 어디에 있든 상관없잖아요."

"씨발, 상관없기는. 네가 똥 대신 원고를 쌀 수 있다고 해도 이럴 때는 남아서 동고동락해야지. 마조 할멈이 아무 말 안 하더라도 다른 동료들은 못 받아들일걸! 아직 열차 안 탔으니까 빨리 튀어 와! 대체 무슨 일인데 꼭 지금 가야 한다는 거야?"

---

* 중화권 민간 신앙에서 마조(媽祖)는 북송 시기 실존 인물로 여신이자 항해의 신이다. 원래는 푸젠성을 기반으로 하는 작은 신이었는데 푸젠성 사람들이 타이완, 말레이시아, 싱가포르 등 다른 곳으로 이주하면서 함께 이동했고 격도 높아졌다. 타이완에서는 옥황상제에 버금갈 정도로 큰 사랑을 받는다.

대체 무슨 일인데 꼭 지금 가야 하냐고?

이유가 충분하지 않다는 걸 알았기에 위제는 더는 강경하게 굴수 없었다. 그저 중얼거리듯 사과하면서 빠져나가려고 했을 뿐이었다. 동시에 위제는 기차를 놓치지 않으려고 에스컬레이터 손잡이를 붙잡고 있는 이들을 요리조리 피했고, 똑같은 사과의 말을 웅얼웅얼 뱉었다. 아침에 출발하는 기차의 표를 미리 사 놓기는 했지만 당연히 쓸 수 없게 되었고, 금요일 퇴근 시간대의 표는 유달리 구하기 어려웠기에 어쩔 수 없이 아침 좌석을 저녁 자유석으로 변경했다. 일단은 기차에 탑승부터 해야 했다.

늘 그렇듯 자유석 찻간은 짐칸 위에 사람을 쌓을 수 있을 정도로 인산인해였다. 애초에 자리에 앉을 수 있을 거라고는 기대도 하지 않았지만, 나란히 이어진 세 좌석 중 중간 자리가 비어 있는게 흘깃 보였다. 그녀는 체구가 작은 장점을 이용해 사람들 사이를 몇 번 파고들었고, 드디어 자리에 앉을 수 있었다.

역시 남의 자리였다.

먼저 온 사람이 짐칸에 짐을 얹으려고 잠시 자리에서 일어난 사이 그녀가 자리를 차지해 버린 거였다. 그러나 자유석의 경우, 조금 전까지 내 엉덩이가 저기에 있었으니 저 자리는 내 자리라고 말할 수 없는 법이었다. 자리를 빼앗긴 사람은 수염을 잡아 뜯으면서 눈을 부라리더니 옆에 서서 욕지거리를 내뱉었다. 위제는 아예 못 본 척했다. 고개를 돌려 창밖을 보면서 계속 통화를 했다. 그러나 어두운 차창에 비친 그 사람의 독기 어린 눈빛마저 피할수는 없었다. 위제는 거듭하고 있는 자신의 사과가 통화 중인 선임 비서관을 향한 것인지 유리창에 비친 사람을 향한 것인지 헷갈렸다.

어쩔 수 없어. 내가 남을 짓밟지 않아도 남이 나를 짓밟는 게 세상 이치인걸. 그녀는 속으로 자기 합리화를 했다.

결국 선임 비서관이 욕설을 내뱉으며 전화를 끊었다. 미안함이라는 감정이 온몸에 가득 차올라 콧구멍에서 흘러나올 정도였지만 위제는 잠시도 손가락을 멈추지 않았다. 조금 전 자신에게 메시지를 보냈던 인인에게 전화를 걸었다.

평소라면 이러지 않았을 것이다. 인인의 휴대 전화는 위제가 몰래 사 준 것이었다. 인인의 엄마, 그러니까 위제의 언니 위핑은 이 휴대 전화의 존재를 몰랐다. 위제는 위핑이 이를 알게 되었을 때 어떤 일이 벌어질지 감히 상상도 할 수 없었다.

인인이 전화를 받지 않았다. 이유는 알 수 없었다. 아무 일도 없어서 안 받는 걸까. 아니면 받을 수 없어서 못 받는 걸까? 만약에 못 받는 거라면 위험한 상황에 놓여서일까? 아니면 엄마가 눈치 챌까 두려워서?

하 — 미칠 것만 같았다.

전화를 끊은 뒤 자기보다 여섯 살 많은 위핑에게 전화를 걸었다. 역시나 받지 않았다.

진정해. 침착해야 해. 위제는 이렇게 스스로를 설득하면서 숄더백을 좌석 아래에 두었다. 일부러 천천히 움직였다. 두 다리를 모은 뒤 허벅지 위에 휴대 전화를 내려놓았고, 두 손으로 휴대 전화를 누르면서 깊이 숨을 들이쉬고 내쉬었다. 단전을 아래로 가라앉히면서 마음을 안정시켰다.

의원이 음성 훈련 수업을 들을 때 옆에서 몰래 배운 거였다. 호흡이 제일 중요하다고 했어. 호흡을 조절해야 해. 젠장, 음성 훈련 수업!

질의할 때 목소리가 너무 날카롭다, 말투가 너무 여성스럽다, 지나치게 감정적이면서 비이성적인 것처럼 들린다, 이 아줌마가 뭐라고 하는 건지 도저히 들어 줄 수가 없다 따위의 인터넷 악플에 의원이 시달리자, 그들은 어쩔 수 없이 대세를 따르기로 했다. 법안 연구와 자료 수집으로 바쁜 일정 속에 세 시간짜리 음성 훈련 수업을 매주 끼워 넣었던 것이다. 그게 금요일 저녁이었다.

위제가 연극배우였던 옛 친구에게 부탁해 진행하던 수업이었기에 관련 연락도 위제가 도맡고 있었다. 그러니 오늘 수업을 취소해야 할 것 같다는 연락도 위제가 해야 했다.

휴대 전화를 든 위제는 두 엄지로 화면의 키보드를 빠르게 두드렸다. 그러느라 창가에 앉은 남성이 갑자기 신문을 펼치는 걸 알아차리지 못했다. 남성은 두 팔로 옆에 아무도 없다는 듯 거리낌 없이 석간을 획 펼쳤고, 그녀의 휴대 전화는 그 바람에 또다시 아래로 떨어졌다.

여기서 더 나빠질 수도 있을까?

"음, 미안해요."

휴대 전화를 주우려고 허리를 굽힌 위제의 머리 위로 사과의 말이 바람처럼 스치며 지나갔다. 펼쳐진 신문은 창가에 앉은 사람의 읽기와 위제의 낭패감을 장벽처럼 분리해 주었다. 신문 아래 반바지를 입은 두 다리는 신문을 켠 팔처럼 쩍 벌려져 있었다. 편안히 날갯짓이라도 하듯이 활짝 펼쳐진 다리였다. 입으로는 사과하고 있었지만, 두 다리는 날갯짓을 포기할 생각이 없어 보였다.

심지가 참 굳은 양반이네. 이 정도면 하는 일마다 성공하고 가정에도 행복이 가득하겠어.

어렵사리 남성의 무릎과 다리 사이에서 틈을 찾아냈다. 손을 뻗어 휴대 전화를 집은 뒤 상반신을 일으키면서 옆에 앉은 남자에게 좀 비켜 달라고 할 작정이었다.

그런데 그녀의 시선이 신문 헤드라인에 실린 사진에 머물렀다. 의원과 피해 여아 가족이 오늘 정오에 했던 기자 회견 사진이었다. 여아의 할아버지와 할머니, 삼촌과 숙모가 일제히 무릎을 꿇고 고개를 조아리던 순간이 찍힌 사진. 의원은 그들 옆에 서 있었지만 무릎을 꿇지는 않았다. 카메라는 의원의 표정이 매우 일그러져 있던 순간을 포착했다.

사진 위에는 자극적으로 이렇게 적혀 있었다.

롤리타 강간 사건의 대반전! 음흉한 늑대는 바로 사촌 오빠?

이때였다. 기차가 움직이기 시작했다.

*

어제 사건이 터진 건 입법원 내 위원회 회의가 막 끝났을 무렵이었다. 이때 의원을 모시고 회의에 참석했던 위제는 당일의 주요 업무가 어느 정도 끝났다고 생각했었다. 그래서 회의가 끝나자마자 휴가를 내고 귀가해 미리 짐을 싸 둘 계획이었다. 그런데 학교에 침입한 괴한이 이유 없이 칼을 휘둘러 초등학생 여자아이가 공격을 당했다는 소식이 갑작스레 전해졌던 것이다. 인터넷 여론은 바로 들끓기 시작했고 음력 7월 중순이었던 인간 세상을 불바다로 만들어 버렸다.

살아 있는 사람이라면 자기 삶이나 잘 살아갈 것이지 어째서 인간 세상마저 산지옥으로 만드는 걸까? 분명 귀신들도 어이없어 할 것이다.

괴한은 학교 운동장 바로 옆에 있는 놀이터에서 칼을 휘두르며 아이들을 해치려 했고, 마침 학교로 운동하러 온 성인들이 힘을 합쳐 그를 제압했다. 이때는 괴한을 제압하던 성인 몇 명만 다쳤을 뿐 다친 아이는 없었다. 그런데 이자와 먼저 마주친 아이가 한 명 있었다. 혼자 화장실에 가던 길이었기에 사람들은 여자아이가 칼에 찔렸다는 걸 나중에야 알게 되었다. 아이는 발견되자마자 병원으로 보내졌고 바로 응급 치료를 받았다.

발견되었을 당시 아이가 의식이 없었고 피를 많이 흘린 데다 하의도 흐트러져 있었기에 여론이 뜨겁게 달궈졌다. 정의의 불꽃은 학교 안전 문제에서부터 이상 동기 범죄, 아동 성범죄 형사 처벌, 심신 미약과 감형의 관련성, 심지어는 사형제 존폐에 이르기까지 아무 데서나 논리 없이 타올랐고, 닿는 곳마다 모조리 태워 잿더미만 남겼다.

막 발생한 사건이었기에 피의자의 정신 감정은 물론 형량을 논의하는 단계에도 이르지 못했는데 말이다.

해당 학교가 의원의 지역구에 있었기에 두 사람은 위원회 회의가 끝나자마자 지역 사무소의 전화를 받았다. 선임 비서관은 이번 사건에 대해 간략히 설명해 주었고, 피해 아동의 가족이 의원의 병문안에 동의했으니 바로 병원으로 가서 위로를 건넬 것을 요청했다.

휴가를 낸 뒤 일찍 퇴근해서 짐을 쌀 생각이었던 위제는 지척에 있는 사무실에도 돌아갈 수 없게 되었다. 의원과 위제는 병원으로 가는 길에 언론 보도를 찾아보았고, 관련 댓글들도 보았다. 피해 아동은 아직 깨어날 기미가 없었고, 네티즌들은 피의자를 천 번 넘게 처단한 듯했다.

두 사람이 병원에 도착했을 때, 피해 아동은 응급조치로 긴급 수혈을 받고 있었다. 여자아이의 아버지는 중국에서 일하고 있었기에 바로 달려올 수 없었고, 어머니는 딸이 깨어나지 못하자 오열하며 몇 번이나 기절했다. 앞집에 사는 조부모와 삼촌, 숙모는 한마음으로 분노했고, 반드시 가해자를 엄벌해야 한다고 의원에게 말했다. 여자아이의 멀쩡하던 얼굴에 칼자국이 생겼으니 나중에 결혼할 때 영향을 받을 수도 있다고, 게다가 이렇게 어린 아이에게 성범죄를 저지르다니 완전히 한 여자의 삶을 망쳤다면서 절대 용서할 수 없다고 했다.

마침 의원이 발의했던 성범죄 방지법 개정안이 의회에서 심의 중이었다. 이들은 언론 매체 기자들의 마이크와 카메라 앞에서 격렬하게 호소했고, 이런 악행을 저지르는 인간 말종이 합당한 처벌을 받을 수 있도록 태형, 화형, 화학적 거세, 가석방 불허 등 강력한 처벌 조항을 법안에 추가해 달라고 의원에게 간청했다.

중상을 입은 여자아이와 딸 걱정에 고통스러워하는 그 어머니를 직접 본 의원과 위제도 병원에서 몇 번이나 눈물을 글썽였다. 그러나 위제는 이렇게 법을 개정하는 것이 마조 할멈의 신념에 어긋난다는 걸 알고 있었다. 의원은 끝까지 법 개정에 대해서는 수락도 거절도 하지 않았다. 그저 최선을 다해서 아이와 가족을 돕겠다고 말할 뿐이었다.

　물론 이렇게 애매모호한 답변은 가족, 언론, 네티즌 모두에게 받아들여지지 않았다. 책임 회피다, 정치 쇼다, 남의 상처를 이용해 주목받으려고 한다는 등 맹비난을 받았다. 이런 일이 신문 사회면에 한두 번 보도되는 게 아니었기에 현장에서 어떤 말을 해야 하는지, 어떤 말이 무슨 반응을 얻을지 사실 의원도 알고 있었다. 적어도 현장에서는 피해자 가족의 말에 따르는 척이라도 해야 한다고 위제가 의원에게 조언하기도 했지만 의원은 절대 입장을 번복하지 않았다.

　위제도 의원이 무슨 생각으로 저러는지 알았다. 그녀는 자기 신념을 배반하고 싶어 하지도, 피해자 가족의 말을 반박하면서 도덕적 우위에 서고 싶어 하지도 않았다. 그래서 고작 저런 말만 할 수 있었다. 사실 위제는 속으로 피해자 가족의 주장을 지지했다.

　의원을 모시고 일하면서 의원의 신념을 존중해 온 위제였지만, 이렇게 성폭행이나 성추행 사건을 접할 때면 의원의 생각을 도저히 받아들일 수 없었다. 어쩌면 위제가 정말로 견딜 수 없었던 건, 겪어 본 적이 없기에 가벼이 넘길 수 있는 여유로움이었을지도 몰랐다. 아니면 여유로움을 찾아볼 수 없는 스스로가 싫었던 것인지도. 그도 아니면 자신에게서 여유로움을 앗아가 버린 오빠가 싫었던 것이거나.

　위제는 의원이 이런 사람이 아니라는 걸 알고 있었다. 의원을 이렇게 나쁘게 생각해서는 안 된다는 것도. 그러나 치밀어 오르는 분노에 그녀는 옆에 있는 여인을, 함부로 약속하지 않는 여인을 조금은 원망할 수밖에 없었다. 피해자가 남의 아이라서, 그래서 이렇게 냉정한 걸까?

입법원 내 사무실로 가는 택시에서, 조금 울컥했던 위제는 내내 의원에게 말을 걸지 않았다. 의원은 위제가 화가 난 걸 알고 있을까? 알 수 없었다. 의원은 등받이에 기댄 채 눈을 감고 쉴 뿐이었다. 반면 그녀는 미친 듯이 휴대 전화를 확인했다. 그러다가 인터넷에 쏟아지는 비난 댓글에 눈물을 흘리기도 했다. 그중 그녀의 가슴에 가장 아프게 박혔던 건 다음과 같은 말이었다. "자기는 애를 안 낳아 봤다 이거지. 그러니 아이가 다치면 양육자가 얼마나 가슴 아픈지 전혀 모르는 거야. 남의 애야 죽든 말든."

의원님은 그런 사람이 아니야! 그녀의 공감 능력은 마조 여신에 버금갈 정도라고!

이제 그녀는 자기가 왜 울고 있는지도 알 수 없었다. 자신이 줄곧 좋아하고 지지해 온 의원이 욕을 먹고 있어서? 아니면 옆의 의원에게 이런 식으로 욕을 퍼붓고 싶은 게 실은 자기 자신이라서?

어째서 성평등 교육 강화가 최우선 과제일까? 이미 너무 많은 남녀 아이들이 피해를 입었는데. 성교육이 제대로 이루어지기 전까지 더 많은 이들이 희생되지 않을까? 그냥 이 새끼들을 묶어서 방파제로나 쓰는 게 낫지 않나? 성평등 교육이라니, 이 얼마나 지지부진한 대책인가.

사무실에 거의 다 왔을 때였다. 여전히 눈을 감고 있던 의원이 입을 열었다.

"위제, 그만 봐. 어두운 차 안에서 휴대폰 보면 가슴도 아프고 눈도 나빠지니까."

그러니까 의원은 그녀가 가슴 아파하는 걸 알고 있었다. 그러면 그녀가 가슴 아파하는 이유도 알고 있을까? 그녀 자신도 잘 알지 못하는데?

그러다가 사무실에 들어가 보니 상황은 걷잡을 수 없이 나빠져 있었다.

여자아이는 아직도 깨어나지 못했다. 전해진 소식에 의하면 여아의 하체에는 성폭행 흔적이 명백히 남아 있었다. 그런데 그것은 막 생긴 흔적이 아니었다. 오래 덧쌓인 상흔이었다.

*

음. 흉. 한. 늑. 대. 는. 바. 로. 사. 촌. 오. 빠?

뒷자리에 앉아 있던 아이가 무료함에 가만히 있을 수 없었는지 자리에서 일어나 두리번거리더니 창가에 앉은 사람이 들고 있는 신문 헤드라인을 한 글자씩 또박또박 읽었다.

"아빠, 이게 무슨 뜻이야? 사촌 오빠가 늑대 인간이라는 거야? 보름달이 뜨면 변신해?"

"어, 네가 잘 모르는 거야. 아무거나 막 읽지 마."

아빠의 목소리가 조금 어색하면서도 귀에 익은 듯했다. 어? 위제는 좌석 사이로 몰래 뒤를 보았다. 이런, 개찰구 앞에서 부딪혔던 그 부자가 맞았다. 원수는 외나무다리에서 만난다더니.

"옹? 아무거나 읽은 거 아닌데. 신문에 그렇게 적혀 있단 말이야. 사촌 오빠는 어떻게 음흉한 늑대가 될 수 있어? 나도 늑대 인간 되고 싶은데. 늑대 인간은 멋있잖아! 나는 착한 늑대가 될 수 있을까?"

아이가 아빠에게 매달리면서 하는 말을 들은 위제는 참을 수 없어 몰래 웃었다.

"차, 착한 늑대 같은 게 어디 있어. 그런 늑대들은 다 나쁜 놈이야. 너는 그런 사람 안 될 테니까 걱정하지 마."

"아니 — 난 되고 싶은데. 왜 안 된다는 거야 —."

"아니, 안 된다면 안 되는 줄 알아 —."

아이 아빠가 민망해하는 것을 보고 주위 사람들도 웃음을 터뜨렸다. 통로에 서 있던 한 중년 여성이 분위기를 환기하려는 듯 아이 아빠에게 말했다.

"애들은 원래 이렇게 다 솔직하죠. 참 귀엽네요."

"하하, 맞습니다. 애 엄마가 평소 교육을 어떻게 했는지 모르겠네요. 공공장소에서 이런 말을 내뱉다니. 제게 창피를 주려고 작정했나 봐요!"

"아니에요. 애들은 원래 백지처럼 순진무구하잖아요. 무슨 말을 하더라도 다들 이상하게 여기지 않아요."

그러자 아이 아빠 옆에 있던 어떤 이가 말했다.

"애를 혼자 데리고 나오신 거예요? 고생하시네요."

"고생이라뇨. 당연히 해야 하는 일인걸요. 오늘 애 엄마가 신당에서 열리는 중원절 행사에 갔거든요. 아이를 데려가기도 좀 그렇고, 마침 여름휴가 중이라서요. 그래서 제가 데리고 나왔죠. 근데 쉽지가 않네요. 가끔은 때려 주고 싶을 정도라니까요."

"어머, 정말 좋은 아빠, 좋은 남편이네. 요즘은 이런 남자가 드물죠. 부인이 참 행복하시겠어요 —."

아들이 신문 헤드라인을 읽었을 뿐인데 어쩌다 그는 모두의 관심을 받는 모범적인 아버지가 되었을까.

이 사건은 하나의 사건이었다가 두 개의 사건이 되어 버렸고, 몇 시간마다 급격한 반전을 맞이했다. 롤러코스터를 탄 듯한 반전이었기에 여론도 그 속도와 범위를 따라가지 못했고, 상황은 몇 번이나 궤도 밖으로 벗어날 뻔했다. 본래 짐을 챙겨 고속 철도를 탈 예정이었던 위제는 오늘 아침 선임 비서관의 전화 한 통에 어쩔 수 없이 짐을 들고 지역 사무소로 갔었다.

이유가 있었다. 아이가 의식을 되찾았던 것이다. 아이는 의료진에 자기가 옷을 제대로 입고 있지 않았던 건 화장실로 가던 길에 공격을 당했기 때문이라고 했다. 의료진은 천천히 아이가 마음을 열게 하면서 경계심을 누그러뜨렸고, 그제야 아이는 진실을 밝혔다. 평소 '어른 놀이'를 하자면서 각종 물건을 몸속에 넣게 했던 것은 바로 앞집에 살던 사촌 오빠였다. 여름 방학만 지나면 곧 중학생이 되는.

전날 밤, 수많은 매체가 보는 가운데 의원과 위제를 병원에서 내쫓았던 할아버지, 할머니, 삼촌, 숙모는 사고를 친 것이 장차 가문을 이어 갈 손자이자 아들이라는 걸 알게 되자마자 피해 아동의 어머니와 상의도 하지 않고 지역 사무실로 달려와 의원에게 면담을 요청했다. "엄벌주의보다 성평등 교육 강화"라는 원칙을 고수하는 의원을 강력하게 지지한다면서 공식 입장도 표명해 달라고 했다.

그 뒤로 의원은 본 사건의 범인 대신 모두에게 욕을 먹는 처지가 되어 버렸다.

"아니, 요즘은 가정 폭력 같은 뉴스가 많잖아요. 이런 아빠를 뉴스에 내보내서 응원해 줘야 해요. 요즘은 과장이 심하다니까요. 다 부정적인 이야기만 하고 좋은 소식이 없어요. 괜히 사람들만 매일 불안하게 만들고 말이에요. 이러면 좋을 게 하나도 없잖아요."

"그러니까요. 요즘은요, 다들 뉴스를 보고 못된 걸 배우는 거예요. 애들이 태어나자마자 아무나 막 만지고 그러겠어요? 그게 다 텔레비전을 많이 봐서, 휴대 전화랑 태블릿 같은 걸 너무 많이 해서 그렇다니까요. 제 생각에는 아까 신문에 실린 개도 똑같아요. 텔레비전에 물든 거야——."

여전히 뒤에서 좋은 아빠 칭찬 대회가 열리고 있었지만, 위제는 더는 웃을 수 없었다.

아이는 절대 백지가 아니었다. 그녀는 착각에 불과한 말에 고개를 돌려 침을 뱉고 싶은 충동을 간신히 억눌렀다. 위제는 사람들이 숙고 끝에 이런 말을 내뱉는 게 아니라 다들 이렇게 말하니까 그냥 그렇게 말할 뿐이라는 걸 알고 있었다. 그러나 틀린 말이었다. 아이는 백지가 아니었다. 아이도 사람이었다. 사람에게는 몸이 있었고 기관이 있었으며 성욕이 있었다. 백지가 가지지 못한 게 있었다.

휴대 전화나 태블릿 같은 게 유행하기 전에도 백지는 깊은 밤 여동생 방으로 들어갈 줄 알았고, 손을 뻗어 이불 속을 파고들고 여동생의 바지 속을 더듬거릴 줄 알았다.

위제는 휴대 전화를 움켜쥐었다. 눈동자 뒤까지 차오른 눈물을 어떻게든 가라앉히려고 몸과 마음을 다해 노력했다.

그녀는 체액이 싫었다. 어디서 나오는 거든 다 싫었다. 그녀는 우는 것도 싫어했다. 남자가 흘리는 눈물은 참된 감정이지만, 여자가 흘리는 눈물은 히스테리라는 걸 그녀는 입법원 사무실에서 배웠다.

성별이 다르면 분비되는 체액조차 달랐다. 어떤 체액은 누구에게든 같게 보였지만, 성별에 따라 전혀 다르게 해석되었으며 사회학적 격차도 만들어 냈다.

여덟 살 때부터, 그녀보다 여섯 살 많았던 오빠 위탕이 "어떻게 해도 젖지를 않네. 안에 넣을 수가 없잖아."라고 말했을 때부터, 위탕과 쌍둥이인 위핑이 그녀 옆에 누운 채 아무것도 모르는 척했을 때부터 그녀는 체액을 싫어하게 되었다. 오빠의 체액도, 자기 체액도 싫었다. 위에서 흘러나오는 체액도, 아래에서 흘러나오는 체액도 싫었다.

이번 사건의 피해 아동은 열 살이었다. 그리고 남부의 본가에서 위제가 돌아오기만을 기다리는 인인은 아홉 살이었다.

위제는 휴대 전화를 다시 확인했지만, 여전히 인인의 답장은 없었다. 그래서 다시 메시지를 보냈다.

시야가 점점 모호해졌다. 아마도 지긋지긋한 액체 때문일 것이다.

열차가 멈췄다. 승강장에 있던 사람들이 깔때기를 지나 페트병 안으로 한 알 한 알 들어가는 타피오카 펄처럼 서로에게 들러붙은 채 열차 문을 지나더니 객실 안으로 밀려 들어왔다. 제사상에 놓인 공물들보다 바짝 붙어 있어 틈을 찾아볼 수 없을 정도였다. 몇 줄 떨어진 좌석에 마주 앉은 두 사람이 SNS로 네티즌이 편집한 영상을 보고 있었는데, 둘 중 여성이 일부러 볼륨을 높이자 객실 승객 절반이 그 소리를 들을 수 있게 되었다. 의원은 날카롭고

고저가 없는, 조금 우스꽝스러운 목소리로 호소하고 있었다. 아동 성교육을 조기에 시작해야 할 뿐만 아니라 아이들에게 더는 순결 관념을 주입하지 말아야 한다고, 그래야만 성폭력을 당한 아이들이 수치심과 죄책감 때문에 피해를 말하지 못하는 일이 생기지 않을 거라고, 소중한 걸 지키지 못했다며 자책하지 않을 거라고 했다. 또한 순결 관념이 악인이 아이를 협박하면서 다시금 범죄를 저지를 때 이용하는 수단이 되어서는 안 된다고도 했다.

하하하하하. 소중한 거. 하하하하하. 죄책감. 하하하하하. 아이가 수치심을 느끼지 않게 가르쳐야 한다니.

영상 속 소리와 억양은 괴상했고, 풍자가 가득했다. 주변 승객들 대다수가 질색하는 표정을 지었다. 누군가는 큰 목소리로, 누군가는 작은 목소리로 수군거렸다. 그런데 그녀의 두 눈 속 액체가 놀랍게도 이때부터 마르기 시작했다. 어젯밤부터 지금까지 이 사건에 관련된 언론 보도를 수백 건이나 접해서 그럴 수도 있었고, 어제 사건이 발생한 뒤로 기차에 오르기 전까지 의원과 함께 피해 아동의 어머니 및 그 가족과 이야기를 나누고 기자 회견까지 열어서 그럴 수도 있었다. 너무 많은 걸 알아서 오히려 대중이 느끼는 격렬한 분노를 잃게 된 것이었다.

"결혼도 안 하고 애도 안 낳아 본 늙은 여자가 무슨 자격으로 말을 얹어? 성교육이 중형을 선고하는 것보다 중요하다니! 고고한 척도 정도껏 해야지. 엄마 심경이 어떨지 아예 모르는 것 같은데! 아이를 열 달이나 배 속에 품고 있는 게 어떤 느낌인지 전혀 모르는 거야. 애 낳는 게 차에 치이는 것보다 더 아프다니까. 키우는 건 또 얼마나 힘든데 ── 어쨌든 죽는 건 남의 아이들이다 이

거지! 자기 아이가 아니라 남, 의, 아, 이, 니, 까!"

"하하. 못생긴 데다가 늙었잖아. 게다가 기 센 국회 의원이고. 누가 저런 여자랑 결혼하겠어. 저 여자는 평생 어미 마음을 알 수 없을걸……."

"어떻게 저런 말을 할 수가 있어. 자리에 애 엄마도 없더군. 저 여자 말에 반대해서 안 온 게 분명해!"

생각했던 대로였다. 두 사람의 논조는 다른 이들의 말과 궤를 같이했다. 오늘 낮 기자 회견장에서 의원이 했던 말은 피해 아동의 할아버지, 할머니, 삼촌, 숙모가 했던 말과 사실상 차이가 없었다. 그러나 언론의 의도적인 편집과 사람들의 자의적인 해석 끝에 사람들은 정치적 올바름을 지나치게 추구하는 것이 정치적으로 올바르지 않다는 결론을 내렸고, 이는 의원이 홀로 져야 하는 책임이 되었다. 여성과 아동을 보호하고 관련 복지에 힘쓰던 평소 이미지도 도움이 되지 못했다. 오히려 "위선자의 가면이 벗겨졌다는" 증거가 되어 버렸다.

기자 회견이 끝난 지 반나절도 되지 않았을 때였다. 어떤 언론이 의원의 개인사를 파헤친 특집 기사를 냈다. 의원이 몇 번이나 연애를 하고 그 연애가 어떻게 끝났는지 하나하나 짚었고, 한번은 유산까지 했다는 의혹도 제기했다. 누군가의 아내가 되기를, 누군가의 엄마가 되기를 갈망했던 그녀가 연이은 연애 실패로 결국 경력 쌓기에 매진하게 되었다면서 그녀의 심리 변화 과정을 '완전히' 그려 냈다.

평소였다면 의원실 사람들도 어이가 없어서 그냥 웃고 말았을 터였다. 진지하게 따지기 시작하면 오히려 격만 떨어질 테니까.

그럴 시간도 없었다. 그러나 지금과 같은 때에 언론이 이 사건과 의원의 연애사를 엮고 있다는 건 그 의도가 너무나 뚜렷했다. 그렇다고 해서 반응을 보일 수도 없었다. 그러면 화제의 초점이 변해 버릴 테니까.

위제 앞쪽의 좌석 어딘가에서 소란이 일어나더니 여러 소리가 들려왔다. 아기의 그치지 않는 울음소리와 짐이 바스락거리는 소리, 젊은 여자의 나지막한 감사 인사, 아직 어려서 성량을 조절하지 못하는 어린 여자아이의 "아저씨, 아주머니, 감사합니다."라는 말. 이 크고 작은 소리들이 위제의 머릿속에서 하나로 맞춰졌다. 사람들이 아이 둘을 동반한 여성에게 자리를 양보하는 훈훈한 장면이었다.

어젯밤에 만났던 피해 아동의 어머니 옆에는 아이가 한 명 더 있었다. 어린 남자아이였다. 아이 여럿을 혼자서 키우는 어머니들을 볼 때마다 위제의 마음 한구석, 절대로 건드려서는 안 되는 곳이 움찔하곤 했다 ─ 그녀는 자기 엄마를 떠올렸다. 아빠는 어렸을 때 병으로 죽었고, 엄마는 세 아이를 홀로 힘겹게 키웠…… 엄마는 다른 사람에게 늘 이렇게 묘사되곤 했다. 똑바른 사람. 사회적 관념에 부합하는 사람. 이건 의심의 여지가 없었다. 하지만 뭐라고 말해야 할까. 엄마의 손은 둘뿐이었고, 두 손으로 잡을 수 있는 건 두 아이뿐이었다. 바로 쌍둥이 언니 오빠였다. 그녀는 너무 작았고 조용했으며 부끄러움이 많았다. 혹은 다른 이유로 늘 잊히곤 했다. 그럴 때마다 그녀는 자신이 불필요한 존재일지도 모른다는 의심에 빠지곤 했다.

쌍둥이 언니 오빠는 키가 평균보다 컸다. 유달리 작은 건 그녀

뿐이었다. 아들 하나에 딸 하나. 더없이 완벽한 조합이었다. 여기에 작은 아이를 하나 더 넣는 게 무슨 의미가 있을까. 심지어 이름조차도 그랬다. 그녀는 자기 이름에도 열등감을 느꼈다. 위탕(玉堂),* 위핑(玉屛).** 엄마가 쌍둥이에게 지어 준 이름은 아이들을 향한 기대를 드러냈다. 하나는 성대하고 화려한 누각이었고, 다른 하나는 정교한 예술품이었다. 하지만 위제(玉階)는 옥으로 만든 계단이라 같은 '위' 자 돌림이기는 해도 남이 짓밟을 수 있었다.

그녀는 이런 생각을 단 한 번도 소리 내어 말한 적이 없었다. 혼자 아이 셋을 키우는 것만으로도 엄마는 충분히 힘들었으니까. 자기까지 엄마에게 어려움을 안길 수는 없었다. 이것 말고도 그녀가 내뱉지 않은 것은 많았다. 오빠가 밤이면 자신에게 했던 짓도, 위풍당당하게 국립 대학에 진학했던 오빠가 성범죄를 저질러 퇴학을 당했던 일도 말하지 않았다.

엄마가 죽기 직전까지 걱정했던 건 퇴학 후 연락이 끊긴, 벌써 몇 년째 소식이 없던 오빠였다. 마지막 순간까지 연이어 위탕을 부르는 엄마를 보며 그녀는 자기가 틀리지 않았다는 걸 깨달았다. 꺼내야 할지 알 수 없었던 마음속 응어리는 역시 꺼내지 않는 게 맞았다.

세상에 틀린 부모는 없다. 가정은 영원한 안식처다. 아이는 새하얀 백지와도 같다…… 이 천륜처럼 내려오는 가르침들은 의심하거나 고민하라고 있는 게 아니었다. 그냥 순순히 받아들이라고

---

* 화려한 전당이나 궁전.
** 옥으로 장식한 병풍.

있는 거였다.

이를 의심하면 상식에서 벗어나는 거였다.

열차가 다시 움직이기 시작했다. 앞에서 들려오는 아기의 칭얼거림은 점점 커다란 울음소리가 되었다. 승객이 너무 많았다. 에이컨이 켜져 있기는 했지만, 밖에서 삼킨 무더운 공기를 사람들이 기차 안에 도로 뱉어 냈기에 객실은 작은 지옥이 되어 가고 있었다.

위제는 대중교통을 이용할 때마다 자기가 사람이 아니라고, 다른 이들도 사람이 아니라고 느끼곤 했다. 대뇌는 동질적 존재의 수가 방대할 경우 다수를 단일체로 인식하곤 했으니까. 그래서 사회적 관점으로 일을 처리할 때면 개개인의 개별적 특징을 간과해 사람을 사물로 인식하는 경우가 많았다.

마조 할멈은 이 점을 꿰뚫어 보지 못했기에 늘 집단과 맞섰고, 그러다가 만신창이가 되곤 했다.

마조 할멈을 생각하니 자기도 모르게 시선이 휴대 전화로 향했다. 다들 회의 중이겠지. 낮의 기자 회견 발언은 그녀가 초안을 작성했다. 의원의 일관된 신념을 기반으로 쓰기는 했지만, 흉악범을 향한 비난보다 더 심한 말을 의원이 듣게 되었다고 생각하자 그녀는 어느 정도 죄책감을 느낄 수밖에 없었다. 게다가 이런 때 회의마저 빠졌으니, 의원은 물론 동료들도 자기를 이해해 주기 어려울 터였다.

정말 미안했지만, 정말 미안한데도.

그녀는 반드시 가야만 했다.

*

휴대 전화가 울렸다. 화면에 뜬 건 남부 본가의 전화번호였다. 위제의 눈이 휘둥그레졌다. 다급하게 전화를 받으려다가 곧 무언가를 떠올리더니 애써 목을 가다듬었다. 그러고는 지나치게 밝고 낭랑한 목소리로 전화를 받았다. 정도가 과했던 걸까, 창가에 앉아서 신문을 읽던 사람이 미간을 찌푸리며 그녀를 힐끔거렸다.

"여보세요? 인인? 맞아. 지금 기차 안이야…… 그 사람이 왔다고? 지금 어디에 있는데…… 응, 알겠어. 걱정하지 마. 밤에는 내가 너랑 같이 잘 거니까…… 당연하지. 약속했잖아. 꼭 그렇게 해 주겠다고…… 어, 그러면, 거실로 가. 가서 텔레비전을 켜고 볼륨을 높여. 그러면 그쪽 방 소리가 안 들릴 테니까…… 맞아. 텔레비전 볼륨을 최대한으로. 곧 도착할 거야…… 만약에, 그러니까 만약에 말이야, 내가 도착하기 전에 그 사람이 나오면, 그러면 골목 입구에 있는 편의점으로 가서 날 기다려. 맞아. 내가 전에 아이스크림 사 줬던 거기…… 응, 곧 도착해. 걱정하지 마…… 휴대폰 꼭 가지고 있고. 무슨 일 있으면 바로 내게 꼭 알려 줘야 해…… 아무 일 없을 거야. 두려워하지 마……."

통화를 끝내기 전 건넨 두려워하지 말라는 말은 아홉 살 인인에게 한 말일까, 아니면 스스로에게 한 말일까. 위제는 알 수 없었다. 그녀는 언니의 새 남자 친구를 상대할 자신이 없었고, 진짜로 싸우게 되었을 때 언니가 어떻게 반응할지도 알 수 없었다. 어쨌든 언니는 자기 딸을 제대로 보호하지 못했으니까. 그녀가 일촉즉발의 상황에 놓인 업무를 팽개치고 본가로 갈 수밖에 없었던 이유였다. '아저씨가 출장에서 돌아오는 날' 우연히 본가에 온 척하며 인인 옆에 붙어 있을 수밖에 없었다.

그런데 어떻게 해야 제대로 보호할 수 있지? 위제는 예전에 받았던 상담을 떠올렸다. 먼저 증거를 수집하라고 했지. 그런데 젠장, 언니에게 들키면 안 되는데 아홉 살짜리 인인이 혼자서 증거를 찾아야 한다고? 대체 무슨 수로? 얼마나 운이 좋아야 인인이 적절한 증거를 모으고 안전하게 빠져나올 수 있지?

결국 그녀는 언니 모르게 휴대 전화를 사 줬다. 자기 번호와 학교 선생님 번호 그리고 119를 저장했고, 인인에게 휴대 전화를 사용해 녹음하거나 촬영하는 법을 알려 주었다.

눈을 감은 위제는 의자 등받이를 뒤통수로 세게 눌렀다. 인인보다 이십 년을 더 산 자신이 이렇게라도 지혜를 짜낼 수 있기를 바랐다. 그런데 이게 정말로 가장 좋은 방법일까? 지난 이틀 동안 의원의 페이스북 계정으로 받았던 메시지 속 욕들이 주마등처럼 스치며 지나갔다 — 애도 안 낳아 본 게. 무슨 자격으로 말을 얹어?

가끔은 그녀 자신도 의심에 빠지곤 했다. 이모인 자신이 엄마인 언니보다 인인을 더 사랑한다는 걸까? 인인이 다칠까 봐 더 두려워한다는 걸까? 대체 무슨 자격으로 남의 아이를 보호하겠다며 멋대로 구는 거지?

게다가 이 모든 게 순조롭게 진행된다면, 언니는 이 증거들 때문에 인인의 양육권을 박탈당할 수 있었다. 언니는 남자 친구를 잃고, 인인은 엄마를 잃겠지. 자신과 언니의 관계도 끝날 게 분명했다. 그런 걸 보호라고 할 수 있을까? 자기가 아무리 인인을 아낀다 해도 인인은 남의 아이였다. 위제는 인터넷의 단호한 댓글들과 달리 스스로가 옳다고 확신할 수 없었다.

*

반차오*를 지난 뒤, 열차의 속도가 뚜렷하게 빨라졌다. 하지만 여전히 충분하지 않았다. 위제는 휴대 전화로 자기가 놓친 전화나 메시지가 없는지 확인했다. 그녀가 초안을 써야 하는 사무실의 결론이라든지, 그 짐승 같은 놈이 언니의 방에서 나와 인인의 방으로 들어갔다든지 하는…… 그러나 아무것도 없었다. 고속철도라서 신호가 안 잡히는 걸까. 아니면 무소식이 희소식인 걸까. 그녀는 걱정해야 할지 안도해야 할지 알 수 없었다.

앞쪽에 있던 엄마와 아이 둘이 자리에 앉은 지 얼마 되지 않아서였다. 아기가 더는 참을 수 없다는 듯 처절하게 울기 시작했다. 여자아이도 엄마를 도와 아기를 달래고 싶어 했지만, 어른 흉내를 내면서 아기에게 큰 소리로 야단을 치는 바람에 엄마에게 제지를 당했다. 그러자 서러웠는지 아기와 같이 울기 시작했다. 젊은 엄마가 아기와 큰애 중 누구를 먼저 달랠지 고민하는 사이, 울음은 눈덩이처럼 불어나 객실 전체를 울음바다에 빠뜨렸다.

"요즘 부모들은 애들 교육을 제대로 안 한다니까. 봐, 저렇게 시끄럽게 굴면서 떼를 써도 통제를 안 하잖아. 요즘 사람들은 낳기만 하지 제대로 키우지를 않아."

"우리도 돈 내고 탄 기차잖아. 자리가 없어서 서서 가는 건 어

---

* 타이베이의 위성 도시인 신베이시에 있는 구(區)의 명칭.

쩔 수 없지만 조용히 갈 권리 정도는 있지 않나? 가는 내내 이렇게 시끄러우면 난 정말 미쳐 버릴 거라고. 내가 쓴 돈은 돈이 아닌가?"

"훈육을 못 할 것 같으면 낳지를 말았어야지. 이게 그렇게 어렵나? 이 정도로 시끄럽게 굴 거면 그냥 남편 차나 타고 가야 하는 거 아니냐고. 애 낳고 훈육도 제대로 안 할 거면 밖에 데리고 나와서 남한테 피해는 주지 말아야지."

"아빠, 나는 착하지? 나는 쟤처럼 시끄럽게 안 굴어. 난 착한 아이지? 그렇지? 그러니까 아이언맨 사 주면 안 돼? 제발, 말 잘 들을게! 말 잘 듣는 착한 아이가 되면 사 준다고 했잖아!"

사방에서 원성이 자자했다. 원성 탓에 안 그래도 아이 울음소리를 참고 있던 위제는 더욱 짜증이 났다. 그녀는 페이스북 앱을 열어서 의원에게 욕을 퍼부은 메시지 몇 개에 답장을 보내려고 했다. 그런데 열차의 속도가 너무 빨라서 그런지 신호가 잡히지 않았다. 로딩 기호가 휴대 전화 화면에서 빙글빙글 돌았다.

열차가 타이중역에 멈추면서 휴대 전화의 로딩 기호가 드디어 사라졌다. 휴대 전화로 답장하려고 했을 때, 통로 너머에서 누군가 다시 떠들기 시작했다. 아까 의원에 대해 이러쿵저러쿵했던 이들이었다.

"아니, 아까 그 나이 든 여자가 기자 회견을 연다는데? 미친 거 아냐? 남의 집 딸갖고 쇼는 왜 하는 거야! 제발, 이거 그야말로 사회적 낭비 아니냐고……."

위제는 채찍에 맞기라도 한 듯 깜짝 놀라 몸을 곧추세웠다. 휴대 전화를 다시 확인해 봤지만 새로 온 전화도, 메시지도 없었다.

그녀는 깊이 한숨을 내쉰 뒤 곧장 사무실로 전화를 걸었다.

"여보세요? 어, 위제? 왜?"

"저기, 회의 끝났어요? 어떻게 하기로 했어요?"

"어, 그냥 사과하는 거지. 지금 같은 상황에서는 세게 나갈 수가 없어. 우리 사회는 문제를 본질적으로 해결하기보다 그냥 누군가를 탓하고 누군가 책임지기를 원하니까……."

"아, 그럼 제가 바로 초안 쓸 수 있게 개요를 주시는 거죠?"

"어— 그게 말이야, 음— 사실 마조가 아메이한테 써 달라고 했어. 지금 논의 중이야. 거의 다 끝낸 것 같아. 곧 발표할 거야……."

"아메이요? 갑자기 왜요? 제가 사무실에 없어서 마조 할멈이 화가 났어요?"

"그건 아니고. 사람들 때문에 짜증이 나서 네가 여기에 없는 건 알아차리지도 못했어. 마조 할멈 말로는 이번 의제는 비교적, 음, 그러니까 공감이 필요하대. 그래서 아이가 있는 아메이에게 초고를 써 달라고 했어. 그러면 좀 더 설득력이 있을 테니까. 너도 알다시피 이번에 마조 할멈이 사람들에게 욕을 먹고 있는 건 다 자식이 없어서잖아. 그래서 엄마의 마음을 이해하지 못하는 거라며. 그러니까 아이가 있는 사람한테 초고를 써 달라고 하는 게 합리적이지……."

합리적이라.

위제는 멍해져 전화를 끊었다. 열차가 다시 움직이기 시작했다. 조금 전에 인인에게 보냈던 문자는 전송에 실패했다. 재전송을 해 봤지만 이번에도 실패했다. 옆에 앉은 승객들도 그녀의 몸에서 풍기는 짙은 실패의 향기를 맡고 있는 듯했다. 예의를 차리지 않아도 되었다면 진즉에 코를 막았을지도. 아니면 그녀를 내쫓았거나.

종착역까지는 온 만큼 더 가야 했다. 위제는 앞 좌석 등받이를 노려보면서 절대로 양옆의 승객과 눈을 마주치지 않으려고 애를 썼다. 그러지 않으면 곧바로 울음이 터질 것 같았다. 게다가 어떤 일 때문에 터진 울음인지 스스로도 그 이유를 정확히 모를 듯했다. 그녀는 우는 게 싫었다. 여자의 울음은 어떤 울음이든 참된 감정이 아니라 히스테리일 뿐이니까. 그녀는 울 수 없었다.

기차가 막 타이중을 지났다. 그녀의 보호를 갈망하는 남의 아이에게 닿으려면 아직 절반은 더 가야 했다. 절반이라니. 고속 열차가 언제부터 이렇게 느렸지? 분명히 절반이나 힘겹게 걸어왔는데, 너무 더딘 나머지 아직 절반도 걸어오지 못한 것 같았다.

강가 모래섬에서*

　휴대 전화가 귓가에서 웅웅 진동했을 때, 샤오뤄는 너무너무 피곤해서 계속 자고 싶었다. 손을 뻗어 알람을 끄는 이 느릿한 동작마저 꿈이라는 저승의 강에 빠져 버둥거리는 것과 같다고 생각했다. 멀리 떨어진 의식은 저 밑, 깊은 물 아래에 있었고, 암류(暗流)를 따르면서 부드럽게 오르락내리락했다. 높은 수압이 그녀의 눈꺼풀을 짓눌렀기에 뜨려고 했던 눈은 미세하게 잠시 떨리다 말았다. 그러나 잠깐의 떨림만으로도 족했다. 그 작은 틈새로 얼핏 카일을 보았으니까. 희미한 빛이 곤히 잠든 카일의 옆얼굴을 비추고 있었다. 거친 물살에 휩쓸려 허우적거리다가 풀이 무성하게 자라난 모래섬을 발견한 듯한 기분이었다.

＊ 이 작품의 원제 '재하지주(在河之洲)'는 『시경』 「주남(周南)」 편에 수록된 시 「관저(關雎)」의 "끼룩끼룩 우는 물수리, 강가 모래섬에 지어 있네. 아름답고 현숙한 여성은 군자의 좋은 짝이로다.(關關雎鳩, 在河之洲, 窈窕淑女, 君子好逑.)"라는 구절에서 따온 것이다.

아, 그 얼굴. 오뚝한 콧대는 아름다웠고, 짙은 눈썹과 긴 속눈썹이 이따금 떨리면 살짝 감긴 두 눈꺼풀이 돋보였다. 콜라겐으로 채워진, 젊고도 건강한 윤기 도는 구릿빛 피부…… 그러다가 그녀는 자기가 알람을 맞췄던 이유를 불현듯 떠올렸다.

그녀는 잠에서 완전히 깼다.

속으로 한숨을 내쉰 샤오뤄는 매트리스의 움직임에 카일이 깨지 않도록 살그머니 침대에서 일어났다. 가방에서 내용물이 가득한 파우치를 꺼내고는 까치발로 살금살금 호텔 욕실로 들어갔다. 크기는 작았지만, 어제 외출하기 전 세 시간 동안이나 정리해서 채운 파우치였다. 크기가 작아야 대충 챙겨 가져온 것처럼 보일 터였다. 그러나 그 안에 담긴 것들은 하나하나 실용적이면서도 효능이 뛰어났다.

텅 빈 욕실은 에어컨을 켠 채로 밤새 사랑을 나눴던 카일의 곁보다 따뜻하지 않았다. 한겨울이었지만 그녀는 '꾸미지 않은 섹시함'을 연출하기 위해 극세사 잠옷을 포기했다. 어떻게든 날씬하고 탄탄하게 유지하려 노력했던 두 다리에 걸친 건 얇디얇은, 유혹적인 새틴 반바지였다. 깨끗하면서도 서늘한 욕실 대리석 바닥에 발을 디디는 순간, 그녀의 두 다리에는 닭살이 돋았다.

마치 어젯밤 몇 번이나 절정이 그녀를 덮쳤을 때처럼.

거울에 비친 머리카락은 정말 지저분했다. 영화 속 여자 주인공이 새벽에 일어났을 때의 모습도, 소설에서 묘사되는 모습도 아니었다. 현실의 모습 그 자체였다. 그녀는 값비싼 빗을 들어 머리카락을 빗기 시작했다. 조심스레 빗었는데도 몇 올이 뽑혔다. 젊었을 때는 이렇게 비싼 빗은 언감생심 꿈도 꿀 수 없었다. 외출

할 때도 손가락으로 대충 빗고 나갔다. 그녀는 머리카락이 엉켜 있는 빗살을 가슴 아프게 응시했다. 자기가 아까워하고 있는 게 비싼 빗인지 아니면 비싼 빗조차 지켜 주지 못하는 머리숱인지 확신할 수 없었다. 이게 다 카일 때문이었다. 지난밤 사랑을 나눌 때 자신의 긴 머리카락 사이로 손을 집어넣고는 힘껏 잡아당겼으니까. 그리고 그녀는 얼굴을 붉히면서 생각했다. 그가 좀 과격하기는 했지만 자기가 머리카락을 길게 기른 건 다 이럴 때를 위해서가 아니었냐고. 게다가 다 이해할 수 있었다. 어쨌든 그는 아직 젊었으니까. 그가 거짓말을 한 게 아니라면 그의 동정을 빼앗은 사람은 자신이었다. 어젯밤은 두 번째였을 뿐이고.

이런. 생각이 여기에 미치자 샤오뤄의 두 뺨이 순식간에 붉게 달아올랐다. 서둘러 서늘한 두 손을 뺨에 대며 열기를 식히려 했다. 자기가 『요재지이』* 속 피를 빠는 여귀나 늑대 요괴 혹은 호랑이 할멈이라도 된 것 같았다. 심지어 두 손으로 뺨을 감싼 지금의 동작마저도 어쩐지 조금 부끄러웠다.

별거 아니잖아. 그녀는 스스로에게 말했다. 젊은 카일에게 그녀는 길고 긴 인생에서 처음 두 번을 장식한 성 경험 상대일 뿐이었다. 이런 일은 현대 여성에게도 별거 아니었으니, 하물며 남성에게야…… 더더욱…….

* 명말 청초 문인인 포송령이 지은 책으로 중국 환상 문학의 고전이라고 할 수 있다. 『요재지이』에는 여귀 혹은 비인간 여성이 인간 남성과 사랑에 빠지는 이야기가 다수 실려 있는데, 그들은 주로 타자화되어 요염하거나 위험한 존재로 그려지는 경우가 많다. 영화 「천녀유혼」, 「화피」 등의 원전이 『요재지이』다.

그런데 진짜 첫 번째, 두 번째 경험이 맞을까? 맞겠지. 지난번에 만난 뒤 이번에 다시 만날 때까지 다른 사람을 만나지 않았다면.

다른 사람을 만났을까? 샤오뤄는 잠시 고민했다. 지금과 같은 관계에서 이런 걸 물어봐도 될까? 지금 두 사람은 아무 사이도 아닐 수 있지 않을까? 두 사람은 몇 달 전 커뮤니티 칼리지의 프랑스어 수업에서 서로를 알게 되었다. 나중에 그가 그녀에게 몇 번 만나자고 했고, 그녀의 눈과 얼굴, 긴 다리, 총명함, 그리고 프랑스어로 말할 때의 특유의 분위기를 찬미했다. 누구와도 부담 없이 볼 수 있는 무난한 영화를 여러 편 같이 보았고, 서로 번갈아 사면서 유쾌한 저녁 식사를 몇 번 함께 했다. 카일은 그녀가 시간강사로 일하는 대학까지 찾아와 그녀의 교양 수업을 듣기도 했다. 그런 뒤에 두 사람은 섹스를 했다 ─ 두 번 모두 그녀가 먼저 유혹했다. 그녀는 자기 외모가 나쁘지 않다는 걸 알고 있었다. 또 호감 가는 남성에게 스킨십을 시도하면서 육체 관계가 가능할지 살피는 건 그녀에게 어려운 일이 아니었다. 그러나 두 사람의 정신적 관계를 인식하는 건 전혀 다른 일이었다.

아마도 이게 문제일 것이다. 그 수업에서 그녀는 마흔두 살의 프랑스어 강사였고, 그는 이제 막 전역한, 프랑스어를 배우면서 시간이나 죽이고 있는 유학 준비생이었다. 게다가 스물다섯 살이었고.

어쩌면 문제는 이뿐만이 아닐지도 몰랐다.

그녀는 얼굴에 온천수 미스트를 뿌린 뒤 소위 '응급템'이라고 하는 보습용 마스크팩을 붙였다 ─ 자기보다 열일곱 살이나 어린 남자아이 앞에서는 응급템이 필수품이었고, 단기적으로만이 아

여신 뷔페   93

니라 장기적으로 써야 했다. 인공호흡기와 마찬가지였다. 피부 관리 숍에서 파는 마스크팩으로 하나에 500위안*이나 했다. 그것도 공동 구매 우대가였다. 이걸 사용한다 해도 무언가 큰 변화가 생기지는 않을 것이다. 까마귀가 앉은 메마른 고목이 이걸 쓴다고 작은 다리 아래로 물이 졸졸 흐르는 모래펄이 될 수는 없을 테니까. 그러나 적어도 시도는 해 볼 수 있었다. 그녀가 할 수 있는 가장 비싼 시도를.

사람들은 진인사대천명**이라고 말하곤 했다. 그러나 하늘이 운명의 남자까지 내려 줄 수 있을까. 그녀는 감히 물어볼 수 없었다.

마스크팩을 다 붙인 뒤, 턱부터 정수리까지 동그란 탄력 밴드를 조심스레 씌웠다. 최근 이 년간 크게 유행했던 리프팅 도구였다. 밴드 안의 순금 실이 콜라겐 생성을 촉진할 수 있다나. 어젯밤 카일이 잠든 걸 확인한 뒤 그녀는 이걸 쓰고 자고 싶었다. 그러나 카일이 자기보다 일찍 일어나 그 모습을 보기라도 할까 봐 매우 두려웠기에 결국 쓰지 않았다.

리프팅 도구를 고정한 그녀는 호텔의 대형 목욕 타월을 접어 벽 밑에 깔고는 역자세***를 했다. 가끔은 중력이 올바른 방향으로 작용해야 할 때도 있으니까.

일단 이것만큼은 먼저 밝히고 싶다. 평소 그녀는 이런 짓을 하지 않았다. 음, 적어도 마스크팩과 리프팅 밴드, 역자세를 동시에

* 한화로 약 2만 원.
** 盡人事待天命, 사람이 할 수 있는 일을 다 하고 나서 하늘의 명을 기다린다.
*** 몸 전체를 거꾸로 세워 팔이나 어깨로 무게를 지탱하는 요가 자세.

하지는 않았다. 그러나 지금은 비상 시기였다. 카일이 언제 깨어날지 몰랐다. 어떻게든 최대한 빨리 최상의 상태로 돌아가야 했다.

혈액이 역류해서 그런지 얼굴 혹은 머리에서 열이 나는 듯했다. 어쩌면 지난밤에 거의 못 자서 그런 것일 수도 있었고. 숙취 때문이거나 마스크팩이 효과를 발휘해서, 아니면 리프팅 밴드가 너무 꽉 끼어서 그런지도. 아니면 단순히 역자세 때문일지도 몰랐다. 그녀는 불편했지만 그래도 조금 더 버티고 싶었다. 어쩌면 그 조금이 결정적인 순간일 수도 있으니까.

"대상화되지 않으려면 무엇보다 먼저 자기 자신이 되어야 합니다. 스스로를 진정으로 긍정하지도, 유일한 존재라고 느끼지도 않는데, 자기가 군중 속 얼굴 없는 아무개에 불과한 존재가 아니라고 어떻게 남을 설득하겠어요……."

머리로 피가 쏠려 어지러웠다. 눈을 감은 그녀의 귓가에 난데없이 어제 수업 시간에 학생들에게 했던 말이 울려 퍼졌다.

여전히 졸음기가 남아 조금 쉰 목소리가 문밖에서 불쑥 들려왔다.

"샤오뤄? 일어났어요? 뭐 해요?"

그녀는 득달같이 눈을 떴다. 두 손이 움찔했다. 벽에 기대고 있던 몸 전체가 정확히 90도 각도로 쓰러져 바닥에 닿던 순간 그녀는 무의식적으로 손을 뻗어 막 붙인 마스크팩을 떼고 리프팅 밴드를 벗겼다. 미처 일어날 겨를도 없었다. 그러고는 본능적으로 증거를 없애듯 에크모* 등급에 속하는 응급템을 쓰레기통에

---

* ECMO(Extracorporeal Membrane Oxygenation)는 인공 심폐기.

던져 넣었고, 티슈 몇 장을 뽑아 그 위를 가렸다. 이 모든 동작이 단 1초 만에 이루어졌다.

"뭐, 뭐 안 해. 양치 먼저 하려고. 넌 계속 자."

"엄청 큰 소리가 났는데? 괜찮아요?"

"괜찮아. 그냥 칫솔 거치대가 쓰러져서 그래."

세상에, 그는 왜 이렇게 일찍 일어났을까. 그리고 자기는 어째서 값비싼 마스크팩을 쓰레기통에 던져 넣었을까? 그녀는 자기 손을 노려보았다. 이제 남은 500위안은 두 손에 묻은 에센스뿐이었다. 그녀는 원망스럽다는 듯 남은 에센스를 얼굴에 발랐다. 지금 그녀는 도둑이 제 발 저린 꼴이었다. 물건을 훔치려는 도둑이 아니라 청춘을 훔치려던 여인이었다.

쓰레기통에 들어간 마스크팩은 다시 쓸 수 없지만, 리프팅 밴드는 씻어서 계속 쓸 수 있겠지. 그녀는 동그란 리프팅 밴드를 집어 수건걸이 위에 얹어 놓았다. 자기 처지가 너무 절망스러웠다.

물이 나오게 수도꼭지를 틀었다. 물소리는 그녀 대신 이 닦는 척을 해 주었다. 두 손에 아직 에센스가 남아 있었기에 그녀는 부드럽게 뺨을 문질렀다. 유달리 꺼진 눈 밑에 조금이라도 더 영양이 흡수되기를 바랐다. 아무것도 하지 않는 것보다는 낫겠지. 에센스가 마른 뒤에야 그녀는 양치를 시작했다. 칫솔질을 하면서 얼굴의 피부가 탱탱해진 걸 느꼈다. 어쩌면 마스크팩이 비싼 데에는 다 이유가 있을지도 몰랐다. 잠깐 두드려 발랐을 뿐인데 이렇게 기적의 효과를 볼 수 있다고?

"양치를 오래 하네요? 안으로 들어갈게요."

"아, 안 돼. 무슨 짓이야. 하하하······."

카일이 살짝 문을 열자 화들짝 놀란 그녀는 다급하게 고개를 돌렸다. 이렇게 움직이면 머리카락에 치약 거품이 묻을 수 있었지만, 생각이 미처 거기까지 미치지 못했다. 사각팬티만 입은 청년의 귀에는 공황 상태에 빠진 듯한 그녀의 헛웃음이 애교 섞인 수줍음처럼 들리는 듯했다.

스물다섯 살 남성은 이 공황을 절대로 이해할 수 없을 것이다. 이제껏 두 사람은 밤에만 만났다. 밝은 대낮에, 그것도 자연광 아래에서 서로의 얼굴을 보는 건 이번이 처음이었다! 그녀는 어젯밤 술을 마셔서 늦게 잔 데다 아직 기초화장도, 메이크업도 하지 않았다!

"지금 부끄러워하는 거예요? 너무 귀엽다……."

카일이 다가와 그녀를 안았다. 입술을 내밀기까지 했다.

"지금 양치 중이야!"

치약 거품이 입안에 가득해 제대로 발음할 수도 없었다. 대체 얼마나 미쳐야 기초화장도, 메이크업도 안 한 여성을, 심지어 숙취까지 있는 마흔두 살 여성을 귀엽다고 생각할 수 있지? 만약 이 오해를 끝까지 지속시킬 수만 있다면, 그녀는 그 대가가 무엇이든 얼마든지 치를 용의가 있었다.

얼굴만 못 보게 하면 될까?

자기 턱을 붙잡고 허리를 감싼 카일의 손을 뿌리친 뒤 그녀는 긴 머리카락으로 얼굴을 가리며 욕조 안으로 들어갔다. 정조를 지키는 고대 여인과도 같은 결의로 샤워 커튼을 치며 무방비 상태인 중년 여성의 얼굴을 지켰다.

"오지 마!"

"왜요?"

웃음과 장난기 가득한 말투였다. 그녀의 말을 전혀 진지하게 받아들이지 않는 게 분명했다.

"어제 다 벗은 것도 봤는데 옷 입은 건 왜 못 보는데요."

옷을 안 입었을 때는 불도 안 켰으니까 그렇지, 이 바보야. 샤오뤄는 속으로 소리를 질렀다. 그러나 마음 한구석에서는 갈등도 일었다. 사실 그녀는 카일에게 자신의 이런 모습을 아무렇지도 않게 드러내고 싶었다. 전혀 꾸미지 않은 진정한 샤오뤄를 보여주고 싶었다. 그가 이런 자신을 사랑해 주기를 바랐지만, 그녀는 꾸며 낸 자기 모습에도 자신이 없었다.

사랑이라는 말은 지나치게 무거웠다. 그러니 이렇게 쉽사리 오리라고 기대할 수 없었다.

"남성이 바라는 이상형의 역할을 여성이 거부하지 못하는 것은 사회적, 문화적 속박 때문만은 아닙니다. 여성에게도 책임이 있어요. 전형적인 역할에서 벗어났을 때 수반되는 결과를, 그 책임을 두려워하기 때문입니다……."

어제 강의실에서 거침없이 이야기하던 장면이 시공간을 뛰어넘어 그녀에게 돌아왔다. 보부아르*의 냉담하면서도 경멸 어린 눈빛이 그녀의 얼굴을 따끔하게 후려치는 듯했다. 헝클어진 머리카락이 달라붙은 얼굴이 따끔했다. 통증 탓에 그녀의 눈꼬리에는 눈물이 맺혔다.

---

* 프랑스의 소설가, 평론가. 시몬 드 보부아르(Simone de Beauvoir, 1908~1986).

"장난 좀 그만해!"

샤오뤄와 카일이 각자 양쪽에서 샤워 커튼을 잡아당겼다. 그녀는 카일이 자기 목소리에서 당황스러움을 알아챌 수 없도록 애를 썼다. 장난을 치는 듯한 목소리로 장난치지 말라고 외쳤다. 그러나 그녀의 마음속 두려움은 결코 장난이 아니었다. 여성 사이트에 연재되는 칼럼에서는 하나같이 여성에게 용기를 내라고 했다. 용감하게 자기 자신이 될 것을 요구했다. 그러나 자기 자신이 되는 데에도 용기가 필요하다면 대체 이 세상은 얼마나 살기 힘든 곳일까? 마흔둘이었다. 남성들의 환상 속 청순하면서도 화장기 없는 얼굴이 지금 그녀의 얼굴과 전혀 맞지 않는다는 걸 모를 나이가 아니었다! 게다가 그녀와 카일은 열일곱 살 차이였다! 빌어먹을, 대체 어느 누가 그녀에게 지금 용기를 내라고 말할 수 있겠는가. 비록 그녀 자신이 그럴 수 있기를 간절히 원한다 할지라도 말이다.

"잡았다!"

카일이 손을 뻗어 샤워 커튼을 걷었다. 내면의 심리 극장에 빠져 있던 샤오뤄는 미처 대비하지 못했다. 그녀는 그가 보는 가운데 멍하니 서 있었다.

세계가 2초 정도 얼어붙었다. 2초나 되었다.

2초가 얼마나 긴 줄 아는가?

하지만 정말로 그만큼이나 길었다, 2초는.

샤오뤄와 카일 중 누가 먼저 시선을 피했는지는 알 수 없었다. 두 사람은 동시에 뭐라고 중얼거렸고, 흐릿한 문장은 허공에서 서로 부딪치더니 철퍼덕 바닥으로 떨어지면서 뭉개졌다.

카일의 사과는 이미 입가에서 흐려졌기에 잘 들리지 않았다. 샤오뤄도 굳이 제대로 듣고 싶지 않았다. 이미 모든 게 늦어 버렸으니까. 그는 샤워 커튼을 잡아당기며 아무 일도 없었다는 듯 굴려 했고, 샤오뤄는 손을 뻗어 그를 만류하더니 아예 긴 다리를 뻗어 욕조 밖으로 나갔다. 모든 게 다 늦어 버렸다.

"아니, 장난치지 말라고 했잖아. 마흔 살 넘은 여자의 민낯이 얼마나 무서운데."

카일 곁을 지나칠 때 그녀는 앞만 보았다. 아슬아슬하게 카일의 시선을 스쳐 지나갔다. 그의 두 눈에 비친 모습을 바라볼 용기가 있을까. 그녀는 확신할 수 없었다. 숙취, 수면 부족, 부기, 거대한 모공, 콧방울 옆에 붉게 올라온 여드름, 자잘한 주름과 잡티. 맞다, 눈두덩이의 다크서클도. 그녀는 이게 다라고 생각했지만, 그저 이것뿐이라고 생각했지만, 카일의 눈에는 아마 이것만 보였을 것이다.

그녀는 입을 헹궜고, 수도꼭지를 더 세게 틀었다. 멀리서 흐릿하게 들려오는 카일의 말은 듣지 못한 척했다.

"아니에요, 무섭긴요. 민낯도 좋은걸요……."

그녀는 이런 말에 대꾸하고 싶지 않았다. 적어도 지금은 그럴 수 없었다. 이 나이에, 이 얼굴로는 소탈하게도, 뾰로통하게도 굴 수 없었다.

"욕실 다 썼어. 이제 네가 쓰면 돼."

욕실을 나선 그녀는 경쾌하게 발걸음을 옮기려고 했지만, 원래 모습으로 돌아가 후다닥 강으로 뛰어든 백사*처럼 보일 뿐이었

* 중국의 민간 전설인 백사전(白蛇傳)을 인용한 것이다. 옛날 중국 항

다. 일부러 높이 끌어 올린 말꼬리는 전우가 도망치는 시간을 벌기 위해 전사가 목숨을 걸고 문을 틀어막듯이 카일의 대답(만약 그가 대답했다면.)이 들리지 않도록 전력으로 막아 주었지만, 결국에는 그녀 뒤에서 전사했다.

방 안이 욕실보다 더 추웠다.

카일이 나오기 전에 서둘러 기초화장을 해야 했다. 그런데 파우치를 욕실 안에 두고 온 게 생각났다. 그녀는 탄식했다. 울부짖음에 더 가까운 소리였다. 부질없는 짓임에도 그녀는 뭐라도 찾으려고 가방을 뒤졌다. 얼굴에 바를 수 있는 거면 되었다.

천만다행으로 작은 톤업 선크림을 하나 찾았지만, 안타깝게도 한여름용 오일 컨트롤 선크림이었다. 샤오뤄는 생수병에 담긴 물을 손바닥에 조금 부어 뺨을 두드린 뒤 손끝으로 조금씩 찍어 발랐다. 그러나 아무리 조심스레 소량만 발라도, 한여름 해변에서나 발라야 할 그 선크림은 마른 한지로 만든 등롱에 발리는 듯 퍽퍽했으며 잘 발리지 않았다.

"오일 컨트롤이라니. 이 나이에 유분기가 있으면 얼마나 있다고……."

그녀는 불만스레 중얼거렸다. 눈 밑을 유독 신경 써서 발랐는

저우에 백사 요괴와 청사 요괴가 살았는데, 이 중 백사인 백소정이 허선이라는 젊은 남성과 사랑에 빠져 부부의 연을 맺는다. 그러던 어느 날 금산사 승려 법해가 허선을 찾아오고, 백소정이 천 년 묵은 요괴라고 경고하면서 웅황주(雄黃酒)를 건네준다. 단오절에 마시면 정체가 드러난다는 말에 허선은 백소정과 청사 소청에게 웅황주를 먹이고, 두 요괴는 정체가 드러난다.

데도 다크서클이 여전히 짙었다. 커버가 안 되는 건 차치하더라도 얼굴이 더 푸석하게 보였고, 화장도 들뜬 것처럼 보였다.

조금 덧발라서 기미를 가려 볼까, 아니면 물로 이 조잡한 화장을 아예 지워 버릴까. 잠시 고민했지만, 때를 잘못 만난 톤업 선크림은 사력을 다했고, 이제는 돌이킬 수가 없었다. 카일이 욕실에서 나왔다. 그의 손가락 끝에는 리프팅 밴드가 걸려 있었다.

"저기, 이거 당신 거예요? 이게 뭐예요? 허리 보호대?"

"그거…… 내 밴드, 세안 밴드야. 세수할 때 쓰는 거."

소리가 목구멍까지 차올랐다. 비명인지 욕인지 알 수 없는 가시 돋친 말들이었다. 억지로 소리를 삼킨 그녀는 바보 같은 고무 밴드를 황급히 낚아채 가방 안에 쑤셔 넣었다. 고개를 들어 카일을 향해 웃었을 때, 그녀는 뒤늦게 자기 얼굴을 떠올렸다. 여름용 선크림을 너무 많이 바른 얼굴을. 어쩌면 조금 전 욕실에서보다 훨씬 더 무서운 모습일지도 몰랐다. 그녀는 자기도 모르게 시선을 떨궜고, 청년 역시 자기처럼 시선을 낮추는 걸 곁눈질로 보았다. 두 사람 사이에 불상이라도 놓인 듯했다. 성스러운 빛을 뿜어 감히 직시할 수 없는 불상. 호텔 방을 나선 두 사람은 아침밥을 먹으러 가기 위해 나란히 걸었고, 그제야 각자의 시선도 어색함 없이 자연스럽게 움직일 수 있게 되었다.

방문을 닫을 때 카일이 문의 숫자를 가리키며 말했다.

"기억나요? 지난번에 우리가 묵었던 곳이에요."

"그래?"

그녀는 숫자를 흘깃 보았다. 지난번에 그녀는 섹스를 마치자마자 다급하게 떠났었다. 룸 넘버에 관심을 둘 여유가 없었다.

"신기하네."

카일은 잠시 침묵하더니 곧 섭섭함을 드러내며 말했다.

"기억할 줄 알았는데. 여기 예약했다고 해서 제가 호텔에 전화를 걸었어요. 이 방으로 해 달라고."

"왜?"

심장이 전류에 감전된 듯했다.

"이곳에는 우리 추억이 있잖아요."

카일은 당연하다는 듯 답했다. 이 말에 어떤 힘이 담겼는지 그는 알고 있을까. 알면서도 모르는 척하는 걸까, 아니면 정말로 모르는 걸까. 샤오뤄는 확신할 수 없었다. 이 말은 그녀를 낭떠러지 아래로 밀어 떨어뜨릴 수도, 벼랑 끝에 매달린 그녀를 일으켜 세울 수도 있었다.

"다음 주면 제가 출국하잖아요. 그러니 더 많은 추억을 쌓아야죠. 그래야 저를 안 잊을 거 아니에요."

샤오뤄는 지금 일으켜 세워진 걸까? 아니면 아래로 밀쳐 떨어진 걸까? 알 수 없었다. 다만 벼랑 끝 바람이 너무나 세서 숨을 쉴 수 없을 정도라고 느낄 뿐이었다. 같은 방에서 머문다? 그녀는 그리스 철학자가 했던 말을 떠올렸다. 사람은 같은 강에 두 번 들어갈 수 없다.* 어쩌면 그 철학자는 이런 경우도 있으리라고는 미처 생각지 못했을 것이다. 자기 몸을 접어 거꾸로 흐르는 강이 같은 발이 두 번 담기기만을 기다릴 수도 있다는 것을.

* 헤라클레이토스(기원전 540?~기원전 480)가 한 말이다. "누구든 같은 강물에 두 번 발을 담글 수 없다.".

그녀는 거꾸로 흐르기를 원하는 강이었다.

"지난번에 이 호텔에서 조식 먹었는데 맛이 없더라고요. 우리 밖에 있는 메이얼메이*에 갈까요?"

"좋아."

그러나 그녀는 호텔 밖으로 나서자마자 후회했다. 화창한 겨울 날이 아름답기는 했지만, 싸늘한 공기와 자연광에 그녀의 모공과 잡티, 작은 뾰루지, 다크서클 그리고 건조한 톤업 선크림이 더 도 드라져 보였다. 길가의 자동차 창문과 쇼윈도, 셔터 모서리 그리고 빛을 반사하는 표면이 보일 때마다 그녀는 흘끔흘끔 쳐다보았다. 짧은 순간에 포착된 두 사람은 로맨스 드라마의 주인공들처럼 신체 비율이 너무나 잘 어울렸다. 그러나 그녀는 그것이 허상이라는 걸 알고 있었다. 젊다고 해서 다 아름답지는 않듯이, 메마르고 키가 작아도 전혀 아름답지 않을 수 있었다. 그건 그저 프레임일 뿐이었다. 그 프레임 속 자신에게는 모공과 잔주름 그리고 수백 자에 달하는 다른 무언가가 있었다. 그녀도 알고 있었다.

체지방은 계급이고, 나이도 계급이었다. 미간 길이도 계급, 짙은 눈썹도 계급이었다. 그녀는 이것만 생각하면 스스로를 용서할 수가 없었다. 그녀는 고등학생 때 시몬 드 보부아르의 책을 읽었고, 대학생 때는 여성 시 동아리에 가입했었다. 지금은 3학점짜리 교양 수업을 맡아 매주 목요일 오후마다 대학생 60명에게 젠더에 대해 가르치고 있었다. 그러나 페미니즘을 접한 지 20여 년이 되

---

* 美而美. 타이완의 프랜차이즈 양식 조식 식당의 대명사와도 같은 곳이다.

고 나서야 그녀는 가장 큰 억압이 평등권 추구를 이해하지 못하는 데 있는 게 아니라, 이해했음에도 불구하고 이 경쟁 게임에서 벗어나지 못하는 데 있다는 걸 깨달았다. 각각의 세부 항목마다 별 다섯 개짜리 호평을 얻으려고 어쩔 수 없이 애를 쓰다니. 그리고 가장 우스운 건 이거였다.

'시몬 드 보부아르를 읽은' 것조차 어떤 평가 기준 중 하나라는 것.

어린 시절에 했던 가위바위보 게임을 다시 하는 기분이었다. 질 때마다 한 칸씩 아래로 내려가는 게임. 학식과 경력을 쌓아 얼마나 빛나는 존재가 되었든 간에 나이 차는 여전히 샤오뤄(마흔둘, 여성)를 계단 아래로 굴러떨어진 사람처럼 만들었다. 어쩔 수 없이 가장 낮은 곳에서 카일(스물다섯, 남성)의 발끝을 올려다봐야만 했다.

그녀가 자기 나이를 미워한다고 할 수는 없었다. 그녀가 미워하는 건 느끼지 말아야 한다고 여기면서도 도저히 억제할 수 없는 열등감이었다. '여성 의식'은 거센 급류 한가운데 작게 솟아 있는 바위 표면과도 같아서 급류를 헤쳐 그곳에 닿으려면 반드시 위험 속으로 몸을 던져야 했다. 몸을 적시지 않을 수 없었다. 그리고 그곳에 닿는다 할지라도 작은 바위 위에 제대로 설 수 있으리라는 보장이 없었다. 결국 바위에서 떨어져 죽음을 맞이할 위험마저도 감수해야 했다.

그녀는 그리스 철학자의 비유를 다시금 떠올렸다. 같은 여성의식의 강이라 할지라도 스물네 살의 샤오뤄가 마흔두 살의 샤오뤄보다 헤엄을 좀 더 잘 치지 않았을까? 어쨌든 지금 보이는 강은 절벽 아래에서 소용돌이치는 급류였으며 확실히 치명적이었다.

맑은 겨울날의 아침은 본래 쾌적해야 했다. 그러나 그녀는 추위 탓에 피부 상태가 평소보다 나빠졌다고 여겼고, 햇빛 때문에 결점을 숨길 수 없게 된 것이 두려웠다. 그러나 샤오뤄는 아주 잘 알고 있었다. 좋아하는 남자와 함께 맞이한 이 아름다운 아침이 그녀의 삶에서 가장 완벽한 순간일지도 모른다는 걸. 그러니 그녀는 어찌 되었든 이 순간을 만끽해야 했다.

그녀가 스물다섯 살이었다면 얼마나 좋았을까. 모든 게 자연스러웠을 것이다. 아마도 그랬을 것이다.

"아까 기다리면서 친구가 보내 준 영상을 봤거든요. 진짜 미쳤어요! 이거 꼭 봐야 해요…….."

거리를 좁힐 만한 화제를 꺼내 조금 전의 어색함을 없애고 싶었을까. 카일이 자기 휴대 전화를 들고 다가오자 샤오뤄도 기꺼이 다가갔다. 서로의 어깨가 자연스레 닿았고, 두 사람의 얼굴은 반 뼘 정도밖에 떨어져 있지 않았다. 시선도 안전하게 서로의 얼굴이 아닌 휴대 전화 화면에 머물렀다.

카일이 재생 버튼을 누르자 주황색 리넨 셔츠를 입은 중년 여성이 화면에 떴다. 쉰 살쯤으로 보이는 여성은 기차 안에서 단정하면서도 순진해 보이는 소녀에게 자리를 양보하라며 욕을 퍼부었다. 그 기세가 놀라울 정도로 흉흉하면서도 아주 당당했다. 알고 보면 이유 없이 시비를 거는 게 아니라 세상을 구하고 있었는지도.

"와, 자기가 잘못하고 있다는 생각을 전혀 안 하네."

샤오뤄가 어이없어하며 말했다.

"이런 사람이 적지 않더라. 매번 느끼는 거지만 어떻게 사람이 이렇게 뻔뻔할 수 있지? 이런 사람과 마주치면 나는 아마 그 자리에서 얼어붙어서 아무 말도 못 할 거야."

"걱정할 거 없어요. 제가 있잖아요. 이런 아줌마는 제가 아주 혼쭐을 내줄 거예요!"

카일은 기백 넘치게 말하면서 샤오뤄의 어깨를 감싸 안았다. 샤오뤄의 머릿속이 순간 새하얗게 물들었다. 카일의 친밀한 행동 때문인지 카일이 이어서 내뱉은 말 때문인지는 그녀도 알 수 없었다.

"아줌마들은 나이 들면 왜 다 저렇게 될까요. 옷차림도 수준 떨어지게 화려하기만 하고, 목소리도 유달리 시끄럽고 날카로워요. 친구가 그러더라고요. 나이 들면 앞이 잘 안 보이고 귀도 잘 안 들린다고요. 하지만 아저씨들은 안 그러잖아요. 아줌마들이 유독 심하지. 갱년기라서 그런가. 수치심도 생리랑 같이 없어지나 봐요……."

샤오뤄는 요즘 불규칙해지고 있는 자신의 생리 주기와 더는 예측이 힘들어진 생리량, 노안이 시작되어 알아보고 있는 다초점 렌즈를 떠올렸다. 그러자 자기 어깨에 놓인 카일의 손이 지나치게 뜨거우면서도 무겁게 느껴졌다. 이런 자세로 길을 걷는 게 너무 어색했다. 도저히 참을 수 없을 정도였다. 그녀는 몇 걸음 더 억지로 맞춰 보려고 했지만, 더는 견딜 수 없어서 머리카락을 손질하는 척하며 티 나지 않게 그의 팔에서 빠져나왔다.

아 — 젊은 남성의 향기가 밴 팔. 아깝다는 생각이 들었다. 언제 또 이런 팔에 안길 수 있을까. 어쩌면 다음 생일지도 몰랐다.

카일의 팔이 아무런 예고도 없이 허전함을 맞이했던 순간, 공기 중에 아주 미세한 균열이 생겼다. 그러나 생강도 묵은 게 더 맵듯이 나이 든 이는 확실히 경험이 많았다. 샤오뤄는 어색한 틈이 안 보이도록 경쾌한 목소리로 어젯밤에 보았던 영화 이야기를 꺼냈다. 대사에 재치도 있고 여운도 있던데, 대체 어떻게 쓴 걸까? 특히 남주가 춤추면서 했던 말 있잖아. 그때 정확히 뭐라고 했더라? 그러자 카일이 빠르게 말을 이어받았다. 맞아, 맞아, 맞아. 그거였어. 엄청난 플러팅이던데! 그러니까 여주도 남주한테 완전히 빠졌지.

카일은 다른 곳에 정신이 팔려 자기가 예방 주사를 맞고 있는지 모르는 갓난아기처럼 무언가가 이상하다는 걸 깨닫기도 전에 즐거운 대화에 푹 빠졌다. 샤오뤄는 이 즐거운 상황을 유지하면서도 자기 피부 걱정에 정신이 팔려 있었다. 딴생각하면서 영화의 영상 편집 기법을 이야기하는데, 갑자기 카일이 발걸음을 멈추더니 눈을 휘둥그레 뜨며 그녀를 보았다.

"대단해요! 영화를 많이 봤나 봐요."

그녀는 화들짝 놀랐다. 그가 이런 자연광 아래에서 자신의 늙은 얼굴을 직시해 준 걸 기뻐해야 할까. 아니면 고뇌해야 할까.

"뭐, 나이가 많으니까. 당연히 좀 더 많이 봤지."

세상에, 쓸데없이 나이 이야기는 왜 또 꺼냈지? 샤오뤄는 말을 마치자마자 혀를 깨물어 자결하고 싶었다. 카일과 함께할 때면 그녀는 늘 혀를 깨물고 죽고 싶었다.

"어제는 말 안 했는데요, 당신이 영화 속 케이트 블란쳇과 많이 닮은 것 같다고 생각했어요."

카일은 조금 쑥스럽다는 듯 말을 이었다.

"아주 멋진, 그런 종류의 아름다움."

케, 케이트 블란쳇? 샤오뤄는 어떤 기분을 느껴야 할지 알 수 없어 여전히 혼란스러웠다. 세상에, 케이트 블란쳇이 몇 살이지? 나보다 많지 않나? 내가 케이트 블란쳇을 닮았다고?

"지난번에 대학 동기랑 다른 영화를 보러 갔었는데요. 그때는 샌드라 불럭이랑 닮은 것 같다고 생각했어요. 둘 다 자기 생각이 아주 확실하잖아요. 개성도 매우 강하고……."

샌드라 불럭? 너무 좋은데. 지금 그녀는 숙취의 클라이맥스에 다다른 듯했다. 그렇지 않고서야 천지가 이렇게 빙글빙글 돌 리 없었다.

겨울날 아침의 따뜻한 햇빛 아래, 그녀는 자기도 모르게 고개를 숙였다. 너무 깊게 숙여 눈물이라도 떨어질 것 같았다.

카일에게 그녀는 대체 몇 살로 보이는 걸까?

케이트 블란쳇, 그리고 샌드라 불럭이라고 샤오뤄는 속으로 소리를 질렀다. 두 여성은 그녀에게 여신과도 같은 존재였다. 그러나 스물다섯 살 남성에게 두 여성과 닮았다는 말을 들었을 때 도저히 기뻐할 수 없었다. 천이한*을 닮았다고 할 수는 없었나? 아니면 징톈**도 괜찮은데. 하다못해 무명 인플루언서여도 괜찮았다. 카메라 앞에서 주저 없이 아기 목소리로 말할 수 있는, 사랑스러우면서 귀엽지만 누구도 이름을 기억하지 못하는 그렇고 그런

---

* 타이완의 여성 배우로 영화 「청설」과 「모어 댄 블루」 등에 주인공으로 출연했다.
** 중국의 여성 배우로 드라마 「사등」과 「작작풍류」, 「사금」 등에 주인공으로 출연했다.

인플루언서가 차라리 나았다. 세심하게 사용량을 조절하며 등롱 같은 얼굴 위에 값비싼 스킨케어 제품들을 몇 겹씩 발랐던 건 케이트 블란쳇처럼 보이기 위해서가 아니었다.

길가에 조식 식당이 나타났다. 샤오뤄는 화제를 전환하기 위해 아무것도 따지지 않고 먼저 안으로 들어갔다.

"미녀 손님, 안쪽으로 앉으세요. 메뉴 보시고 바로 시키시면 됩니다."

"봐요, 여기 사장님도 미녀라고 하잖아요. 어쩌면 저분도 당신이 케이트 블란쳇을 닮았다고 생각할지 몰라요."

"조식 식당 사장은 누구한테든 다 미녀라고 하잖아. 몰랐어?"

"저한테는 미남이라고 안 그러던데요."

카일은 철판 볶음면과 아이스 라테를 시키더니 신이 나서 케이트 블란쳇 이야기를 이어 갔다.

"어제 영화에서 케이트 블란쳇이 마지막에 했던 내레이션 있잖아요. 당신이 수업 시간에 했던 말과 아주 비슷하더라고요. 정말 인상 깊었어요. 예전에는 그런 생각을 한 번도 해 본 적이 없었거든요……."

카일의 두 눈에는 그녀를 향한 존경과 동경이 가득했다. 마흔두 살인 남성이 스물다섯 살 여성의 두 눈에서 같은 것을 보았다면, 그는 눈앞의 여성이 자신에게 완전히 빠져들었음을, 절대 도망가지 못하리라는 걸 알았을 것이다. 그런데 그녀는 어째서 빌어먹을 반전을 마주해야 하는 걸까?

"당신 수업 들으면서 제가 페미니즘을 완전히 잘못 이해하고 있었다는 걸 알게 됐어요. 그래서 앞으로 이런 수업을 좀 더 청강해 보려고요…….”

“서던 캘리포니아 대학에 간 뒤를 말하는 거야?”

다음 주에 그는 출국할 예정이었다.

“네. 혹시 서던 캘리포니아 대학 수업이나 선생님들에 대해 알아요? 수업 추천 좀 해 줄 수 있어요?”

“나도 사실 잘 몰라. 하지만 친구에게 물어볼 수는 있어. 친구 몇 명은…….”

친구 몇 명은 마침 아이를 그 학교에 보냈거든.

“……그쪽을 좀 알 거야.”

“좋아요, 좋아. 당신은 정말 가르치는 일에 잘 맞는 것 같아요. 그날 청강하러 갔을 때요, 당신을 놀래 주려고 했었거든요. 근데 페미니즘 수업을 너무 재미있게 하는 거예요. 집에 돌아가서 자료도 찾아봤다니까요.”

그건 그녀의 잘못이었다. 페미니즘은 조금도 재미있지 않았다. 재미있어서도 안 되었다. 그녀가 페미니즘에 대해 어떻게 왈가왈부할 수 있겠는가. 대체 뭘 안다고? 좋아하는 남성 앞에서 나이가 너무 많네, 외모가 별로네, 하면서 자기 대상화를 하는 여성이 대체 페, 미, 니, 즘에 대해 무슨 말을 할 수 있단 말인가?

“학생들이 정말 당신을 좋아하던데요. 엄청났다니까요. 그렇게 반응이 좋은 수업은 처음이었어요. 그들은 운이 참 좋아요. 당신처럼 젊고 예쁜, 수업까지 잘하는 선생님에게 배울 수 있어서요. 고백한 학생은 없었어요? 분명 있었을 거야, 맞죠?”

젊고 예쁜? 조금 전 케이트 블란쳇, 샌드라 불럭과 닮았다는 이야기를 들은 샤오뤄는 좀 혼란스러웠다. 회의 때 학과 주임이 자기를 다른 선생들에게 이렇게 소개했던 게 생각났다.

"샤오뤄 선생님은 이번 학기에 두 과목만 맡았지만 우리 학과 수업들 중 강의 평가 점수가 가장 높아요. 요즘 학생들이 젊고 예쁜 인플루언서 같은 선생님을 좋아한다는 걸 알 수 있죠. 우리처럼 엄한 데다 수업 진도나 중시하는 구닥다리 선생들은 이분에게 많이 배워야 합니다."

그녀는 자기가 동안이라는 걸 알고 있었다. 그러나 그 자리에 있던 교수들이나 강사들보다 비교적 경력이 짧은 편에 속했을 뿐 마흔둘은 결코 젊고 예쁜 나이라고 할 수 없었다. 게다가 젊다는 것과 예쁘다는 건 완전히 별개였다. 한창때에도 그녀는 자기가 예쁘다고 생각한 적이 없었다. 지금은 더더욱 그러했다. 강의 평가에서 압도적인 호평을 받았을 때, 그녀는 시급 3위안도 되지 않던 강의 자료 준비 시간이 매우 가치 있다고 여겼다. 그런데 이제와 다시 생각해 보니 의구심이 들었다. 어쩌면 학생들은 재미없는 교수들 사이에서 자기가 그나마 "젊고 예쁜" 선생이라고 생각했던 게 아닐까? 그래서 좋아했던 게 아닐까?

그런데 정말 그렇다면 어째서 자기는 얼굴의 잡티가 햇빛 아래 드러날까 봐 걱정하는 걸까? 어째서 좋아하는 남자 앞에서 고개를 들지도, 그와 눈을 마주치지도 못할까?

그녀가 주문한 바질 단빙이 나왔다. 그녀는 자연스레 음식을 가져다준 직원에게 고개를 들어 감사 인사를 했다. 그런데 얼굴이 익숙했다.

"어머, 선생님!"

젊은 여성은 한국 막장 드라마에서 볼 법한 과장된 표정을 지으면서 소리를 질렀다.

"샤오뤄 선생님! 와, 세상에. 이런 우연이 다 있네요!"

"아, 그렇게 흥분할 것까진 없는데……."

그녀가 웃었다. 깜짝 놀란 표정의 이 얼굴은 분명히 아는 얼굴이었지만, 이름이 기억나지 않았다.

"나도 아침은 먹어야죠. 여기서 일해요?"

"여기 저희 가게예요!"

여자아이가 느낌표를 연이어 쓰며 말했다.

"아빠! 엄마! 여기 우리 선생님이야. 예전에 말했던 그 선생님!"

"어, 그렇게 큰 소리로 말하지는 말아요."

샤오뤄의 웃음에 쑥스러움이 담겼다. 식당 안의 사람들 모두가 그녀를 보고 있었다.

"아빠 엄마한테 제 욕이라도 한 건 아니죠?"

"아, 그 선생님? 그 보조 선생님?"

뜻밖에도 카운터 앞에 있던 주인아주머니가 계산하려는 손님을 놔두고 이쪽으로 왔다. 샤오뤄는 화들짝 놀라 다급하게 자리에서 일어났다.

"샤오뤄 선생님이라니까. 보조 선생님 아니야."

여자아이가 외쳤다.

"저희 엄마가 지난번에 깜짝 놀랐어요. 외국에까지 노트북 들고 나가서 과제를 한다고 말이에요. 제가 완전히 달라졌대요. 그래서 제가 그랬죠. 샤오뤄 선생님이 내 준 과제는 반드시 제시간에 제출해야 한다고요."

"정말요? 감동이네요."

그녀가 웃음꽃을 피웠다. 이날 아침에 지은 웃음 중 처음으로 진심이 담긴 웃음이었고, 자기 주름이 도드라져 보일까 봐 걱정하지 않는 웃음이었다.

"진짜로요! 대단한 거예요. 쟤가 어렸을 때부터 알아서 공부한 적이 없거든요. 그래서 제가 선생님께 제대로 감사 인사를 해야겠다고 했었죠. 말 안 듣는 말괄량이가 그렇게 열심히 공부하는 건 처음 봤다니까요. 선생님이 잘 가르쳐 주신 게 틀림없어요. 정말 감사해요."

철판 앞에서 분주히 일하던 학생의 아빠도 멀리서 소리치며 인사를 전했다.

"선생님, 수고가 많으세요. 제가 자리를 비울 수가 없거든요. 평소 딸아이를 잘 돌봐 주셔서 정말 감사해요. 이렇게 젊으신데 대학에서 강의하시다니 정말 대단하세요. 앞으로 우리 아신 좀 잘 부탁드릴게요……."

"뭘요……."

샤오뭐와 식당 주인은 몇 개의 테이블과 카운터를 사이에 두고 몇 번이나 정중히 서로에게 인사했다.

"저기요, 계산 좀 해 주세요. 선생님을 만났다고 손님을 잊으시면 안 되죠."

카운터 앞에 있던 손님이 외쳤다.

"죄송합니다, 죄송해요. 저희가 여기 선생님에게 정말로 너무 감사해서……."

학생의 엄마는 서둘러 카운터로 돌아가면서도 고개를 돌리며 이 말을 건네는 걸 잊지 않았다.

"이렇게 귀한 걸음을 하셨으니 이런 건 저희가 대접해야지요. 부담 갖지 마시고 마음껏 시키세요."

"예? 그건 죄송해서요."

"아니에요. 스테이크 같은 걸 대접해 드려야 하는데. 저희야말로 죄송하지요…… 아, 손님은 130위안이에요. 감사합니다."

그녀가 이름을 기억하지 못하는 여자아이가 환히 웃으면서 소스가 놓인 쪽으로 가더니 간장과 고추장을 챙겨 달려왔다.

"소스 더 드릴게요. 이 고추장은 저희 엄마가 직접 배합한 거예요. 엄청 맛있어요. 다들 세상에서 제일 맛있는 매운맛이라고……."

샤오뭐는 웃느라 자기가 매운 걸 먹지 못한다고 말하지 못했다. 이번에는 여자아이가 카운터로 달려가더니 카일이 주문한 철판 볶음면을 가져왔다. 탁 하는 소리와 함께 음식을 테이블 위에 내려놓은 여자아이는 해바라기라도 된 듯 바로 얼굴을 돌리더니 샤오뭐를 보고 웃었다.

"소스 부족하면 알아서 더 넣으세요."

그러고는 소스를 건성으로 카일 쪽으로 밀어 주었다.

"다 쓰신 소스는 원래 있던 곳에 두시면 됩니다."

"저기 ─ 차별 대우를 너무 티 나게 하는 거 아니에요."

완전히 방치된 카일은 자기를 본체만체하는 여자아이가 조금 불편한 듯했다. 얼굴이 살짝 굳어 있었지만 그래도 기본적인 예의를 잊지는 않았다.

"선생님, 어쩌다 여기서 아침 식사를 하시게 된 거예요? 저희 과 남자애가 선생님은 다른 지역에 산다고 했는데."

"음? 내가 어디 사는지 어떻게 안대요?"

"어, 제가 말해 버렸네요?"

여자아이는 크게 놀란 것처럼 굴었지만 후회하는 기색을 찾아볼 수는 없었다.

"아니, 걔네가 선생님을 스토킹한 적이 있대요. 선생님은 사적인 이야기를 아예 안 하시잖아요. 그래서 자기들끼리 내기를 했다는 거 있죠. 선생님이 결혼을 했는지, 남자 친구가 있는지 말이에요. 그러다가 나중에 선생님이 친구와 같이 산다는 걸 알게 됐다고, 결혼을 안 한 것 같다고 하더라고요……. 근데 그 멍청이들이 졸업 후에 고백하겠다고 하던데요. 진짜 웃겨요. 선생님이 어떻게 걔네 같은 애들을 좋아하겠어요……."

"남자 친구는 있는데요."

소스를 제자리에 가져다 놓은 카일이 철판 볶음면 앞에 앉으면서 태연하게 말했다.

"저희는 어제 근처 호텔에서 묵었어요. 그래서 여기서 아침 식사를 하는 거고요. 그 남학생들에게 단념하라고 해요."

"남자 친구요?"

여자아이가 눈을 크게 뜨더니 그제야 그를 제대로 보았다.

"당신이요?"

카일이 눈을 깜빡이더니 샤오뤄를 보고 웃었다. 샤오뤄의 심장은 콘크리트 바닥을 부술 수 있을 만큼 쿵쿵거리며 빠르게 뛰었다.

방금 뭐라고 한 거지? 그러니까 그 말은, 그가, 우리가 지금 사귀고 있다고 생각한다는 뜻인가? 그런 뜻인 거야? 얼굴에 여름용 선크림을 바른 게 느닷없이 떠올랐다. 어쩌면 잡티가 보일지도 몰랐다. 그런데도 그는 이런 내 얼굴을 보면서 자기가 나의 남자 친구라고 말한 건가?

그들이 했던 말이 진짜라고? 여성이 나이 들었다 해도, 스스로를 잘 가꾸기만 한다면, 진심을 내어 주는 사람이 있을 거라는 말이? 자기 계발서에나 나올 법한 그 뻔한 위로의 말들이 놀랍게도 진짜라고?

"이야, 이거 엄청난 소식인데요. 가서 과 남자애들한테 말해야겠어요. 그러면 두 분 데이트를 방해하지 않을게요."

여자아이는 눈치껏 자리를 피해 줬다. 떠나기 직전 카일의 어깨를 두드리는 것도 잊지 않았다.

"좋아요. 뭐, 이 정도면 괜찮은 편이네요. 선생님이 좀 더 아깝지만 그래도 나쁘지 않아요. 우리 선생님, 괴롭히지 말아요. 안 그럼 우리 과 애들이 가만두지 않을 거예요!"

여자아이는 음식을 가져다주러 갔고, 남은 건 막 자신들이 연인 사이임을 확인한 스물다섯 살의 남성과 마흔두 살의 여성뿐이었다 ─ 아, 안 돼, 이 조합은 아니야. 그녀는 자기도 모르게 모두의 조롱을 받던 샤오정과 리리*를 떠올렸다. 이런 관계를 진지하게 받아들여 줄 사람은 없었다. 회화화되거나 금전적 관계로 여겨지겠지. 그녀는 스스로를 설득할 만한 사례를 단 하나도 떠올리지 못했다.

"무슨 생각을 그렇게 해요? 내가 멋대로 남자 친구라고 해서

---

* 타이완에 실제로 있었던 연상연하 커플이다. 두 사람이 연애를 시작할 당시(2001년) 샤오정(남)은 열여덟 살이었고 리리(여)는 쉰한 살이었다. 두 사람은 가족의 반대와 사회적 압박을 이기지 못하고 결국 헤어졌다.

화난 건 아니죠?"

카일이 순진무구한 얼굴로 물었다.

"학생들한테 인기 많은 걸 보니까 나도 모르게 질투가 좀 나서
요. 충동적으로 그랬어요. 미안해요."

"그러면, 그런데 있잖아."

그녀는 엉겁결에 말했다.

"다음 주면 미국으로 가지 않아?"

"맞아요."

"그러면."

샤오뤄는 억지로 뒷말을 삼켰다.

"그러면?"

카일이 그녀를 보았다. 이제 그녀는 자기 피부가 그에게 얼마
나 끔찍하게 보일지 걱정할 여유가 없었다. 바보 같다는 걸 알면
서도 무언가를 기대하는 환상을 품었다. 자기가 질투하고 있다는
걸 솔직하게 인정한 그니까, 그렇다면 다음 주 출국을 앞두고 자
신을 위해 무언가를 해 주길 바라지는 않을까?

심지어 — 그녀는 스스로를 낮출 수도 있었다 — 대단한 결심
을 할 필요도 없었다. 그저 단 한마디만 해 준다면, "당신이 나와
같이 가면 좋을 텐데요." 같은 말을 해 준다면, 아니면 이와 비슷
한 말이라도 해 준다면, 그녀는 지금의 생활을 다 포기하고 그를
따라갈 수 있었다.

그러나 그녀는 차마 말할 수 없었다. 중년 여성이 자신의 소녀
감성을 모두 쏟아내면서 단 한마디만을 바라고 있다는 걸, 미래
에 대한 일말의 가능성이나 약간의 기대만 드러내도 좋겠다고 생

각하고 있다는 걸 도저히 소리 내서 인정할 수 없었다. 대신 그녀는 모든 걸 각오했다. 마흔두 살의 미혼 여성에게 뒤를 돌아보지 않을 각오는 스물네 살에 하는 각오와는 완전히 달랐다.

"그러면 서던 캘리포니아 대학에서 어떤 페미니즘 수업을 들으면 좋을지 어서 알아봐 줘요. 그래야 가서 청강을 하죠."

카일이 포크로 철판 볶음면을 돌돌 말더니 유쾌하게 입안으로 밀어 넣었다.

"어쩌면 거기 수업에서 당신처럼 쿨한 여성을 만날 수도 있잖아요. 그리고 있잖아요, 당신을 알게 된 뒤로 내 기준이 훌쩍 높아졌어요. 여자 친구든 와이프든, 나중에 당신 나이가 됐을 때 당신 같으면 좋겠어요. 똑똑하면서도 성숙하고, 또 예쁘기까지 하면 완벽할 것 같아요. 근데 엄청 어렵겠죠. 이거 봐요, 다 당신 때문이잖아요. 눈이 이렇게 높아져서 미국 가서 여자 친구도 못 사귀겠어요……."

겨울 햇빛이 식당 안으로 스며들었다. 학생이 달려와 자기가 직접 부친 뤄보가오*를 한 접시 내놓았다. 조금 태운 듯했지만 샤오뤄는 이런 뤄보가오를 좋아했다.

샤오뤄는 학생에게 화장실이 어디에 있느냐고 물었고, 학생은 그녀를 화장실로 안내했다. 시장에 있는 공용 화장실이라 조금 지저분할 거라면서 가는 내내 몇 번이나 미안하다고 했다. 그녀

---

* 蘿蔔糕. 타이완과 중국 민난(閩南) 지역에서 널리 먹는 음식이며 한국에서는 '무떡'으로 알려져 있다. 간 무에 쌀가루, 찹쌀가루, 밤 가루 등을 넣고 쪄서 만들며 고기나 새우를 넣기도 한다. 타이완 사람들이 조식으로 많이 먹는다.

는 웃으면서 괜찮다고 했다.

"선생님, 조심하셔야 해요. 화장실 앞에 작은 하수구가 있는데요, 위에 덮개가 없어요."

그녀는 고개를 끄덕이며 알겠다고 했다. 하수구를 지나 화장실로 들어갈 때, 자기가 페미니즘을 위험한 강이라고 여겼던 게 돌연 떠올랐다. 페미니즘을 껴안든 실천하든, 심지어는 자각하는 것만으로도 여성은 스스로를 위험에 빠뜨렸다.

하지만 사실은 틀렸다. 최소한 그녀의 페미니즘은 그랬다. 마흔두 살 미혼 여성의 페미니즘이란 시장과 화장실 입구 사이에 있는 작은 도랑과도 같았다. 작은 도랑을 건너는 걸 두고 고민하는 이는 아무도 없을 테니까. 누군가 한쪽에 오래 서서 도랑을 건너길 망설이고 있는 걸 신경 쓰는 이도 없었다. 그건 그저 작은 하수구일 뿐이니까. 화장실에 가고 싶어 하는 이들에게 약간 번거로운 존재일 뿐이었다. 그게 다였다.

화장실 안 거울에는 배우자의 외도 현장을 잡아 주겠다는 사설탐정 사무소의 전화번호가 적혀 있었다. 거울에 비친 얼굴은 그녀가 걱정했던 모습 그대로였다. 선크림과 모공이 서로 원수라도 진 듯 홍해처럼 갈라져 화장이 하얗게 떠 있었다. 멀리서 학생의부모가 손님에게 외치는 소리가 들렸다.

"미남 손님, 안쪽에 앉으세요. 미녀 손님은 뭘 드시겠어요?"

갑자기 이 화장실에서 더는 벗어나지 못할 것 같았다. 더는 저작은 하수구를 지나가지 못할 것 같았다. 다시는 카일에게 이 절망한 얼굴을 보여 줄 수 없을 것 같았다.

리치 사용 설명서

섹스하기에 너무나 좋은 계절이었다.

진정 가을이라 할 만한 날이, 일주일밖에 안 되는 타이완 같은 곳에도 이런 날이 며칠은 있었다. 날씨가 맑고 습도는 낮은, 기온이 20도 정도이며 밖에는 바람이 부는 날. 체감 온도는 18도인 날.

리즈는 이런 날 섹스할 수 있어서 다행이라고 생각했다. 섹스할 때면 필연적으로 구부러지거나 접히는 곳에 혹은 서로의 피부가 닿는 곳에 땀이 고이는 게 싫었기 때문이었다. 리즈는 자기 몸에서 입술을 제외하고 단 한 곳만 젖기를 바랐다. 다른 곳이 젖는 건 싫었다. 축축하면서 불쾌할 듯했고, 지저분하거나 둔하게 보일 것 같았다. 이건 엄청난 금기였다.

선배는 이렇게 말했다. 신경 쓰지 마. 네가 뚱뚱해서 그렇다는 게 아니야. 달라붙으면 불쾌할 것 같아서. 나는 산뜻한 여자가 좋아.

리즈도 동의했다. 리즈도 산뜻한 여자가 좋았다.

정상 체온인 인류가 격렬한 운동을 하면서 땀을 전혀 흘리지 않는다는 건 매우 비과학적이지만. 그녀는 자기가 아기 기저귀 광고에 나오는 작고 귀여운 분홍빛 아기 엉덩이처럼 맑고 깨끗하기를, 아무것도 묻어 있지 않기를 바랐다. 그러나 이러한 바람이 자신에게 지나칠 만큼 가혹하다는 걸 알고 있었다. 그 바람이 도리어 나쁜 결말로 이어진다는 것도. 보송하기를 바랐던 곳에는 오히려 땀이 더 났고, 유일하게 젖기를 바랐던 곳은 긴장감에 유달리 건조해졌다.

당연히 오늘 밤에는 이런 일이 벌어지지 않기를 바랐다. 그녀는 긴장하지 않았고, 날씨도 매우 좋았다. 습도도 적당했다. 북극에는 미안하지만 혹시 모를 상황을 대비해 에어컨도 켰다.

어쩌면 오늘 밤이 완벽에 가장 가까운 날이 될지도.

밤빛은 짙고 매혹적이었지만 무언가 조금 부족한 듯했다. 방의 불을 껐는데도 달빛인지 가로등 불빛인지 알 수 없는 빛이 들어와 여전히 너무 밝았다. 몸의 윤곽을 쉬이 볼 수 있을 만큼……. 그녀가 남에게 가장 보이기 싫어하는 게 바로 자기 몸의 윤곽이었다. 희미한 달빛만으로도 그녀는 수술실 무영등 아래 누워 있는 듯한 느낌에 사로잡혔다. 몸 구석구석에 있는 것들이, 너무 많거나 너무 적게 남김없이 노출되는 것 같았다.

그래서 그녀는 누운 채로 상대방과 눈을 마주치는 선교사 체위를 가장 두려워했다. 두 다리를 들어서 접을 때면 상대방의 두 눈에 자기 배가 세 겹으로 보이지는 않을지 걱정할 수밖에 없었다.

자신의 접힌 뱃살을 본 선배가 로맨틱한 분위기를 위해 켜 놨던 무드등마저 꺼 버리기로 결심했을 때, 그때 선배가 지었던 표정을 그녀는 아직도 기억했다.

그 뒤로 선배는 늘 불을 끄고 했다. 그런데 리즈는 어둠 속에서도 선배의 표정을 볼 수 있었다.

그때 선배가 껐던 건 등만이 아닌 듯하다고, 그녀는 종종 생각했다.

그녀는 선배의 품에서 살짝 벗어나 창가로 갔고, 손을 뻗어 커튼을 쳤다 ── 훨씬 낫네. 그래도 여전히 너무 밝아. 좀 더 어두울 수는 없을까.

달빛이 커튼을 통과하더니 잔혹하게도 그녀를 비췄다. 누운 탓에 살이 처져 있었다. 입가의 군살은 더 도드라져 보였고, 목은 너무 굵어서 선을 찾아볼 수 없었다. 쇄골은 살 속에 파묻혀 있었으며 팔뚝은 둥글고 단단했다. 두툼한 팔뚝 살은 옆 가슴살과 하나로 이어져 있었는데 조국의 영토처럼 예로부터 분단된 적이 없었던 것처럼 보였다. 누운 뒤로 가슴과 뱃살은 한 덩어리가 되어 퍼져 있었는데 지방 평등이라는 개념을 완벽하게 구현한 듯한 모습이었다. 가슴 살이든 뱃살이든 모두 평등하게 자리를 차지하여 성적 매력이라고는 전혀 찾아볼 수 없었다. 아, 엉덩이나 허벅지는 생각도 하기 싫었다.

네 젖은 극상품이야. 선배가 박으면서 말했다. 허리가 없는 게 아쉬워. 엉덩이는 너무 크고. 네 허리가 5인치 정도만 줄면 좋을 텐데. 그럼 네 젖이 훨씬 더 섹시해 보일 거야. 남자를 흥분시킬 정도로. 5인치 정도는 가능하지? 어렵지 않잖아. 그렇지? 넌 할 수 있어.

그래, 할 수 있겠지. 5인치를 줄이려면 다섯 번은 환생해야 할 것 같지만, 그래도 할 수 있었다. 그녀는 노력할 수 있었다.

신음을 가장한 쉰 소리가 입술과 이 사이에서 새어 나와 흩어졌다. 계속 숨을 참으며 안쪽으로 끌어당겼던 아랫배도 무너졌다. 불안한 그녀는 몸을 일으키고 싶었다. 그래야만 가슴과 배가 구분될 수 있을 터였다. 상반신의 유일한 강점인 가슴을 강조하고 싶었다. 그러나 그녀는 곧장 뒤로 밀쳐졌고 원래 자세로 돌아갔다.

"그대로 있어. 이번에는 내가 서비스해 줄게……."

무슨 서비스? 그녀는 더 불안해졌다. 나는 그런 서비스가 필요한 여자가 아니야.

"아니야. 그런 건 안 해 봤어. 안 익숙해."

"그러니까 더 해 봐야지. 그래야 익숙해질 거 아냐."

다급하게 입을 맞추면서 그녀의 몸 위에 길을 내어 가던 언하오가 입술을 바짝 붙인 채 웅얼웅얼 말했다. 그녀는 심호흡했다. 좋아. 오늘은 이렇게 해 보겠다, 이거지. 괜찮아. 어색하기는 하지만 언하오가 해 보고 싶다면야. 그러면 한번 해 보자.

언하오의 입술이 그녀의 팬티 끄트머리 위로 떨어지더니(다행히 오늘 입은 건 새로 산 팬티였다. 섹시한 로라이즈 팬티.) 혀끝이 그녀의 허리춤을 부드럽게 핥았다. 저릿한 전류가 전신으로 퍼지기도 전에 그녀는 그곳이 가장 살진 부위라는 걸 떠올렸다. 잘라서 간장에 조리면 잔칫상도 차릴 수 있을 정도였다. 게다가 고무줄에 눌려 초나라와 한나라의 경계선 같은 자국도 생겼을 게 분명했다. 그 모습이 눈앞에 보이듯 그녀의 머릿속에 선명하게 떠올랐다. 세상에, 그가 지금 핥고 있는 게 자기가 생각하는 그곳이 맞단 말인가? 자국이 남은 통통한 몸을 이끌고 당장 침대에서 도망치고 싶어졌다. 언하오를 밀치고 싶은 충동을 어렵사리 참아 낸 그녀는 다시 통통한 배를 떠올렸고, 탄식을 참지 못했다. 그녀는 곧장 탄식을 신음으로 가장했다.

언하오는 그녀의 내면적 변화를 전혀 알아차리지 못했다.

젠장. 남들도 섹스를 이렇게 힘들게 하나.

언하오는 계속 아래로 향했다. 레이스 팬티는 부드러운 음순을 감싸면서도 축축하게 젖은 선으로 그 안을 드러내기도 했다. 그가 껍질을 갓 벗긴 신선한 과육을 베어 물듯 이로 살짝 음순을 물었다. 약간 떫으면서도 단내가 나는, 하얀 막으로 덮여 있지만 속살이 꽉 찬 리치를 무는 것 같았다. 리즈는 몸을 떨었다. 이번 전율은 그녀의 전신을 강렬히 휩쓸었다.

여기는 리치처럼 부드럽고 여려. 속옷만 벗겨도 즙을 뿜을 것 같아. 속옷을 사이에 둔 채 그녀를 가지고 놀던 선배가 말했다. 수치와 흥분이 동시에 몰려왔다. 그녀는 선배에게 자기 이름을 가지고 놀리지 말라고 하고 싶었다.* 어렸을 때부터 이런 농담을 진저리 나게 들었다. 그러나 그녀는 분위기를 망치지 않았다. 그녀의 속옷을 벗기자마자 삽입한 그가 리치에 대한 농담을 쉴 새 없이 하도록 내버려두었다.

리치. 리즈. 리치. 리즈. 영원히 멈추지 않을 것 같은 부딪침을 받아들일 때면 그녀는 늘 헷갈렸다. 선배가 부르고 있는 건 자기의 이름일까, 아니면 자기의 성기일까.

선배는 멈추지 않았다. 선배가 가장 싫어하는 끈적한 땀이 선

---

* 과일 리치(litchi, 荔枝)의 중국어 발음이 '리즈'다.

여신 뷔페   125

배의 몸에 가득했다. 다리 사이로 축 늘어진 그것은 여분의 살덩어리처럼 보였고, 결국 사정을 하지 못했다. 선배가 화가 난 듯 그녀를 밀쳐 내더니 도망이라도 치듯 다리 사이에서 빠져나갔다. 이렇게 기름지고 끈적해서는 도저히 계속할 수가 없잖아. 아니, 아니, 리즈 네가 너무 뚱뚱해서 그렇다는 게 아니야. 선배는 자기가 겉모습만 중시하는 사람이 아니라고 했다. 다만 그저, 그저 기름기가 너무 많아서 미끄러진 거라고.

미안해요. 저도 식이 요법을 하고 있어요. 운동도 하고요. 하지만 계속 이런걸요. 저도 이유를 모르겠어요. 리즈가 눈을 감았다. 선배의 얼굴이 언하오의 얼굴이 되었다. 미안해. 내가 너무 뚱뚱해서. 미안해. 미안해.

"넌 예뻐."

언하오가 (지나치게 두꺼운) 다리 사이에서 낮게 읊조렸다. 그러자 그녀는 이상하리만큼 정신이 번쩍 들었다. 말도 안 돼. 이건 또 어디서 나온 로맨스 소설 대사야? 그녀는 이런 수작에 넘어가지 않았다. 진짜 웃기네. 게다가 그녀는 예쁘지도 않았다.

나도 내가 예쁘지 않다는 걸 알아. 그런 말로 날 속이려 하지 마! 그녀가 속으로 외쳤다. 언하오는 그녀의 긴장을 풀어 주고 싶었던 거였다. 여자가 오르가슴을 가장하듯 남자도 짐짓 상대가 섹시하다고 말하고는 하니까. 분명히 다정한 행동이었지만 그녀는 원하지 않았다. 차라리 듣지 않는 게 나았다. 그녀는 그저 울고 싶었다. 너무나 울고 싶었다. 군살을 만지지 마. 수치심이 든다고. 그녀는 정말로 울고 싶었다. 그따위 거짓 위로는 하지 말라고. 그녀는 자기가 뚱뚱하다는 걸 알았다. 그녀는 울고 싶었다.

"즈즈? 즈즈?"*

그가 그녀의 하복부에서 머리를 들어 올렸다.

"숨은 왜 참아? 왜 이렇게 긴장한 거야?"

"내가 언제…… 어?"

그제야 그녀는 조금 전에 들이마셨던 숨을 아직 내뱉지 않았다는 걸 깨달았다. 서둘러 정상적으로 호흡하려고 했다.

"아니, 내가 그랬잖아, 익숙하지 않다고."

"알았어. 그럼 네가 익숙한 방식으로 하자."

언하오는 그녀를 기쁘게 해 주려던 계획을 접었다. 대신 원하는 대로 하라는 듯 몸을 돌리더니 침대 위에 드러누웠다.

"아니, 그런 문제가 아닌데……."

그렇게 말하니 그녀가 섹스 경험이 많고 나름의 익숙한 방식이 있다는 것처럼 들리지 않는가. 전혀 그렇지 않은데! 리즈는 몸을 일으킨 뒤 언하오 위로 올라갔다. 그런 뒤에는 그가 좋아하는 곳들만 골라서 입을 맞췄다. 연인을 기쁘게 해 주는 서비스에 대해서라면 그녀가 언하오보다 더 많이 알았다.

입을 맞췄다. 어루만졌다. 핥았다. 손바닥은 미끄러지듯 피부를 스쳤고, 손등은 아치처럼 굽었다. 손가락 끝이 춤을 추듯 가볍게 움직이다가 민감한 곳에 다다라 잠시 멈췄다. 언하오의 호흡이 거칠어지는 걸 느낀 리즈는 느릿하게 자세를 바꿨다. 몸을 움직여 (확실히 그녀에게 익숙한 방식인) 후배위를 하게 했다. 언하오

* 중화권에서는 친밀한 사람의 경우 이름 한 음절을 두 번 반복해 부르곤 한다. 일종의 애칭이다.

여신 뷔페　　　　　　　　　　　　127

도 불만이 없었는지 자연스레 그녀의 몸 뒤로 갔다. 리즈는 이 자세가 매우 만족스러웠다. 축 늘어진 가슴이 자기가 몸의 다른 지방과 확연히 다르다는 걸 보여 주었으니까. 남자가 움켜쥐기 좋았을 뿐만 아니라 존재감도 확실히 드러냈다. 게다가 복부의 군살도 중력의 영향을 받을 테니 언하오의 눈에는 자기 허리가 적어도 1, 2인치는 줄어든 것처럼 보일 듯했다.

이 자세가 정말 좋아. 너무 좋아. 선배가 뒤에서 힘껏 박으면서 말했다. 이렇게 하면 그가 그녀의 가슴을 움켜쥐지 않는 이상 두 사람이 닿는 곳이 오직 성기뿐이라고 했다. 물론 그는 그녀의 가슴을 움켜쥐었다. 그 각도에서 움켜쥐면 가슴이 더 커 보이고 기분도 더 좋다고 했다. 쌀 뻔했네. 네 젖은 진짜 대단해. 선배가 말했다. 정말 다행이었다. 선배가 매우 좋아해서.

대단하다고는 했지만 충분히 대단한 건 아닌 듯했다. 선배가 숨을 몰아쉬더니 그녀의 커다란 엉덩이를 때렸다. 그녀가 좀 더 야하게 굴어야만 사정을 할 수 있다고 했다. 그녀는 어떻게 해야 좀 더 야해질 수 있을지 온갖 방법을 고민했지만 선배는 사정을 하지 못했다. 선배에게 너무나 미안했다. 자기가 충분히 예쁘지 않아서, 충분히 마르지 않아서 그런 게 분명했다. 어떻게 해야 야해질 수 있지? 어떻게 해야 그가 더 편해질까? 어떻게 해야 그가 더 기뻐할까? 포르노에 나오는 여성 배우를 모방하며 숨을 헐떡였고, 신음 소리를 냈다. 역할극을 했고, 야외, 모텔, 주차장, 아무도 없는 휴일의 학과 사무실까지 갔다. 그런데도 소용이 없었다. 더는 그녀가 할 수 있는 게 없었다. 선배가 말했다. 한번 해 볼래? 어쩌면 싫어할 수도 있지만. 그럼요. 시도할게요. 선배가 저 같은 여자와 사귀어 준다는데 당연히 시도해 봐야죠. 뭐든 다 괜찮아요.

　그녀는 엎드리며 사지를 침대 위에 바짝 붙였다. 언하오의 키스와 애무를 즐기면서 더 많은 걸 갈망하는 신음 소리를 냈다. 그 소리에 언하오가 더 조급하고 거칠게 숨을 쉬었다. 이제 시간이 되었다. 리즈는 때를 가늠하며 요염하게 허리를 구부렸다. 몸을 접어 매혹적인 자세를 취하고는 고개를 돌리며 그에게 물었다.

　"자기야…… 여기에 박고 싶지 않아?"

　"……."

　그녀는 자기 목소리가 너무 쉬어서 언하오가 제대로 듣지 못한 줄 알고 다시 한번 말했다.

　"……그럼? 설마 내가 다른 데 하고 싶어 하는 줄 알았어?"

　순간 리즈의 몸이 굳었다. 피식 웃음이 나왔다. 그런데 웃어도 되는지 확신이 서지 않았다. 고민하며 망설이고 있는데 그녀의 몸이 떨리기 시작했다. 언하오가 그녀의 몸을 돌려 안아 주었을 때까지 계속 떨렸다. 언하오가 얼굴을 보며 안아 주자, 결국 그녀는 참지 못하고 폭소를 떠뜨렸다. 어찌나 웃었는지 눈물이 줄줄 흘러나왔다.

　"하하하하하하, 뭐야, 하하하하하하 —."

　"ㅈㅈ, ㅈㅈ? ㅈㅈ —."

　그녀는 정말 큰 소리로 웃었다. 그러려고 노력했다. 무언가를 숨기려는 것처럼 무지 노력했다. 꿈결에 저승으로 넘어간 이를 부르기라도 하듯이 언하오는 그녀의 이름을 거듭 불러야만 했다. 한 번, 또 한 번. 한마디, 또 한마디. 멈출 수 없었다. 이름을 부르지 않으면 그녀의 의식이 다시 흐릿해져 지옥으로 돌아갈 것만 같았다.

즈즈.

"이러지 마. 어? 이럴 필요 없어."

저주라도 된 듯 이 말이 순식간에 리즈를 얼려 버렸다. 그와 동시에 그녀의 몸 어딘가를 녹여 주기도 했다. 두 손이 피투성이가 될 정도로 혼자 힘껏 두드렸지만 도저히 깰 수 없었던, 만년이나 얼어 있던 얼음층이었다.

얼음 속에 묻혀 있는 건 바로 그 리즈였다. 아직도 눈물을 흘리고 있는 리즈. 눈물은 눈에서 나오자마자 얼어붙었고, 두꺼운 얼음이 되었다. 얼음은 훨씬 더 두꺼워졌다.

*

매주 목요일은 마감일이었다. 출판사에서 주말 전에 업로드할 수 있도록 리즈는 플랫폼별로 다르게 편집한 전자책 파일을 오후 6시 전까지 출판사로 보내야 했다. 그래서 그녀는 이때면 늘 바빴고, 언하오도 그걸 알았다.

알면서도 너무 바빠 짬을 낼 수 없을 때면 언하오는 리즈에게 전화해 아이 하교를 도와달라고 했다. 그와 전처의 아이였다. 아이들은 이번 주에 언하오와 같이 지냈고, 공교롭게도 막 개정된 노동 기준법이 발효되었다. 새로운 법이 시행된 뒤로 처음 맞는 월급일이었기에 복잡한 초과 근무 수당 계산 방식은 그가 팀장으로 있는 부서 전체를 돌 맞은 벌집으로 만들었다. 혼란스러웠고, 성질이 났는데 불만을 퍼부을 수 있는 곳도 없었다.

"정말 미안해. 원래는 비서한테 부탁할 수 있었거든. 근데 며칠 전에 퇴사하고는 남부에 있는 친정으로 가 버렸어. 내가 진짜 부탁할 사람이 없어서 그래······."

이것이 맞는 말이라고 할 수는 없었다. 언하오에게는 사실 부탁할 사람이 한 명 더 있었다. 바로 전처였다. 그러나 그랬다가는 그것이 "거봐, 너는 좋은 아빠가 될 수 없다니까."라는 하나의 증거가 되어 훗날 공적으로든 사적으로든 계속 소환될 수 있었다. 언하오는 이런 위험을 감수하고 싶어 하지 않았다. 그래서 어쩔 수 없이 리즈를 희생시켰던 것이다.

일에서 벗어날 수 없는 자기 대신 일하고 있는 리즈를 일에서 끄집어내는 것. 물론 언하오도 그러고 싶지는 않았다. 그러나 그에게는 방법이 없었다. 리즈도 이를 잘 알았기에 그의 전화를 받았을 때 해명을 자세히 듣지 않았다. 바로 승낙해 그의 방법이 되어 주었다.

이 일을 이용해 그에게 더 중요하거나 대체 불가능한 존재가 되고 싶었던 건 아니었다. 혹은 그를 너무 사랑해서 무엇이든 포기할 수 있어서도 아니었다. 사실 리즈는 자기가 위선자라는 걸 어렴풋이 알고 있었다. 다른 사람의 감정을 너무 쉽게 알아차렸기 때문에 다른 사람의 부정적인 감정을 풀어 주기 위해 뭐라도 하지 않고는 도저히 견딜 수 없었던 거였다. 근 2년간 자주 다닌 요가원의 선생님이 종종 이런 농담을 했다. 그녀의 착한 사람 콤플렉스 시스템은 매주 업데이트가 되므로 영원히 최고 성능을 자랑한다고. 명령어라도 받은 듯 타인의 감정에 자동적으로 반응하고, 어떻게든 타인을 좀 더 편하게 해 주려고 해결책을 찾아낸다

여신 뷔페 131

고. 심지어 그 과정에서 스스로가 희생되더라도 그렇게 한다고.

"남한테 너무 정성을 들여서 그래요."

한번은 요가 선생님이 이런 결론을 내렸다.

너무 정성을 들인다. 이 말을 들었을 때 리즈는 무언가를 느꼈다. 뭐랄까, 영화 속 한 장면 같았다. 오래전에 외계인이 지하에 건축물을 남겨 놓았는데, 수천 년이 지난 뒤 외국에서 온 자석 하나가 그곳에 끼워지는 것이다. 그러자 우르르 소리와 함께 건축물이 땅 위로 솟아나더니 거대한 우주선이 되어 버린다. 바로 그런 느낌이었다.

"그렇구나. 나는 원래 우주선이었던 거야." 이런 느낌.

어쨌든 그녀는 아이들을 데려왔다. 아주 정성껏. 열한 살인 즈펑과 일곱 살인 즈린은 같은 초등학교를 다녔다. 즈린은 점심이면 수업이 끝났지만 학교 바로 건너편의 돌봄 센터에 가 있었기에 두 아이는 같은 시간에 귀가할 수 있었다. 사실 조금도 번거롭지 않았다. 번거로운 건 바로 그들의 부모였다.

형식적이라고 할지라도 서로 사생활을 지키길 바랐기에 리즈는 언하오의 집 열쇠를 가지고 있지 않았다. 그녀는 아이들을 자기 월셋집으로 데려갔다. 즈펑과 즈린 남매는 가방을 대충 던져놓고 그녀의 더블 침대 속으로 파고들더니 만화를 보기 시작했다. 그녀는 침대 위에서 텔레비전을 보고 있는 남매의 사진을 찍어 언하오에게 보냈다. 그런 뒤에는 컴퓨터 모니터 앞으로 돌아가 남은 작업을 하기 시작했다.

텔레비전 못 보게 해. 린린에게 똑바로 앉으라고 하고. 다리 벌리고 앉는 건 보기 좋지 않으니까.

언하오의 답장이었다. 똑같이 다리를 벌리고 앉은 즈펑에게는 별말을 하지 않았다.

텔레비전을 보지 못하게 하라고? 말이야 쉽지. 다른 방법이 있었다면 그녀도 아이들에게 텔레비전을 보지 말라고 했을 것이다. 문제는 그녀의 월셋집에는 박사 논문을 쓸 때 참고했던 자료만 있다는 거였다. 아이들이 읽을 만한 게 전혀 없었다. 그리고 그녀는 아직 일을 끝내지 못했고!

마감을 지키는 건 그녀에게 늘 최소한의 기준과도 같았다. 그녀는 이제껏 마감을 잘 지켜 온 기록에 오점을 남기고 싶지 않았고, 무엇보다 이 일이 너무나 중요했다. 박사 논문을 쓰던 시기에 경제적으로 버틸 수 있게 해 줬던 데다 외출을 하거나 누구를 만나지 않아도 할 수 있는 몇 안 되는 일 중 하나였기 때문이었다.

살을 어떻게 숨겨야 할지 고민할 필요도 없었고, 그런 고민을 하고 있다는 걸 숨기려 애쓸 필요도 없었다. 옷장 안의 옷들 중 어떤 옷을 입어야 충분히 격식을 갖춘 듯이 보이면서도 그다지 신경 써서 차려입지 않은 것처럼 보일 수 있을지 고민할 필요도 없었고, 허리를 5인치나 가늘게 보이도록 해 줄 옷이 없다는 현실을 마주할 필요도 없었다. 이 일이 그녀에게 줄 수 있는 존엄은 겉으로 드러나는 금전적 이익을 완전히 압도했다.

그녀는 이 일이 필요했다. 잘 해내야만 했다. 그래야 출판사에서 얼굴도 본 적 없는 그녀를 필요로 할 터였다.

그러나 그녀 안에 구축된 착한 사람 콤플렉스 시스템이 다시 작동했다. 그녀는 한숨을 내쉬더니 목을 길게 빼며 물었다.

"너희 숙제는 다 했어?"

정말 하나 마나 한 질문이라는 걸 그녀는 알고 있었다.

"안 해요!"

"저는 돌봄 때 다 했어요."

즈펑은 아예 거부했고, 즈린은 숙제를 끝내서 할 게 없었다. 이럴 때 즈펑에게만 텔레비전을 그만 보라고, 가서 숙제나 하라고 할 수 있을까. 그것은 그녀 같은 '아빠 여자 친구'가 할 수 있는 일은 아니었다.

"아, 집에 가서 해야 하는 숙제가 있긴 해요. 선생님이 그랬거든요. 집에 가서 가족과 같이 해야 하는 게임이라고요. 돌봄 교실에서는 할 수가 없었어요."

천만다행이었다.

"무슨 게임인데? 우리 같이 하자."

즈린이 책가방에서 저학년에게 적합한 보드게임 상자를 꺼냈다. 리즈에게 건네려다가 멈칫하며 말했다.

"근데 아줌마는 우리 가족이 아니잖아요."

분명히 그랬다.

"그럼 오빠랑 같이 할래? 아줌마는 옆에서 보고 있으면 되잖아."

"싫어요! 나는 여자애들이나 하는 게임 같은 건 안 할 거예요!"

리즈는 인내심을 가지고 설명해 주었다. 이건 여자애들이나 하는 게임이 아니야. 다만 네가 보드게임을 같이 하는 동생이 마침 여자애인 거지. 그러자 즈펑이 핵심을 놓치지 않고 바로 말을 바꿨다.

"나는 여자애랑은 게임 안 할 거예요!"

20년, 30년 뒤에 지금 이렇게 말했던 걸 후회하지 않기 바란다.

리즈는 속으로 중얼거렸다.

"그럼 이렇게 하자. 즈린이 아줌마한테 어떻게 하는 건지 알려 줘. 나중에 집에 가서 아줌마는 아빠한테 가르쳐 줄게. 그럼 아빠 도 같이 할 수 있잖아. 너도 집에 돌아가서 숙제를 한 셈이 되는 거고. 어때?"

즈린은 이 주도면밀한 계획에 설득당했는지 철 상자에서 카드 수십 장을 꺼냈다. 각종 물고기가 그려진 카드였다. 작은 손으로 어설프게 카드를 섞은 뒤 나눠 주었다. 즈펑은 숙제도 하기 싫었고 혼자서만 텔레비전 만화를 볼 수도 없었기에 어쩔 수 없이 옆에서 관심 없는 척하며 동생에게 잔소리를 늘어놓았다. 카드도 제대로 못 섞네, 어떤 카드인지 다 보여 주면서 나눠 주고 있네…….

간단한 덧셈 방식의 보드게임이었다. 즈린은 사실 매우 잘했다. 다만 숫자를 세면서 가끔 실수로 건너뛰곤 했을 뿐이었다. 그런데 즈린이 실수할 때마다 즈펑이 즉시 무시하는 말투로 이를 지적했다. 아예 즈린 대신 숫자를 세기도 했다. 이에 긴장한 즈린은 숫자를 더 엉망으로 세게 되었다. 리즈는 즈펑이 사실 자기도 함께 하고 싶지만 체면 때문에 그러지 못한다는 걸 알고 있었다. 그렇다고 해서 즈린의 기분을 고려하지 않을 수는 없었기에 몇 번이나 즈펑을 만류해야 했다.

"야, 너는 숫자 셀 줄도 모르네. 다 틀렸잖아! 너희 같은 여자애들은 수학을 못한다니까. 못하면 그냥 하지 마!"

즈펑은 동생이 세고 있던 카드를 아예 빼앗으며 말했다.

"내가 집에 가서 아빠랑 같이 할 테니까 그거나 봐!"

여신 뷔페   135

"뭐 하는 거야! 아빠한테 다 이를 거야. 내 것을 빼앗았다고!"

즈린이 카드를 되찾으려고 달려들었다. 쥐고 있던 카드들이 잔뜩 구겨졌을 뿐만 아니라 둘의 몸싸움에 나머지 카드들도 엉망이 되었다.

즈린은 아직 게임 한 판도 제대로 끝내지 못한 터였다. 리즈는 둘의 싸움을 말렸고, 카드를 거둬 철 상자 안에 넣었다. 그러고는 진지한 얼굴로 즈펑에게 물었다.

"아까 여자애들은 수학을 못한다는 말은 왜 했어?"

"원래 그렇잖아요. 쟤가 아까 얼마나 엉망으로 셌냐고요. 열다섯 다음에 열여덟이라고 했잖아요. 멍청하긴. 이렇게 쉬운 것도 제대로 못하고……."

"즈린이 숫자를 잘못 센 건 이제 막 배우기 시작했기 때문이야. 즈린이 여자애라서 그런 게 아니고."

리즈는 이 일을 확실하게 짚고 넘어가야겠다고 생각했다.

"너도 처음 배우기 시작했을 때는 그랬어. 여자가 남자보다 수학을 못해서 그런 게 아니야."

"맞거든요!"

"누가 그래? 그건 그저……."

"아빠가 그랬어요. 아빠가 엄마보다 수학을 잘했대요. 나도 동생보다 수학을 잘하고요. 엄마도 즈린이 수학을 못하는 건 자기를 닮아서라고 했다고요. 이게 맞아요. 내가 틀린 게 아니에요!"

"그렇다고 남의 보드게임 카드를 빼앗으면 안 돼!"

즈린이 드디어 반박할 기회를 얻었다.

지금까지 즈린은 폭력에 항의했던 것이었다. 편견이 아니라.

리즈는 아랫입술을 깨물었다. 이런 여자아이는 자신의 수학 실력도 합격선에 도달할 수 있다는 걸 평생 믿지 못할 것이다.

그녀는 자기가 무엇을 말해야 할지, 무엇을 말해도 될지 고민했다. 언하오와 전처가 아이에게 정확히 뭐라고 말했는지는 알 수 없었지만, 이 가족 안에 있는 외부인으로서 아이들의 부모가 한 말을 단호히 부정하는 건 적합하지 않은 듯했다.

게다가 이 과거의 부부는 이 일에 관해서만큼은 흔치 않게도 의견이 일치했다.

젠장, 의견 일치라니. 젠장, 이걸 이렇게 당연시하다니.

리즈는 시간을 보았다. 컴퓨터 모니터 앞으로 돌아가 반드시 일을 마무리해야 했다. 이를 악문 뒤 아이들에게 텔레비전을 켜 주었다.

남매는 만화를 보면서도 서로를 못마땅해하며 시끄럽게 떠들었다. 좀 옆으로 가서 앉아, 라고 하더니 잠시 뒤에는 내 머리카락 밟았잖아, 라고 했다. 처음에는 리즈도 중재하려고 했지만 나중에는 이게 그럴 필요가 없는 일상임을 깨달았다. 그래서 더는 신경 쓰지 않았다. 늦지 않게 해야 할 일을 모두 끝내고 파일을 넘길 수 있기만을 바랄 뿐이었다.

"옆으로 가! 다리는 왜 그렇게 벌려. 남한테 당하고 싶어서 그래?"

이 말이 찌릿한 전류처럼 리즈의 허벅지 옆을 스치며 지나갔다. 그녀는 무의식적으로 다리를 오므리는 동시에 깜짝 놀라 고개를 들었다. 순간 엄마가 어린 자신의 허벅지 안쪽을 찰싹 때리는 게 보였다. 어린 자신이 빠르게 다리를 오므리는 것도……

여신 뷔페

"오빠나 당하지."

즈린은 입을 삐죽이며 투덜거렸지만 이미 두 다리를 모은 뒤였
다. 두 아이의 시선은 여전히 텔레비전을 향해 있었다. 이들에게
이 작은 불화는 장난감을 가지고 싸울 때보다 중요하지 않은 듯
했다.

"나는 남자라서 안 당하거든. 너나 당하지."

"으아아, 왜? 불, 공, 평, 해!"

리즈는 모든 동작을 멈췄다. 머릿속이 새하얘지며 백지장이 되
었다. 자기 침대 위에서 다리를 오므리고 있는 즈린과 다리를 벌
리고 있는 즈펑을 멍하니 볼 수밖에 없었다.

"나는 너 같은 딸 둔 적 없어. 머리에 피도 안 마른 게 남자를
꼬시려고 하다니. 발랑 까져서는. 대체 내가 널 어떻게 가르친 거
지!"

엄마는 손을 들어 어린 리즈를 밀쳤고, 리즈는 깜짝 놀라 엄마
의 허벅지를 껴안고 울었다. 조금 전에 사고 싶어 했던 등이 파인
A라인 원피스는 감히 더는 쳐다보지도 못했다.

"어, 저기……."

그녀는 어떻게든 정신을 차리려고 노력했다.

"즈펑, 조금 전에 뭐라고 했어?"

"네?"

즈펑은 고개를 돌렸다. 멍하면서도 귀여운 표정이었다.

"아무 말도 안 했는데요."

이번에는 즈린도 고개를 돌려 그녀를 보았다. 그녀가 무슨 말
을 하고 있는지 전혀 모르겠다는 듯한 표정이었다.

"조금 전에 동생한테 다리 오므리라고 했을 때, 어떻게 그런……."

그녀는 그 말을 뱉기가 좀 어려웠다.

"어떻게 그런 말을 할 수 있어?"

"아, 다리를 제대로 안 모으고 똑바로 앉지 않아서요."

"지금은 다리 모았거든!"

"아니, 내 말은……."

세상에, 왜 이렇게 말을 뱉기가 어렵지.

"오빠가 어떻게 동생한테…… 당한다고…… 말할 수 있어?"

"엄마가 쟤한테 그랬어요. 똑바로 앉지 않으면, 다리를 오므리지 않으면 남한테 당한다고요. 몇 번이나 말했는데도 듣지를 않아요 —."

"잠깐 까먹은 거야 —."

리즈는 머리가 잘 굴러가지 않았다.

"엄마가 —."

아이들 앞에서 엄마를 비판할 수는 없었다. 게다가 아빠 여자 친구라는 불편한 역할을 맡고 있는 상황에서는.

"엄마가…… 엄마가 그렇게 말했다고? 엄마가…… 너희는 그게 무슨 뜻인지 알아?"

"알아요. 이런 거잖아요!"

말은 느릿했지만 동작은 무엇보다도 빨랐다. 리즈가 얼굴을 가릴 시간도 없이 즈펑이 번개처럼 빠르게 움직였다. 몸을 돌려 즈린의 다리 사이로 뛰어들더니 즈린의 무릎을 붙잡고 허리를 앞뒤로 움직이면서 밀어 넣는 동작을 했다.

리즈가 소스라치게 놀라며 벌떡 일어났다. 머릿속의 끈이 탁

끊어졌다. 리즈는 곧장 달려가 즈펑을 즈린에게서 떼어 놓았다.

"그러면 안 돼!"

즈펑은 리즈가 세게 밀어서 침대 아래로 굴러떨어졌고, 책상 모서리에 머리를 부딪혀 상처가 났다. 신선한 피가 흘러나왔다. 심장 박동에 맞춰 리듬감 있게.

주르륵. 주르륵. 주르륵. 주르륵.

가끔은 그녀도 정말 알 수가 없었다. 세상이 지나치게 뒤틀려서 사람이 다치는 걸까, 아니면 사람들이 계속 다쳐서 세상이 조금씩 뒤틀리고 있을까.

*

언하오가 그녀에게 들어갈 때, 그녀는 계속 말을 뱉고 있었다. 그녀는 언하오가 시간을 내서 아이들에게 기본적인 성교육을 해 주기를 바랐다. 언하오는 다소 곤란했다. 첫째로는 그것이 아이들 엄마가 해야 할 일처럼 들렸기 때문이었다. 어쩌면 이미 했을 수도 있었다. 둘째로는 아이들의 엄마와 그녀가 세 시간 전에 이 일로 병원 복도에서 싸웠기 때문이었다. 거의 몸싸움으로까지 갈 뻔했다. 다행히 즈펑은 찰과상만 입었다. 그러지 않았다면 둘 중 한 명이 입원할 때까지 싸움이 그치지 않았을 것이다.

가장 중요하게는, 그가 지금 그녀와 하는 이 행위를 아버지로서 아이들에게 어떻게 설명해야 할지 알 수 없었기 때문이었다.

그는 허리를 펴면서 리즈의 안쪽 깊은 곳을 파고들었다. 장난이라도 치듯 음경으로 그녀를 찌르기도 했다.

"걔들한테 이런 이야기를 해 주라고? 정말로?"

"당신도 같이 있었으면 좋겠어. 적어도 우리 두 사람의 설명이 같았으면 좋겠거든. 성(性)이 더럽거나 부끄러운 거라는 생각이 들지 않게 했으면 좋겠어. 전처가 그렇게 가르치는 걸 내가 어쩔 수는 없지만, 그래도 아이들한테 참고할 수 있는 다른 말을 들려줄 수는 있잖아. 제발, 이건 엄청 중요한 문제라고. 엄마 아빠의 태도는 사실상 공식적인 사용 설명서와 같다니까. 일단 아이들 머릿속에 각인되면 거의 바꿀 수가 없어. 정말이라고."

언하오는 갑자기 이상하다는 생각이 들었다. 리즈가 섹스 중에 이렇게 말을 늘어놓는 걸 한 번도 본 적이 없었다. 보통 그녀는 황홀에 빠진 듯이, 미친 듯이 신음하면서 침대 시트를 잡아당기거나 자기 머리카락을 움켜쥐었다. 마치 그의 페니스가 원자력 발전소의 제어봉과 연료봉을 겸하기라도 하는 것 같았다. 사람이 부주의하게 실수하지만 않는다면 집어넣고 빼내는 동작을 통해 핵반응의 속도마저 통제할 수 있을 듯했다. 그러나 지금 말을 뱉고 있는 리즈는 페니스를 전혀 느끼지 못하는 것 같았다.

확실히 이 점에 자존심이 상한 걸 인정하지 않을 수 없었다. 예전의 리즈는 섹스할 때마다 늘 몰입했으니까…… 가끔은 지나칠 정도였다. 그리고 음란한 말들을 들어 보지 않은 건 아니었다. 성 경험이 없었을 때 포르노 영상이나 애니메이션을 통해 무수히 배웠다. 그런데 뭐랄까, 그런 말들이 리즈의 입에서 튀어나오던 타이밍이, 그 어조가, 심지어 그 순간의 자세와 눈빛까지, 모든 게 너무나 교과서적이었다. 어찌나 교과서적인지 그는 그녀가 어디서 훈련이라도 받은 게 아닐까 싶었다.

섹스할 때 이렇게 조잘거리다니. 극히 이례적이었다. 그런데 그는 어쩐지 조금 기분이 좋았다.

"옌롱이 했던 걸 성교육이라고 할 수는 없지. 인성 교육 정도가 아닐까. 똑바로 앉는 법을 그런 식으로 가르친 건 좀 너무했지만, 옌롱의 생각을 이해할 수 없는 건 아니야. 좀 엄하게 가르칠지언정 아이가 다른 사람들 입에 오르내리지 않기를 바랐던 거니까. 다들 이런 식으로 가르치지 않나?"

언하오는 말을 하면서 하체를 움직였다. 리즈의 반응을 살폈지만 별다른 효과가 없는 듯했다. 리즈는 생각의 소용돌이에 빠져 있었다. 그 결과 언하오는 더는 삽입을 하는 것처럼 보이지 않았다. 오히려 노크를 하고 있는 듯했다. 똑똑. 똑똑. 그런데 문 뒤에 있어야 할 여자 친구는 확실히 자리에 없었다.

"다들 그렇게 가르치니까 아이들이 성이 창피한 게 아니라는 걸 알기가 더 어렵지. 봐, 우리처럼 성인이고 공부를 많이 한 사람들조차 이렇게 가르치는 걸 정상적이라고 생각하잖아. 그렇게 가르쳐도 상관없다고, 다들 이렇게 가르치지 않냐고 생각하고. 그런데 여성이 사회에서 맞닥뜨리는 편견과 제한이 이래서 생겼다는 걸 고민하는 사람은 너무 적어……."

"자기야, 자기야."

언하오는 동작을 멈추더니 그녀를 꼭 껴안았다.

"지금 누구한테 화라도 난 거야?"

"내가 예민하게 군다고 생각하지? 별것 아닌 일로 근거도 없이 난리를 피운다고. 어쨌든 신경질을 부리는 건 늘 여자니까. 그렇지? 그거 알아. 나는 이 일이 얼마나 중요한지 이해시켜 줄 수가 없어. 어쨌든 자기는 이런 식으로 자라지 않았으니까. 자기는 이런 말을 듣고 자랐겠지. 여자는 늘 작은 일을 부풀려서 큰일로 만들고, 감정에 휘둘린다고. 근데 나는 무슨 말을 들으면서 자랐는지 알아? 여자가 다리를 벌리면 다른 사람한테 박힌다, 그럴 바에는 아예 나가서 몸을 팔아라!"

언하오는 여자 친구의 몸 안에 있던 신체의 일부를 꺼냈다. 조금 말랑해진 듯했다. 하지만 상관없었다.

"있잖아, 난 사실 매우 기뻐."

"……어디 아픈 거 아냐?"

"아니, 자기가 즈펑이랑 즈린의 성교육에 관심을 갖고 있다는 게 나는 너무 기뻐. 어쨌든 넌 아이 엄마가 아니잖아. 심지어 의붓엄마도 아니고. 아이들 양육에 아예 책임이 없어. 그런데도 이렇게 생각해 주는 거니까. 그만큼 아이들을 정말로 소중히 여기고 있다는 거고. 그리고 있잖아, 내 생각에는, 전에 사랑을 나눌 때랑 비교하면,"

언하오는 잠시 생각하다가 말을 이었다.

"지금 네가 이러는 걸 보니까 지금 나랑 진짜로 사랑을 나누고 있는 것 같아. 포르노 속 남자 배우나 여자 배우가 하는 게 아니라 진짜로 우리 두 사람이 하는 것 같은 그런 느낌이야."

리즈는 남자 친구를 보았다. 자기보다 스무 살 가까이 많은 남자가, 조금 벗어진 정수리와 살짝 튀어나온 배를 가진 남자가 어쩐지 갑자기 잘생겨 보였다. 그녀는 그의 말을 듣고 처음으로, 처음으로 자신이 다른 이에게 박히고 있는 게 아니라 사랑을 나누고 있다고 느끼게 되었다.

이제껏 그녀는 합의된 섹스라는 게 사랑을 나눈다는 말과 같은 의미인 줄 알았다. 그런데 그게 아니었다. 알고 보니 다른 이에게 자원해서 박힌 것이었다.

사랑을 나눈다는 게 어떤 건지 그녀는 이제야 알게 되었다.

다른 이에게 박힌다는 게 무엇인지 리즈는 아주 잘 알고 있었다. 어렸을 때부터, 다른 이에게 박히거나 당한다는 게 무엇을 의미하는지 잘 몰랐을 때부터 엄마는 끊임없이 자기에게 가서 당하라고 말했으니까. 사실은 그녀가 그렇게 빨리 당하지 않기를 바라서 한 말이었다.

이건 엄마의 특권이었다. 마치 아이에게 "경찰이 와서 널 잡아갈 거야."라고 계속 겁을 주는 것과 같았다. 그래야 아이들도 부모가 원하지 않는 일들을 하지 않으려고 조심할 터였다. 여자아이에게 "가서 당해라."라며 겁을 주는 것도 마찬가지였다. 여자아이들이 쉽게 다른 이에게 당하지 않기를 바라는 마음에서 하는 선의의 표현이었다.

사람은 선하게 행동할 때면 상당히 복잡해지곤 했다. 그러나 그 나이 대의 아이들은 부모의 신비로운 속셈을 알지 못했다. 특히 남에게 당한다는 말처럼 그게 무슨 뜻인지 실질적으로 알지 못할 때는 더 큰 두려움을 느꼈다.

가서 당하라는 말은 가서 당하지 말라는 뜻이었다. 명확하게 말할 수 없는 이 특징은 성을 고사리처럼 만들어 음지 모퉁이에서 무성히 자라나게 했고, 자궁을 향해 쉼 없이 포자를 퍼뜨리게 했다. 성을 더욱 강렬하고 음습하게 만들어 더는 캐물을 수도 없게 만들었다. 그리고 소녀들에게 이를 연이어 상기시켰다. 말할 수 없는 '그 일'은 오직 피동태일 수밖에 없다는 것을. 게다가 대다수의 경우 피동태일 때도 유죄였다.

그 뒤로 "오줌 싸는 거기" 사용 설명서에는 지울 수 없는 주석이 새겨졌다. 훗날 초등학교, 중학교에 진학하면 교과서들에 적혀 있는, 핵심을 언급하지 않고 에두르는 표현들은 시험 답안으로 전락할 뿐이었고, 시험이 끝나면 "쉬" 하고 신비로운 척 숨을 내뱉는 것만으로도 사용 설명서 귀퉁이의 먼지처럼 그것들을 남김없이 날려 버릴 수 있었다. 제대로 닫히지 않은 부모의 방 문과 성인용품에서 보인 행동들과 단어들은 친구들 사이에서 퍼졌고, 코를 막고 미간을 찡그리게 만드는 하수구처럼 음침하고 모호한 주석들을 더욱 강화했다.

네가 오줌 싸는 거기, 네 그곳, 네 구멍 그리고 선배가 말했던 네 리치. 눈빛과 표정을 곁들이면서 에둘러 말하는 이 모든 대명사에는 공통점이 있었다. 모두 금기를 강조한다는 거였다. 그 금기가 쾌감을 가져올지 두려움을 가져올지는 사람에 따라 달랐다.

혹은 이렇게 말할 수도 있을 것이다. 성별에 따라 다르다고.

어른이 된 뒤 여학생 기숙사에서 불을 끈 채 룸메이트들과 함께 베개를 끌어안고 포르노를 몇 번 본 적이 있었다. 영상이 끝나고 서로 감상을 나눴을 때였다. 리즈는 어린 시절 엄마한테 나가서 당하라는 말을 들은 사람이 자기 하나만이 아니라는 걸 그제야 알게 되었다. 다른 여자아이들도, 심지어 리즈라고 불리지 않는 아이들도 다들 그렇게 자란 것이었다.

"너는 왜 리치를 안 먹어?"

언하오를 비롯해 그녀와 친한 친구들 모두가 늘 이렇게 묻곤

했다.

"내 이름이 리즈니까."

"그게 이유라고?"

"하하, 아니. 리치는 너무 달잖아. 쉽게 살이 찐다고."

그녀에게 리치는 일종의 죄악이었다. 지나치게 달다는 이유 때문만은 아니었다. 이렇게 말해야 상대가 쉽게 이해해 주었다. 그러면 진심을 털어놓을 필요가 없었고, 과거를 대면하는 위험을 감수할 필요도 없었다.

리즈의 어릴 적 별명은 나이지(奶雞)였다. 이름 때문이었다. 리치를 타이완어로 발음한 것이었다. 어렸을 때 엄마는 리즈의 친구들이 그녀를 나이지라고 부르는 걸 아주 싫어했다. 엄마는 말했다. 오래 마음을 쏟아서 골랐던 이름이라고. 그렇게 잘 지은 이름, 그렇게 기품 있는 이름이니 리스(隸書)*나 즈란(芝蘭)**처럼 우아한 이름으로 여겨져야 한다고. 그런데 초등학교에 들어가자 상황이 뒤바뀌면서 리즈는 나이지라고 불렸다.

이것이 엄마의 첫 번째 증오였다.

두 번째 증오는 리즈가 엄마의 호리호리한 체형을 닮지 않은 거였다. 초등학교 4학년 때 초경이 왔고, 발육이 옆으로 시작되면서 가슴과 엉덩이가 커졌다. 그러나 엄마가 상상하던 '미니 버전의 자기'가 아니었다. 아기자기하지도 귀엽지도 않았다. 호르몬이 조기에 왕성히 분비되면서 리즈는 '나이지'라는 별명에 더 가까

---

* 한자 서체의 하나인 예서를 말한다.
** 지초와 난초를 말한다.

워졌다. 첫 번째 증오와 두 번째 증오가 하나로 합쳐지면서 명실상부한 나이지가 되었다.

엄마가 증오했기에 리즈도 증오했다. 이 이름을 증오했고, 이 몸매를 증오했다. 그리고 이 둘을 모두 가지고 있는 스스로를 증오했다. 이는 너무나 자연스러운 흐름이었다.

이 이름과 이 몸은 학창 시절의 리즈에게 악몽과도 같았다. 여자아이들이 쑥쑥 자라고 있을 때 리즈는 2차 성징이 형성되었다. 변성기를 맞이하기도 전에 형과 아빠의 말을 듣고 나이지의 또 다른 함의*를 알게 된 남자아이들은 악의를 품을 때면 리즈의 가슴 앞과 엉덩이 뒤에서 과장되게 큰 원을 그리며 리즈를 불렀고, 한 시간에 얼마냐고 묻기도 했다. 그녀는 개명을 고민한 적이 있었다. 엄마도 마찬가지였다. 그러나 주민 센터 직원이 아이들은 일단 부르기 시작하면 습관이 되어서 호칭을 바꾸지 않는다고, 게다가 아이가 상처받는 걸 알게 되면 일부러 더 그렇게 부른다고 했다. 행정적으로 이름을 바꾼다 해도 다들 전처럼 부를 테니 차라리 리즈가 성인이 되었을 때 스스로 결정하도록 하는 게 어떻겠냐고 엄마에게 제안하기도 했다.

엄마는 일리가 있다고 여겼던 것 같다. 아니면 딸의 이름을 바꾸는 것보다는 딸을 바꾸는 게 더 낫다고 생각했거나. 그래서 개명할 생각을 접고 거액을 쏟아 리즈에게 발레를 가르쳤다. 리즈의 체형이 운동을 통해 좀 더 늘씬해지고, 무용을 통해 우아한 기

---

* 나이지(奶雞)의 '雞'는 '妓(기녀)'와 중국어 발음이 같아 성매매 여성을 암시하는 표현으로 자주 쓰인다.

품을 얻기를 바랐다. 그러나 딱 붙는 레오타드*와 튀튀** 안에 들어간 리즈의 몸은 재앙과도 같았다. 발표회 무대에 울면서 올랐던 게 몇 번이었는지 리즈 본인도 셀 수 없을 정도였다. 리즈는 무대에서 내려와서도 울었다. 불쾌하다는 듯 자리를 떠나는 엄마의 뒷모습을 보면서 울었다.

"유명한 모델같이 되는 건 바라지도 않아. 하지만 기품은 좀 생길 수 있잖아! 그게 그렇게 어려워? 쟤는 우리 딸이잖아. 어느 정도 기품이 생기는 게 이렇게 어려운 거야?"

한번은 방 안에서 엄마가 울면서 아빠에게 이렇게 말하는 걸 들은 적이 있었다. 아빠와 엄마는 키가 크고 체형이 늘씬한 선생님이었다. 한 명은 대학에서 한 명은 학원에서 일했다. 이렇게 서로 잘 어울리는 부부에게서 이런 딸이 태어난 것이다. 심지어 딸인 그녀조차 자기가 친딸이 아닐 수도 있다고 생각했을 정도였다.

모녀가 이 일로 싸울 때마다 아빠는 엄마 몰래 리즈 방으로 가서 그녀를 안아 주며 말했다.

"아빠도 어렸을 때는 뚱뚱했어. 넌 아빠를 닮은 거야. 그래도 괜찮아. 어른이 되면 살이 빠지거든. 조급해할 거 없어. 우리는 자기 자신이 되어서 충실히 살면 돼. 나중에 자라서 살이 빠지면 그때 아빠 딸은 기품 넘치는 선녀님이 될걸."

그녀도 이 희망을 품고 있었다. 엄격하게 금지된 사탕, 과자, 치킨, 콜라, 감자튀김을 먹는 대신 엄마가 시키는 대로 작문, 웅변,

* 다리 부분 없이 아래위가 붙은 옷. 신축성 있는 천으로 만들어져 체조복 등으로 쓰인다.
** 발레용 짧은 스커트.

서예, 미술, 바이올린, 발레 등 각종 재주를 익히며 몸에 집어넣었다. 그런데 재주를 너무 많이 익혀도 살이 찌는 걸까? 그렇게 열심히 했는데도 키는 아주 조금 컸을 뿐이었다. 계속 커진 건 가슴, 엉덩이, 배였다.

그 뒤로 리즈의 2차 성징이 더욱더 두드러지면서 아빠도 더는 딸을 안아 주며 위로의 말을 건네는 게 적절하지 않다고 느끼게 되었다. 그리고 리즈를 보는 엄마의 표정은 더 엄격해졌다. 오랫동안 '나이지'라고 불렸기에 정말로 리즈가 기녀가 될 거라고 믿기라도 하는 듯했다. 엄마는 리즈의 모든 옷차림과 행동, 표정, 말, 대화 상대까지 빠짐없이 검사했다.

리즈는 남성을 보고 웃을 수 없었다. 엄마가 음란하다고 말할 터였다. 리즈는 남성과 대화를 나눌 수 없었다. 엄마가 그 꼴로 연애를 하고 싶으냐고 말할 터였다. 리즈는 남성에게 화를 낼 수 없었다. 엄마가 가식적이라고 말할 터였다. 심지어는 남성 앞에서 울 수도 없었다. 엄마가 불쌍한 척한다고 말할 터였으니까. 어떻게 해야 엄마가 알아줄까. 그녀가 웃거나 울거나 말하거나 화를 내는 건 하얀 연꽃*이나 녹차 창녀**가 되고 싶어서가 아니었

* 하얀 연꽃(白蓮花)은 중화권 로맨스 소설이나 드라마에 자주 등장하는 특정 유형의 젊은 여성 캐릭터를 지칭하는 표현이다. 성모의 모습을 하고 있으며 순수하면서도 연약한 한 떨기 꽃처럼 보이지만 실제로는 음험하고 계략에 능하다.
** 녹차 창녀(綠茶婊)는 인터넷 용어로 2013년에 실제로 있었던 사건에서 비롯된 표현이다. 하이난다오 싼야에서는 매년 '차이나 랑데부'라는 고급 라이프스타일 박람회가 열리는데 2013년에도 재벌들과 모델들이 많이 모였다. 이때 이 행사에 참여한 이들 사이에서 성매매가

다. 그러나 이런 일은 술에 취하거나 미쳤다는 누명을 쓴 것과 같아서 그렇지 않다는 사실을 증명하기가 거의 불가능에 가까웠다. 어떤 언어적 폭력은 자신의 무죄를 증명하려고 하면 할수록 스스로를 교수대로 더 가까이 밀었다.

나중에 그녀는 남성 앞에서 무표정한 얼굴이 되었다. 그러자 엄마가 싸늘한 말투로 말했다. 네가 얼음 공주인 줄 알아?

그럴 리가요, 제가 타이태닉호나 침몰시킬 거대한 빙산 같은 존재라는 건 저도 알아요.

그녀는 속으로 이렇게 생각했다.

대체 어떻게 행동해야 가식적이지 않은 걸까. 자칫 자기가 진짜로 '나가서 파는' 사람이 될까 봐 두려웠다. 그녀는 엄마가 바라는 기품 있는 선녀가 되려고 부단히 애썼지만, 기품으로 바뀌어야 할 재주는 모두 지방 안에 갇혔다. 그것은 자격지심이 되었고, 감옥이 되었다.

어른이 된 뒤로 사람들이 누구누구는 딱 봐도 기품이 있어,라고 할 때마다 말도 안 된다고 생각했다. 그녀는 누구보다도 잘 알았다. 기품이라는 건 절대 눈으로 볼 수 없었다. 애초에 그들이 말하는 기품은 돈 주고 살 수 있는 액세서리와도 같았다. 보통은 그에 어울리는 외모를 갖추고 있어야 했다. 하늘하늘한 시폰 원피

이루어졌다는 의혹이 제기되었고 큰 사회적 파문을 일으켰다. 사람들은 외모가 청아하지만 몸을 팔아 돈을 번다며 당시 행사에 참여했던 젊은 모델들을 '녹차 창녀'라고 불렀다. 이후 이 표현은 개념이 확장되어 청순한 척 위장을 잘하고, 가스라이팅 등으로 타인을 조종하고, 자기 이익을 위해 남을 이용하는 여성 등을 의미하게 되었다.

스에는 가녀린 몸이 필요하듯이, 빳빳하게 다림질한 셔츠와 와이드 팬츠에는 늘씬한 몸이 필요하듯이. 이런 옷에는 리즈의 것 같은 몸이 필요 없었다. 사이즈를 벗어난 신체는 기품 있는 그 어떤 옷과도 어울릴 수 없었다.

그래서 그녀는 깨달았다. 몸이 이렇다면 내면의 아름다움을 함양할 게 아니라 튀지 않게 조용히 있어야 한다는 걸. 신체적으로는 너무나 크니 정신적인 부분만큼은 배경과도 같아야 했다. 사랑이나 갈망의 시선 같은 것도 기대하지 말아야 했다. 그런 시선은 이렇게 몸이 큰 그녀에게 닿지 않으니까.

그런데 하필이면 시선을 준 이가 있었다. 그녀가 다니던 학교의 선배였다. 풍류 재주꾼이라고 불리던 사람. 풍류를 즐기는 것은 맞았지만 재주를 지닌 사람은 아니었다. 풍류라는 단어 뒤에 붙일 만한 적합한 단어가 없어서 대충 말이 되도록 붙인 거랄까. 그는 많은 여성이 기꺼이 다가가는 잘생긴 남자로, 무인양품 옷을 입거나 좀 더 비싼 무인양품 옷 같은 것을 입었다. 키가 크고 말랐으며, 크고 작은 각양각색의 값비싼 기품이 몸에 걸려 있었다. 여성이 실수로 속옷이라도 보이면 그는 과장된 몸짓으로 손을 들어 눈을 가렸다. 여성의 사생활을 지켜 주는 신사인 것처럼 행동했다.

뜻밖에도 이런 사람이 가장 먼저 그녀를 보았다. 리즈는 누구보다도 신데렐라 스토리를 믿지 않는 사람이었다. 그러나 그녀가 평생토록 그렇게 되기를 꿈꿔 왔던 사람이 따스함과 갈망 가득한 눈빛으로 자신을 보았다. 그런 그녀가 구제 불능이 되어 버린 걸, 선배가 마음대로 주무를 수 있는 고깃덩어리가 되어 버린 걸 과연 누가 탓할 수 있을까.

네 젖은 극상품이야. 선배는 격정에 빠졌을 때 이렇게 말했다. 근데 허리를 5인치 정도만 빼면, 허벅지 살을 빼면 좀 더 섹시할 텐데, 음, 생각만 해도 못 참겠어. 그럼 박았을 때 더 짜릿하겠지. 선배는 손으로 그녀의 가슴을 주물렀다. 가녀린 허리와 허벅지를 상상하느라 욕망이 거세졌는지 더는 그곳도 전처럼 말랑하지 않았다. 하지만 몇 초뿐이었다. 곧 다시 힘을 잃었다. 그리고 이건 다 그녀의 잘못이었다. 그녀가 충분히 마르지 않아서.

그 뒤로 그녀의 저녁 식사는 늘 샐러드였다. 다섯 번을 환생해도 뺄 수 없을 것 같은 5인치를 위해서였다. 그녀는 어쩌면 자신이 태어났을 때도 그 기준에 도달하지 못했을 거라고 스스로를 의심하게 되었다. 모임이 있을 때면 20분마다 화장실에 가서 토했다. 약상자에 담긴 건 절반이 효소제와 설사약이었다. 그녀는 이런 간접적인 방법으로 선배의 발기 부전을 근본적으로 치료할 수 있기를 바랐다.

그러나 소용이 없었다. 가슴살이 빠지고 얼굴만 초췌해졌다. 허리와 엉덩이는 1인치도 줄지 않았다. 결국 그녀는 한 번도 고려해 본 적이 없던 성형외과 방문을 하게 되었다. 선배가 특별히 그녀에게 당부했다. 내가 사랑하는 건 네 몸이 아니야. 하지만 네가 그렇게 해서 더 행복해질 수 있다면, 가서 해. 그리고 있잖아, 뽑아 낸 지방을 버리는 건 아깝잖아. 가슴은 좀 더 커져도 괜찮거든. 전에 다이어트할 때 괜히 애먼 곳만 빠졌었어.

마취 직전, 그녀가 마지막으로 했던 생각은 '왜 진즉 이 생각을 못 했지?'였다. 중학교 다닐 때 지방 제거 수술을 받았더라면 엄마가 얼마나 기뻐했을까.

나중에 엄마는 이 일을 알고 나서 이렇게 말했다.

"그래 봤자 성형해서 만든 거잖아? 남자한테 몸이나 내주려고 너도 정말 필사적이다."

*

다시 성교육을 논하던 밤으로 돌아가면, 언하오는 더는 막대기를 원자력 발전소 안으로 넣지 않았다. 그는 비누 향이 나는 여자 친구의 기다란 머리카락에 고개를 파묻었고, 한 팔로도 감쌀 수 있는 가는 허리에 손을 얹었다. 언하오는 그녀가 옛날에 뚱뚱했던 걸 모르는 남자였고, 이 점은 리즈에게 아주 큰 안정감을 주었다. 반면 이 비밀은 언하오에게 아주 큰 불안감을 주었다. 언하오는 자기가 곧 하려는 질문이 어쩌면 방사능 유출 사고만큼이나 위험할지도 모른다고 생각했다.

"혹시 예전에 성인물을 찍었거나 성 산업에 종사했던 적 있어? 솔직하게 말해 줘도 괜찮아. 색안경 끼고 보려는 게 아니야. 그냥 알고 싶어서 그래."

"미쳤어? 지금 무슨 소리를 하는 거야?"

뜻밖에도 그녀가 웃어 버렸다. 그렇다는 건 이게 그녀의 비밀이 아니라는 건가?

"네가 '당하다', '박히다' 같은 단어에 유달리 민감하게 반응하길래. 그리고……."

그는 드디어 속내를 밝히기로 결심했다.

여신 뷔페

"우리가 사귄 지도 3년이나 됐잖아. 매번 네가 내는 소리는 매우 과장돼 있거든. 너무 열심이랄까. 심지어는 내 상태가 좋지 않다는 걸 스스로 느낄 수 있을 때도 그래. 이건 말이 되지 않잖아."

리즈는 매우 민망했다.

"별로야?"

"아니, 그게, 좋을 때도 있고 안 좋을 때도 있는데. 매번 섹스할 때마다 포르노처럼 할 수는 없잖아. 아니, 우리는 실전인 거니까. 편집도 없고."

"나는 이렇게 하면 남자들이 다 좋아하는 줄 알았어. 내가 자기랑 섹스하는 걸 좋아한다고 생각해 주길 바랐거든."

"내 조건이 이 모양이라 나야말로 네가 나랑 섹스하는 걸 싫어할까 봐 걱정이야. 그리고 나는 네 내면과 기품을 좋아하는 거야."

"남자들은 다 그렇게 말하지. 어떻게 내 몸을 좋아하는 거라고 대놓고 말하겠어?"

"그것도 많이 좋아하고."

매를 벌었다.

"근데 진짜야. 가끔은 있잖아, 네가 그렇게 소리를 낼 때마다 마음이 아파."

"사실은 좋아서 소리를 내는 게 아닐 때도 있어."

그녀도 드디어 속내를 털어놓았다.

"어? 그럼?"

"가끔은 엄청 아파. 근데 자기가 눈치채지 않았으면 해서 일부러 기분 좋은 척해. 예를 들어서, 가끔 자기가 손가락으로 안쪽을 만질 때 있잖아, 엄청 아파."

"어디?"

"거기 있잖아. 거기."

"거기는 또 어디야? 하, 아까 에둘러서 말하지 말자고 하지 않았어? 성교육 하자더니?"

성교육? 가끔 그녀는 이런 생각을 했다. 리치 한 알을 먹는 것에도 내면의 갈등을 거쳐야 하는 자신에게 필요한 건 어쩌면 환생일지도 모른다고. 새로 태어나지 않는 이상, 얼마나 많은 책을 읽든 얼마나 많은 개념을 알든 그녀의 공식 설명서는 수백만 번 파괴된 핵 재난 현장이었다. 재건할 수 없었다.

*

성형외과를 나설 때는 새로 태어난 듯 바뀌어 있을 줄 알았다. 거칠고 딱딱한 껍질을 벗겨 낸 리치처럼 부드럽고 달콤한, 유혹적인 향기를 내뿜는 하얀 자태로 거듭날 줄 알았다. 그러나 성형외과에서는 껍질은 벗겨 내도 가장 안쪽에서부터 다시 자라나기 시작한다는 걸 이야기해 주지 않았다. 껍질의 돌기들이 시간이 지날수록 날카로워지더니 그녀의 살 안쪽을 파고들었다.

요가원 수업에서 선생님은 특정한 동작을 통해 학생의 마음을 가라앉혔고, 스트레칭도 하게 했다. 그중 그녀가 가장 싫어했던 동작은 매트 위에 책상다리를 하고 앉아 두 손을 어깨 높이까지 들어서 앞으로 쭉 뻗는 거였다. 상반신을 둥글게 말아서 척추를 늘이는 동작이었기에 시선이 자연스럽게 배꼽으로 향했다. 그러면 그녀는 복부를 응시할 수밖에 없었고, 요가 팬츠 허리밴드

아래에 숨겨진, 지방 흡입 수술을 받았던 자리에 남은 두 흉터를 '볼' 수밖에 없었다. 진짜였다. 바지로 덮여 있는데도 그녀는 늘 그걸 볼 수 있었다. 영원히 볼 수 있었다. 가끔은 환시도 겪었다. 그 상처를 오래 볼 때면, 그녀가 리즈가 아닌 다른 존재였던 시절, 선배가 부르던 대로 '리치'에 불과했던 시절의 흑역사가 두 흉터에서 썩은 핏물처럼 뿜어져 나왔다.

그래서 그녀는 되도록 두 흉터를 보지 않았다. 그러나 보지 않을 수는 있어도 생각하지 않을 수는 없었다. 그녀는 늘 소의 코뚜레를 떠올렸다. 두 흉터에 밧줄이 꿰어져 있고, 그 밧줄에는 고리가 걸린 것 같다고, 그리고 자기를 심연으로 끌고 가는 듯하다고 항상 생각했다. 다른 이들은 이걸 볼 수 없었고, 알 수도 없었다. 그녀는 누구에게도 이걸 말할 수 없었다. 심지어 언하오도 아는 게 없었다. 그러나 코뚜레는 그녀 자신보다 더 선명한, 더 강렬한 존재였다.

예전에 리즈는 이런 언론 보도를 본 적이 있었다. 진짜인지 가짜인지는 알 수 없지만 세계 어딘가의 한 열대 우림에서 있었던 일이었다. 암컷 오랑우탄 한 마리가 어렸을 때 인간에게 납치되었다. 인간은 오랑우탄을 작은 오두막 안에 쇠사슬로 묶어 놓았다. 털을 밀고 화장을 해 놓았다. 지나치게 많다고 해야 할지, 지나치게 적다고 해야 할지 알 수 없게 옷을 입혔으며 인간 여자처럼 꾸몄다. 오랑우탄은 마을 남자들의 성 노예가 되었다. 동물 보호 단체에서 오랑우탄을 구조했을 때, 그녀는 이미 남자에게 익숙해져 있었다. 남자를 보자마자 엉덩이를 내밀더니 성욕을 자극하는 요염한 자세를 취했다.

그녀는 이 언론 보도가 조금 미웠다. 열대 우림에서 있었던 일이 아니라 이 보도가 싫었다. 이 보도를 본 게 싫었다.

몸을 웅크리세요. 몸을 쭉 펴세요. 몸을 구부리세요. 그녀는 동작을 정확히 하려고 정신을 집중했다. 선생님이 자세를 교정해 주는 일은 거의 없었다. 선생님은 자기 몸을 느끼면서 자기 내면을 바라보라고 했지만, 사실 그녀는 그게 무슨 뜻인지 이제껏 제대로 이해한 적이 없었다. 하지만 상관없었다. 언하오에게 줄 정교한 선물을 다듬고 있는 거라고 상상할 수는 있었으니까.

요가가 끝난 뒤 사바사나 때, 선생님이 평소처럼 불을 다 끄더니 모두에게 눈을 감으라고 했다. 그런 뒤 마이크를 매트 위의 누군가에게 건넸다. 그는 리즈가 봤던 열대 우림 관련 언론 보도에 대해 말했다.

"그 남자들 말이에요, 암컷 오랑우탄을 키웠던 사람까지 포함해서요, 누구도 처벌을 받지 않았대요. 벌금도 안 냈다고 하더라고요. 이런 일이 있을 거라고는 누구도 생각해 본 적이 없어서래요. 현지에 관련 법률이 없었대요."

"……."

"난 그 새끼들이 뒈지면 좋겠어요. 그 사람들이 벌을 받아야 한다고 말하는 것처럼 들리나요. 근데 그런 뜻이 아니에요. 저는 그 새끼들을 처벌할 법률이 있든 없든, 어떻게 처벌하든, 그딴 건 신경도 안 써요. 저는, 처벌 여부와 상관없이, 설사 엄벌에 처해졌다 해도요, 그래도 뒈졌으면 좋겠어요."

어둠 속에서 내뱉는 목소리는 아주 평온했다. 이유는 알 수 없었지만 리즈는 귀와 귀밑머리를 타고 눈물이 흘러내리는 걸 느낄 수 있었다.

사바사나가 끝난 뒤 불이 켜졌다. 사람들이 조용히 자기 요가 도구를 챙겼다. 그녀는 감히 고개도 들 수 없었다. 혹시라도 그녀와 눈을 마주친 사람이 조금 전에 이야기한 것이 자기였다고 여길까 봐 걱정이 되어서였다. 아니야, 내가 아니야. 그건 그냥 오랑우탄 이야기야. 이야기일 뿐이라고. 나와는 아무 상관도 없어. 심지어 이 이야기는 그녀가 들려준 것도 아니었다. 리즈는 매트를 돌돌 만 뒤 끈으로 묶었다. 어쩐지 이 이야기가 자신과 밀접한 관련이 있는 것 같았다. 그녀 안에서 자라고 있던 리치의 껍질 가시가 날카롭게 뻗어 나오는 것 같았다. 그녀는 들키는 것이 너무나 두려웠다. 배에 있는 두 개의 코뚜레가 다급히 그녀를 끌고 요가 교실 밖으로 나가고 싶어 했다.

요가 교실을 떠나면서 선생님 옆을 지날 때였다. 선생님 옆에는 수강생 두 명이 서 있었다. 그녀는 대화에 끼어들고 싶지도, 그들의 대화를 방해하고 싶지 않았기에 고개를 숙인 채 종종걸음을 쳤다. 그때 누군가가 나지막이 내뱉는 말이 일부 들렸다.

"……제 생각에는요, 자기가 죽기를 바랐을 것 같아요. 자기 자신 말이에요."

주어가 누구인지 알 수 있을 듯했다. 여성 말고 또 누가 있을까? 아무리 생각해도 그랬다.

"리즈."

벗어났다고 생각했지만 갑자기 이름이 불려서 멈추었다. 나랑은 상관없어! 처음부터 끝까지 나랑은 무관한 이야기야! 리즈는 흠칫 놀라 고개를 돌렸다. 다른 수강생들 머리 너머로 선생님이 그녀를 향해 여유 있는 미소를 짓는 게 보였다.

"잘 가요. 다음 주에 만나요."

무엇에 대한 답인지도 알 수 없는 말들이 그녀의 입에서 허둥 지둥 쏟아져 나왔다. 코뚜레에 끌려서 그녀는 어설프게 교실 밖 으로 나왔다. 요가원 밖 길가에서 언하오의 차가 그녀를 기다리 고 있었다. 그녀는 오늘이 주말이라는 걸, 언하오의 집에서 하룻 밤 자기로 한 걸 떠올렸다. 차에 타자 달콤한 향이 리즈의 몸을 감 쌌다. 리즈는 그게 리치 향이라는 걸 바로 알아차렸다.

"아까 자기 기다릴 때 가판에서 파는 걸 봤거든. 엄청 싸더라. 애들 주려고 좀 샀어."

언하오가 다급하게 해명했다. 그는 리즈가 리치를 먹지 않는 걸 알고 있었다. 이렇게 많이 산 건 온전히 아이들을 위해서였다. 리즈는 웃었다. 언하오가 리치를 좋아한다는 건 그녀도 알고 있 었다. 자기가 절대 먹지 않아서 먹고 싶은 걸 꾹 참고 있다는 것 도. 사실 상관없는데.

"나한테 먹으라고 강요한다고 생각하지는 않아. 그렇게까지 걱 정할 건 없어." 그녀는 보충하듯 말을 더했다.

"그리고 내가 리치를 안 먹는 건 그저 몸에 열이 너무 많아질까 봐서야."

"맞다, 오늘 애들 여름 방학이래. 마침 옌룽도 출국해서 한동안 외국에 있을 거라더라고. 애들이 3주 정도 여기 와 있을 거야."

언하오는 말을 이었다.

"애들한테 성교육을 해 주고 싶다면 이 기간에 하면 좋을 것 같 아."

놀랍게도 언하오는 두 달 전에 했던 말을 기억하고 있었다. 리즈는 고개를 돌려 운전에 집중하고 있는 언하오의 옆얼굴을 보았다. 입꼬리에 달콤한 웃음이 번지고 있었다. 그때 자기가 얼마나 흥분했는지를 떠올렸다. 그 말을 하고 나서 얼마나 후회했던가. 아직 의붓엄마도 되지 못했으면서 남의 집 아이들 성교육에 간섭했던 데다 그 때문에 생모와 싸우기까지 했다. 그녀 스스로도 이상하게 여길 정도였다.

"나보고 성교육을 하라고? 자기는 안 해? 자기 애 교육을 남한테 맡기는 경우가 어디 있어."

"아니, 나는 그런 말 잘 못해. 나는 돈 계산만 할 줄 안다고. 자기가 나보다 그런 책을 더 많이 읽었을 거 아냐. 자기가 가르쳐 줘. 나는 옆에서 조교를 할게. 아니지, 시범 조교!"

"입만 살아서는…… 그럼 이따가 편의점 앞에서 잠깐 세워 줘. 바나나랑 콘돔 좀 사게."

"바나나랑 콘돔이라니. 자기 젠더 관련 책 많이 읽지 않았어? 그런 진부한 방식으로 가르치겠다고?"

"그럼 창의적인 자기가 직접 가르쳐."

"아, 세븐일레븐에서 바나나 판다더라. 콘돔은 안 사도 돼. 집에 많아. 따로 썼다는 걸 내 여자 친구만 눈치채지 못하면 돼."

성교육이란 이런 거였다. 성인의 경우, 이런 일 앞에서 재치 있고 유머러스한 농담이나 아슬아슬하게 경계를 오가는 말장난, 이중적인 표현을 매우 능수능란하게 구사할 수 있었다. 그러나 아이 앞에서 정확한 명칭을 사용하며 솔직한 태도를 보여야 할 때는 조금만 방심해도 곧 말을 더듬거리게 되었고, 얼굴이 빨개졌으며, 땀을 뻘뻘 흘리거나 시선을 돌렸다. 그건 리즈도 마찬가지였다.

솔직히 말해서 이런 성교육을 받아 본 어른이 몇 명이나 될까. 포르노 영화 줄거리나 로맨스 소설의 묘사, 예능 프로그램의 러브라인을 제외한다면 아이에게 말해 줄 수 있는 건 지극히 제한적이었다. '섹스'나 '성교' 같은 단어를 좀처럼 내뱉을 수 없음은 물론이고, '아래 거기', '고추', '쉬하는 곳' 등등으로 음경이나 질을 다르게 부르는 습관도 고쳐야 했다.

"그럼 음경을 어떻게 질 안에 넣어요?"

즈린은 이해할 수 없다는 듯한 얼굴로 콘돔을 씌운 바나나를 보았다가 아빠의 하반신을 보았다. 한눈에도 이 두 개가 쉽게 어디로 들어갈 것 같지 않다고 생각하는 듯했다. 언하오는 자기를 쳐다보는 딸의 시선에 비명을 지르며 도망가고 싶어 했지만, 리즈에게 붙잡혀 그럴 수가 없었다.

"아…… 그게…….."

리즈는 심호흡을 했다. 이번이 벌써 몇 번째 심호흡인지 헤아릴 수가 없었다. 리즈는 몸을 돌려 옆에 놓인 에어컨 리모컨을 움켜쥐며 설정 온도를 1도 낮췄다.

"그러니까 남자와 여자가 아래로…… 음경과 질 말이야. 그게, 음, 다리를 벌려야 해. 가위처럼. 그래야 두 다리 사이에서 걔네끼리 닿을 수 있어. 그러니까, 그래야 음경이 질 안으로 들어갈 수 있다고."

대체 지금 무슨 말을 하는 거지?

"이렇게요?"

즈린은 달리기를 준비하듯 다리를 앞뒤로 벌렸다.

"이렇게 가위처럼 벌린다는 거죠?"

"아니…… 그게 안 되는 건 아닌데……."

그녀는 아주 난처했다. 쥐고 있는 바나나를 비틀어서 끊어 버릴 것처럼 보였다. 특히 웃음을 참고 있는 언하오의 얼굴이 보였을 때는 즉시 시선을 돌려야 했다.

"보통은 다리를 옆으로 벌려. 너처럼 그렇게 벌릴 수도 있기는 한데, 잘 안 그래……."

"안에 넣으면 아기를 낳는 거예요?"

즈린은 우물쭈물하는 리즈를 더 기다리지 못하고 질문을 얹었다.

"얼마나 넣어야 하는데요?"

"음, 그게…… 다 달라. 사람마다 달라."

이것도 답이 될 수 있겠지? 세상에, 이런 말도 답이 될 수 있나?

즈펑이 옆에서 팍 짜증을 냈다.

"내가 전에 너한테 한 것처럼 하는 거야. 꽂는 거라고. 그렇게 몇 번 꽂으면 고추가 쏘는 거야."

"고추를 쏜다고?"

즈린이 깜짝 놀랐다.

"그러면 피 나지 않아? 그럼 오빠 고추가 내 질 안으로 날아와? 그럼 고추에 맞아서 나도 엄청 아픈 거야?"

"아니야!"

언하오와 리즈, 즈펑이 동시에 소리를 질렀다. 리즈는 남매끼리 그러면 안 된다는 걸 먼저 강조해야 할지, 아니면 고추가 사정을 한다는 거지 고추를 쏘는 게 아니라는 걸 설명해야 할지 알 수 없었다…… 아니, 음경이라고 해야지. 음경이라고 말해야 해…….

리즈는 머리를 움켜쥐었다. 너무나 절망스러웠다.

"저기, 샤오펑, 일단 잠깐 기다려 줄래? 내가 즈린에게 먼저 설명해 줄게. 그런 뒤에 우리에게 네가 알고 있는 걸 다 말해 주는 거야. 어때?"

"그럼 저는 비디오 게임 해도 돼요? 그런 건 저도 다 안다고요. 린린이나 아는 게 없지. 저는 4학년 때 다 알았어요. 그렇게 쉬운 걸 뭘. 우리 반 반장은 1학년 때부터 자기 사촌 오빠 고추를 먹었다고 했어요."

"뭐!"

리즈가 튕기듯 자리에서 일어났다.

"그게 진짜야?"

"왜 그래요?"

즈펑은 리즈의 반응에 오히려 놀란 듯했다. 하지만 여전히 멋있는 척을 하고 싶어 했다.

"반장이 그랬어요, 자기 엄마도 자기 아빠 고추를 먹는다고. 서로 사이가 좋아야만 그렇게 하는 거래요. 그러니까 괜찮은 거죠."

"그렇지 않아. 이따가 너희 반 선생님한테 전화해야겠다. 그게 진짜라면 정말 심각한 일이야. 린린, 누가 너보고 그렇게 해 달라고 하면, 절대 안 된다고 하고 바로 아빠한테 와서 말해 줘. 그럼 내가 그 새끼를 때려 죽여야지……."

언하오는 드디어 완전한 문장으로 말하면서 서둘러 아버지처럼 행동했다.

"이상하네. 아까 이런 건 창피한 일도 아니고 지저분한 일도 아니라고 했잖아요? 왜 이렇게 화를 내는 거예요? 이럴 줄 알았으면 말 안 했을 텐데. 반장이 제가 고자질했다고 생각할 거 아니에요!"

리즈는 절망한 얼굴로 언하오를 보았다. 역시 남자 친구도 자기와 똑같은 표정을 짓고 있었다. 그렇다. 이런 일은 부끄러운 것도 수치스러운 것도 아니었다. 하지만 아이들에게 섹스라는 두 글자를 말하기가 왜 이렇게 어려울까? 대체 어떻게 설명해야 부끄럽지도 더럽지도 않은 일이지만 즈펑이 자기 동생에게 해서는 안 되는 일이라는 걸 알려 줄 수 있을까. 설사 시늉만 하는 거라 할지라도 말이다. 그 일이 '정말로' 수치스럽지도 지저분하지도 않다면, 어째서 반장은 자기 아빠와 엄마가 하는 걸 사촌 오빠와 해서는 안 되는 걸까? 그게 서로를 좋아한다는 뜻인데도 불구하고?

어째서 누군가가 즈린에게 '부끄럽지도 지저분하지도 않은' 일을 하려고 한다면 그 새끼를 때려 죽이겠다는 것이 아빠의 맨 처음 반응인 걸까?

가정 수호와 아이 사랑의 깃발을 내세우면서 성평등 교육에 반대하는 단체들을 이제껏 혐오해 온 리즈였지만, 성교육은 반드시 일찍 시작해야 한다고 늘 주장해 온 리즈였지만, 지금은 그들의 마음을 얼마간 이해할 수 있을 것 같았다. 자기 아이와 성에 대해 이야기하고 싶어 하지 않는, 아이들이 성교육을 받지 않기를 바라는, 심지어는 자기 아이가 성에 대해 얼마나 알고 있는지 영원히 알고 싶어 하지 않는 부모들의 마음을 알 것 같았다.

리즈는 아주 오래전에 읽었던 우화를 떠올렸다. 줄거리는 대략

이러했다. 똑똑하다고 자부하던 사람이 하루는 사람들이 한곳에 모여 연을 날리는 걸 보았다. 그는 연을 들고 옆에 있는 공터로 갔다. 사람도 없고 아주 넓은 공터였다. 그는 바람과 한참 씨름했고, 그의 연도 드디어 안정적으로 날기 시작했다. 그때 그는 어느새 자신이 사람들 사이에 있다는 걸 알게 되었다. 조금 전 한곳에 모여 있다고 자기가 비웃던 사람들이었다.

리즈가 바로 그 멍청이였다. 자신이 남들보다 전혀 똑똑하지 않다는 걸 뒤늦게 알아챈 멍청이. 막상 성교육을 실행하려고 하니 그 난도가 거의 지옥급이었다.

특히 어른 자신도 성은 수치스럽거나 지저분한 게 아니라고 진심으로 여기고 있지 않다면, 어른의 마음속 사용 설명서와 실제로 말하는 내용이 전혀 다르다면 더더욱 그러했다.

그러나 그럴수록 리즈는 더욱더 포기할 수 없었다. 그들에게 자연스레 알게 될 거라고 말할 수 없었다. 반드시 두 아이에게 최초의 공식 설명서를 제대로 써 줘야 했다.

"아줌마, 우리 좀 쉬었다가 하면 안 돼요?"

즈린이 촉촉하고도 큰 눈동자로 그녀를 보면서 눈을 깜빡였다.

"아빠가 사 온 리치 향이 너무 좋아요. 먹고 싶어요……."

"그래, 그러자. 지금쯤이면 차가워졌을 거야. 먹기 딱 좋지."

언하오는 드디어 이 자리에서 벗어날 수 있다는 생각에 허둥지둥 움직였다. 냉장고에서 리치를 꺼내 바로 식탁으로 가져왔다.

"너무 많이 먹지는 말고. 리치는 너무 많이 먹으면 몸에 안 좋아."

"꺄아 — ."

여신 뷔페

즈펑과 즈린이 뛰어오르듯 의자에 앉더니 즙이 흘러내릴 정도로 열심히 리치를 먹었다. 즈린은 리치를 먹으면서 멍하게 자리에 앉아 있는 그녀를 보았다. 아줌마도 이리 와서 같이 먹어요,라고 말했지만 언하오가 부드러운 목소리로 바로 제지했다.

"괜찮아. 너희 둘이 먹어. 아줌마는 리치 안 좋아해."

"네? 리즈 아줌마는 왜 리치를 싫어해요?"

"바보. 동족을 먹을 수는 없어서 그런 거잖아! 하하하하하!"

리즈는 달콤한 즙이 묻은 하얗고 작은 손과 입을 보았다. 아이들이 껍질을 벗기고, 핥고, 깨물고, 빨며 삼키는 것을, 그리고 그 맛을 즐기는 걸 보았다. 그러다가 돌연 깨달았다. 이 모습은 사실 섹스를 하는 것과 같다는 걸. 순수하면서도 원초적이었고, 부끄럽지도 더럽지도 않았다. 게다가 부끄러운 짓도, 더러운 짓도 아니라고 끊임없이 강조할 필요가 없었다. 섹스는 이런 거였다. 원래는 이래야 했다.

리치를 먹는 것도 마찬가지였다.

대체 왜, 어째서 그녀는 리치를 못 먹지? 그녀도 리치를 좋아했다. 이렇게 즙이 많으면서도 달콤한 과일을, 신선한 과일을 대체 누가 싫어한단 말인가. 그녀는 리치를 좋아했다. 리치의 타이완어 발음이 엄마가 말하던 '밖에 나가서 몸 파는 여자'를 암시한다는 걸 알기 전까지만 해도, 자기 신체 일부가 어떤 선배에게 리치라고 불리기 전까지만 해도, 그러다가 음식물 쓰레기처럼 버려지기 전까지만 해도 그녀는 리치를 좋아했다.

아주 오래전에는 그녀도 리치를 좋아했다. 그녀는 기억을 떠올렸다.

"아줌마도 좋아해. 잠깐만. 가서 손 좀 씻을게. 내 것 남겨 놔야
해."

"네 —."

즈펑과 즈린이 앳된 목소리로 외쳤다. 그녀는 콘돔까지 씌워진
죄 없는 바나나를 내려놓은 뒤 주방으로 가서 손을 씻었다. 손가
락 끝에 남아 있는 콘돔 윤활유를 깨끗이 씻어 낸 뒤 놀란 얼굴로
자기를 보는 언하오 옆에 미소를 지으며 앉았다. 손을 뻗어 거칠
고 질긴 가지에 매달린 잘 익은 열매를 살짝 돌려 따 냈다. 오랜만
에 먹는 첫 번째 리치의 껍질을 손끝에 힘을 주면서 의식이라도
치르듯 벗겨 냈다.

과일 껍질이 터지던 순간, 뜻밖에도 그녀는 생일 케이크의 촛
불을 끄는 듯한 착각이 들었다.

여신 뷔페*

메두사

화면의 글자 몇 줄은 아무리 시간이 지나도 늘지 않았다.

모니터 화면은 밝고 하얬고, 그녀 또한 명명백백하게 적으려고 애썼다. 그러나 메일 내용은 노력할수록 점점 잿빛이 되어 갔고 흐릿해졌다. 사실만 논하는 것처럼 보이기 위해서, 젊은 여성 피해자처럼 보이지 않으려고 그녀는 지나치게 완곡하면서도 중립적으로 보이는 수사를 썼다. 너무 많이 쓴 나머지 그걸 쓰고 있는 자신조차 입이 바짝 마르면서 짜증이 날 정도였다. 그녀는 무의식적으로 입술을 오므렸다. 이 작은 동작이 입술과 이 사이의 하얀 상처를 건드렸다. 상처의 통증이 채찍질하듯 뇌 속까지 파고

---

*女神自助餐. 여성이 자기에게 유리한 것만 골라 먹는다는 뜻의 페미니즘 백래시 표현인 '여권 뷔페(女勸自助餐)'를 변형한 것이다.

들었다. 그녀는 눈을 꼭 감아야 했다. 그래야만 비명을 지르고 싶은 충동을 억누를 수 있었다.

타이핑했다. 삭제했다. 타닥타닥타닥 타이핑했다. 삭제했다. 메두사는 책상 위에 왼팔을 얹고 손으로 턱을 괴고 있었다. 삭제 키 위에 오른손 손가락을 얹은 채 메일 작성 화면을 잠시 응시하더니 다시 길게 삭제 키를 눌렀다.

그러자 얼마 되지 않던 짧은 글마저 남김없이 사라졌다. 그래서 뒤에서 불쑥 시빌라가 나타났을 때, 새로 작성한 메일에는 단한 글자도 남아 있지 않았다. 오직 공백뿐이었다. 메두사의 운이 좋았던 셈이었다.

"어머, 미간을 왜 그렇게 찌푸리고 있어. 더러운 거라도 봤어? 근무 시간에 몰래 근육질 남자 사진이라도 본 건 아니지? 하하하—."

그녀의 귓가에 시빌라의 목소리가 울렸다. 지나치게 가까운 거리는 또 다른 채찍이 되어 그녀는 침략이라도 당한 듯했고, 그 후려침에 튕기듯 일어날 뻔했다. 감고 있던 눈을 미처 뜨기도 전이었다. 오른손이 켕기듯 먼저 반응해 허겁지겁 쥐고 있던 마우스를 움직였다. 곧이어 제안서 파일이 화면에 떠오르더니 쓰고 있던 이메일 창을 덮어 버렸다.

비록 그 이메일 창에는 글자 자체가 없기는 했지만.

"제발. 사무실에서 그런 걸 볼 만큼 멍청하지는 않거든. 그러다 아테나한테 걸리면 바로 죽은 목숨일걸."

메두사는 얼굴을 누르면서 사무실용 표정을 그 위에 씌웠다. 제일 먼저 자동 조종 모드가 켜진 건 놀랍게도 언어 시스템이었다.

"오후 클라이언트 미팅 때 쓸 제안서를 확인하고 있었어. 안 그러면 회의 시작하자마자 그분께 욕을 먹을 테니까."

"그분은 오늘 아침에 CEO한테 붙들려서 클래식 광고상 개막식에 갔잖아. 오늘은 사무실에 못 오지 않을까? 사무실에 안 들르고 바로 클라이언트 미팅 장소로 갈걸."

성평등적 관점의 주방용품 마케팅 제안서를 힐끗 본 시빌라는 지루하다는 듯 입을 우물거렸고, 느릿하게 시선을 거둬들이고 숙였던 상반신을 폈다. 더는 침략적인 자세가 아니었다.

"솔직히 말하면 이 제품은 반응이 별로일 것 같아. 주방용품을 사무라이 검처럼 만든다고 해서 남자들이 주방에서 요리를 할까? 하하, 어림도 없지."

"나도 그렇게 생각해. 하지만 클라이언트가 좋아하니 최대한 맞춰 줘야지."

"아니, 걔네는 그냥 미투(#metoo) 트렌드만 따라가는 거라니까. 페미니즘이 유행하니 숟가락이나 얹는 거지. 나는 이런 게 제일 싫어. 마치 우리 여자들이 관심 좀 가져 달라고 울고불고하는 것 같잖아. 지난주에 미녀 인플루언서가 입법원 의원과 기자 회견을 열어서 자기가 강간당했다고 호소했잖아? 진짜 종일 선정적인 라방이나 하던 여자가 강간을 당했다고 하면 누가 믿겠어? 남자 손 붙잡아 자기 브래지어 안으로 밀어 넣지나 않았으면 다행이지."

이유는 알 수 없었지만 이 말이 메두사의 입안을 채찍질했다. 입안 여기저기에 숨겨진 상처들이 일제히 쑤시듯 아팠다.

"맞다. 아테나가 너희 팀에 회식하자고 했다며? 어떨 것 같아?

저녁 먹으면서 후보를 발표할 것 같아?"

"밥 먹으면서 후보를 발표한다고? 메뉴 발표나 하겠지."

메두사는 아무렇게나 지껄이며 대충 시간을 끌었다.

"당연히 너희 팀 크리에이티브 디렉터를 말하는 거지. 뻔하잖아? 크리에이티브 디렉터는 아니더라도 ACD*는 뽑을 거 아냐! 어쨌든 너희 팀원 중 누군가는 승진해야 하니까. 그분은 이제 총괄 크리에이티브 디렉터가 됐잖아. 그 빈자리를 누군가 채워야 하지 않겠어? 아테나 팀이라서 좋겠다. 아테나는 예쁘고, 일도 잘하고, 인맥도 넓고, 업계에서 인지도도 높잖아. 미국 대기업과도 일한 경험이 있고. 게다가 국내외 상이란 상은 다 휩쓸었고. 같은 크리에이티브 부문이지만 너희 팀이 우리 팀보다 진짜 오백 배는 더 나아. 어디 나가서 아테나 밑에 있었다고 하면 보는 눈이 달라질걸. 얼, 마, 나, 좋, 아 ―."

시빌라가 이 이야기를 벌써 몇 번째 하는 것인지. 아테나 팀이 크리에이티브 부문 '천하제일팀'이라는 별명을 얻고, 하는 제안마다 클라이언트에게 채택될 수 있었던 건 모두 사람들이 아테나를 좋아하기 때문이지 팀원들의 노력이나 실력과는 무관하다는 말처럼 들렸다.

특히 연초 인사 발표 이후로 더 그랬다. 아테나는 크리에이티브 부문 최고 직책인 총괄 크리에이티브 디렉터를 맡게 되면서 다섯 개 팀을 통솔하는 부문장이 되었다. 아테나가 이끌던 팀의 팀장 자리가 공석이 되자 사람들은 이 자리를 두고 이런저런 추

---

* Associate Creative Director.

측을 했다. 아테나는 디자이너 출신이었다. 그녀가 자기처럼 일 잘하는 여성인 메두사를 발탁할지 아니면 자기처럼 디자이너 출신인……

통증이 입안 상처 여기저기서 봉기를 일으켰다. 통증 탓에 메두사의 생각도 끊어졌다. 다행히 자동 조종 모드가 제대로 작동하고 있어서 그녀는 정신을 집중해 얼굴 신경을 통제했고, 이 대화에 어울리지 않는 표정을 드러내지 않을 수 있었다.

"젠장, 우리 팀 팀장이 누가 될지 뭐가 그렇게 궁금해. 인사팀 소속이세요? 우리 팀에는 크리에이티브 디렉터로 승진할 만한 인재가 없어. 끽해야 ACD겠지."

"ACD가 언젠가는 크리에이티브 디렉터가 되잖아. 관심 없는 척하지 마! 어쨌든 자리부터 차지하고 보자. 너야말로 여장부 후계자잖아. 아무리 봐도 이번에 승진할 사람은 너야."

"날 죽일 작정이야? 내가 이런 말을 같이 퍼뜨리고 있다는 걸 알게 되면 아테나가 내 고추를 싹둑 잘라 버릴걸!"

메두사의 자동 조종 시스템이 별생각 없이 아테나의 유명한 입버릇을 인용했다. 그러자 시빌라는 신이 났다.

"후계자가 아니기는. 고추 자른다는 말까지 이렇게 자연스레 내뱉는데!"

이건 아테나의 후계자가 되기 위한 조건 중 하나였다. 적어도 메두사는 그렇게 생각했다. 아테나처럼 결단력이 있으려면 스스로를 남자처럼 만들어야 했다. 상상의 남근을 달아서 잘라야 할 때는 잘라야 했고, 나가야 할 때는 세게 나가야 했다.

아테나는 우유부단하거나 결단력이 부족한 유리 멘털, 계집애

같은 남자는 절대 자기 자리에 앉히지 않을 터였다. 그러나 자기가 막 쓰려고 했던 그 메일은, 젠장, 더없이 우유부단하면서도 결단력 부족한 유리 멘털 그 자체였다. 호방함이라고는 눈곱만큼도 찾아볼 수 없었고, 여장부 같은 모습은 더더욱 그랬다.

생각이 이에 미치자 메두사의 입안 상처들, 천 개도 넘을 듯한 상처들에서 동시에 통증이 일었다.

"페르세우스는 적극적으로 쟁취하려는 것 같던데."

모호한 표정의 시빌라가 메두사의 대각선 방향에 있는 빈자리를 턱짓으로 가리켰다. 자기가 누구를 이야기하고 있는지 그녀가 모를까 봐 걱정되는 눈치였다.

"좀 걱정되지 않아? 어쨌든 아테나는 예술 쪽 출신이잖아. 같은 예술 쪽 출신인 페르세우스가 승진해서 너희 팀을 이끌 수도 있겠던데."

이번 채찍은 조금 전보다 훨씬 더 세찼다. 대비하지 않고 있었기에 본능적으로 눈을 질끈 감았다.

"표정이 왜 그래? 아, 역시 페르세우스를 가상의 적으로 여기고 있었던 거구나?"

시빌라의 입에서 흘러나온 그 이름은 미꾸라지처럼 움직이더니 메두사의 니트 속으로 들어갔다. 서늘한 손 하나가 그녀의 몸을 죽 훑더니 무방비한 피부를 얼려 버렸다.

"제발. 아테나한테 잘린 고추만 세도 내가 걔보다는 많겠다. 걔 같은 걸 신경이나 쓸 것 같아?"

자동 조종 모드가 그녀를 웃게 만들었다. 입술과 이 사이의 무수한 상처들이, 그 크고 작은 상처들이 벌어진 입술과 함께 찢어지더니 몸속에서 끊임없이 비명을 질러 댔다.

시빌라가 기대하던 바로 그 반응이었다. 그녀는 테이블을 치면서 크게 웃었다.

"진짜 남성미 넘치는걸. 내가 아테나라면 무조건 널 승진시킬거야!"

"시빌라, 지금 시간 좀 있어? 인수인계 사항을 거의 다 정리했거든. 지금 인수인계해도 돼?"

복도 너머에 있던 플로라가 자리에서 일어나더니 시빌라에게 손을 흔들었다. 시빌라의 원래 자리는 플로라 맞은편이었다. 다른 팀 동료들과 모니터 너머에 자리한 플로라는 두꺼운 울 카디건을 입고 있었는데도 부른 배가 눈에 확 띄었다. 오늘내일이라도 분만할 가능성이 있는 임신 주수라고 했다. 그녀가 사무실에서 아기를 낳을 수도 있다는 생각에 메두사는 두려움을 느꼈다. 양수와 핏자국, 태반이 가득한 사무실 모습이 떠올라서가 아니었다. 퇴근하기도 어렵고 숨도 제대로 쉴 수 없는 곳에서, 각종 험난한 일들이 벌어지는 곳에서 태어난 아이라니. 그 삶이 얼마나 고달플까?

"응, 알았어. 하던 일만 마저 끝내고. 십 분 뒤에 소회의실에서보자."

큰 소리로 플로라와 약속한 시빌라가 곧장 고개를 돌리며 메두사에게 속삭였다.

"와 ─ 다, 섯, 째라니! 세상에, 상상이 돼? 저 나이에 저렇게 아이를 낳을 수 있다니. 총통부나 사회국에서 상이라도 줘야 해. 그리고 나한테도 줘야지. 내가 쟤 일을 맡은 게 이번이 세 번째니까. 대체 애는 왜 자꾸 낳지? 걸핏하면 출산 휴가 내고 육아 휴직 쓰잖아. 복귀해서는 종일 이런다니까. 큰애가 학교에서 넘어졌네, 둘째가 장염에 걸렸네, 셋째가 어린이집에서 독감이 옮아 격리됐네, 각종 핑계를 대면서 휴가를 쓴다고. 차라리 퇴사하고 집에서 애 키우는 데만 집중하지."

"너도 여자이면서 어떻게 그런 말을 할 수 있어? 휴가는 그녀의 권리야. 또 매번 산후조리만 하고 바로 복귀했잖아. 너한테 피해 줄까 봐 육아 휴직은 감히 신청도 못 했고."

메두사 옆자리로 막 돌아온 티모시가 말했다. 그는 예전에 플로라와 같은 팀이었다. 셋째와 넷째 아이를 낳았을 때 그가 플로라의 업무를 대신했었다.

"그리고 시댁에서 무조건 아들 낳아야 한다고 우겨서 그런 거고. 너도 다 알잖아. 양해 좀 해 줘."

"나만 여자냐. 쟤도 여자야. 나도 결혼 적령기라 데이트하느라 바빠. 업무를 대신해 줄 시간이 없다는 걸 쟤가 임신하기 전에 양해해 줬냐고. 지금이 어떤 시대인데 시부모한테 말을 못 해. 성차별적인 규칙이나 지키려고 하고. 그건 쟤한테 문제가 있는 거잖아? 내가 쟤를 도와주는 게 이번이 세 번째야. 이것만으로도 충분히 양해해 준 거 아냐? 내 사정은 누가 알아주는데? 다른 사람한테 피해 줄까 봐 걱정했다지만 결국 피해 준 건 사실이잖아. 나는 나중에 결혼해도 아이는 절대 안 낳을 거야. 이거야말로 남한테 피, 해, 를, 안, 주, 는, 거, 라, 고. 알겠어?"

시빌라는 말을 뱉으면서 점점 흥분했다. 메두사는 다급히 자기 입술에 검지를 댔다. 혹시라도 이 말이 플로라의 귀에 들어갈까 봐 두려웠기 때문이었다.

그걸 보고 시빌라는 신경을 쓰기는커녕 오히려 더 신이 났는지 곧장 다른 부문으로 화살을 돌렸다.

"권리 이야기가 나와서 말인데, 그 얘기 들었어? 비즈니스 부문 헬렌 있잖아, 인사 부문 가이아 엄마한테 가서 생리 휴가를 요구했대! 생리 중이라서 생리 휴가를 쓰겠다고 한 게 아니라, 노동법에 의하면 자기에게 생리 휴가를 쓸 권리가 있다고 했다네. 이제껏 생리통이 없어서 평소처럼 출근했던 거라나. 이번에 퇴사하면서 가이아 엄마한테 그 생리 휴가를 돈으로 줄 건지 연차 휴가로 바꿔 줄 건지 물어봤다잖아. 진짜 창, 피, 해! 이런 것도 권리 쟁취라고 할 수 있나? 진짜. 이런 식이니까 여자들이 남자들보다 업무 능력이 떨어진다고 여겨진다고. 하루 종일 이런 권리가 있다는 둥 저런 권리가 있다는 둥 유급 휴가, 무급 휴가를 써 대니 면목이 없어서 나도 차마 동일 노동 동일 임금 말 못 하겠어. 이렇게 모두에게 폐를 끼치는 사람들이라니. 쯧."

시빌라는 산홋빛으로 촉촉하게 물든 입술을 오므렸다. 아이라인이 아름답게 그려진 눈을 흘기면서 천장을 보다가 메두사에게로 시선을 돌렸다. 그러자 두 눈이 바로 부드러워졌다.

"역시 우리 메두사랑 아테나 같은 여장부들이 멋져. 다 내 우상이야. 너희 팀 크리에이티브 디렉터 자리는 틀림없이 네가 페르세우스를 이기고 얻어 낼 거야. 시빌라는 널 지지한다고!"

말을 마친 시빌라는 곧장 자기 자리로 돌아갔다. 떠나기 전 메두사에게 윙크와 손가락 하트를 날리는 걸 잊지 않았다.

여장부라는 단어 때문인지 페르세우스라는 이름 때문인지 몰라도 메두사는 또다시 채찍에 맞은 듯했다. 입안의 상처들이 작은 입이 되어서는 소리 없이 비명을 질렀다. 이 비명이 실체를 얻을 수 없도록 메두사는 눈을 질끈 감으면서 이를 악물었다.

입사하던 해에 이름을 메두사라고 지었던 건 회사에서 수염 난 이들에 못지않은 강인함을 보여 주기 위해서였다.(그녀의 우상인 아테나처럼.) 그 결과 머리에 달려 있어야 할 수천만 올의 뱀 머리카락이, 그 작은 입들이 입안 상처에 생겼다.

"괜찮아?"

티모시가 메두사 앞에서 손을 휘휘 저었다. 팔꿈치까지 걷어 올린 블랙 스트라이프 셔츠 소매 위로 파랗고 하얀 직물 무늬가 보였다. 살짝 보풀이 인 카디건은 군데군데 백발이 섞인 그의 흐트러진 곱슬머리와 제법 잘 어울렸다.

"괜찮아. 그냥, 어제 잘 못 잤어. 그리고 입안이 헐었고."

눈을 뜬 메두사는 티모시를 향해 웃으려고 노력하면서 손가락으로 자기 입술을 가리켰다.

"아, 구내염 엄청 아프지. 잠도 잘 못 잤다니 두 배로 힘들겠네. 어쩌다 그렇게 된 거야? 주방용품 제안서 준비 때문에 페르세우스랑 주말에 무리해서 야근한 거 아냐?"

페르세우스라는 이름을 듣고 메두사는 본능적으로 움찔했다. 이를 알아차리지 못한 티모시는 말을 하면서 너저분한 책상 위를 뒤졌다. 곧이어 그는 잡동사니가 쌓인 곳에서 조금 찌그러진 구강 연고 튜브를 하나 꺼냈다.

"찾았다! 지난번에 입병 났을 때 와이프가 회사로 가져다준 거야. 집에 가져가는 걸 까먹었거든. 이거 써."

"와, 티모시. 최고다. 고마워."

티모시에게서 성스러운 오라가 뿜어져 나오는 듯했다. 자신에게 구강 연고를 줘서 그런 것만은 아니었다. 그는 그녀가 아는 남성 중 육아 휴직을 신청하고 실제로 집에서 아이를 키운 유일한 사람이기 때문이었다. 다만, 누구도 이런 말을 소리 내서 한 적이 없었지만, 메두사는 속으로 의심했었다. 같은 시기에 시니어 카피라이터로 승진했는데 자기가 카피라이터 디렉터로 티모시보다 먼저 승진할 수 있었던 건 어쩌면 그가 육아 휴직을 신청했기 때문일지도 모른다고.

그녀는 이 일을 늘 마음에 두고 있었지만, 대체 자기가 무엇을 신경 쓰고 있는지에 대해서는 진지하게 생각해 본 적이 없었다.

"왜 그렇게 보는 거야? 깨끗한 면봉에 묻혀서 발랐어. 내 침은 전혀 안 묻었다니까. 걱정하지 마."

티모시가 서둘러 강조했다.

"네 침 걱정했던 거 아냐. 하하."

메두사는 웃었다. 그 움직임에 입안 상처가 땅기며 통증이 일었다. 그녀는 재빨리 연고를 받아 다시 감사를 전하고는 곧장 자리를 떠났다.

"너무 아프다. 빨리 발라야지."

화장실로 향하며 메두사는 이런 생각에 빠졌다.

티모시는 믿을 만한 사람일지도 몰라. 이 일을 어떻게 이야기할지 아테나와 상담해 볼까. 티모시라면 내가 승진을 쟁취하려고 이런 일을 꾸며 냈다고 생각하지는 않을 것 같은데 — 아니지, 티모시는 남자잖아. 대체 지금 무슨 생각을 하는 거지? 아테나도 내 편을 들어 줄 거라는 보장이 없는데, 남자가 퍽이나…….

시빌라와 플로라가 인수인계를 하고 있는 소회의실을 지나면서 안을 흘깃 보았다. 두 사람 외에 신입 사원을 소개하는 IT 부문장도 있었다.

"크리에이티브 부문의 두 미녀가 계셨군요. 이쪽은 우리 부문 신입 사원입니다. 대학원 졸업하자마자 2년간 워킹 홀리데이를 다녀왔죠. 아주 풋풋한 신입이니까 많이 아껴 주세요. 주로 프론트엔드를 맡을 거고, 지난번에 퇴사한 직원을 대신해서 관련 업무를 도맡을 겁니다. 여러분과 협업할 일이 많을 테니 잘 부탁드립니다."

"풋풋한 신입, 반가워요. 플로라예요. 지금은 배 속에 풋풋한 신입을 품고 있죠. 곧 출산 휴가를 쓸 텐데 나중에 돌아왔을 때도 회사에 있었으면 좋겠네요."

플로라가 웃으며 말했다.

"와, IT 부문에는 왜 매번 풋풋한 신입만 들어오는 거예요? 너무 부럽다."

"뭘요. 우리 뚱뚱한 오타쿠 부문은 여성이 드물잖아요. 활기찬 여러분 부문과는 비교도 안 되죠. 분위기는 거기가 더 좋잖아요."

"활기차긴요! 하하. 남자만 있어도 괜찮을 것 같은데요. 모두 남성이면 휴가 쓰는 사람도 별로 없을 거 아니에요."

시빌라가 찬란히 웃으며 말했다.

메두사는 걸음을 멈추지 않았다. 빠르게 걸으며 시빌라의 미소와 플로라가 지을 법한 표정을 피했다. 회의실 문 앞을 지나 새하얀 인조석으로 마감한 현관에 들어선 그녀는 자기도 모르게 멈춰

섰다. 짙푸른 플라스틱 식물로 석벽 위에 박아 놓은 회사의 영문 이름을 보았다 —— 갈망하는 눈빛으로. 가슴속에서 피투성이 손이 하나 튀어나오더니 무엇이라도 붙잡으려 했다.

이제 그녀는 무언가를 위해서 또 다른 무언가를 기꺼이 희생할 수 있을까?

반짝반짝 닦인 유리문을 나서자마자 한기가 몰려왔다. 사무실 히터의 보호를 받지 못해서일까. 아직 실내 복도인데도 단 한 걸음 만에 추위가 느껴졌다. 그녀는 몸을 부르르 떨었다. 통기성이 좋은 니트만 입고 나온 게 조금 후회됐지만, 외투를 가져오려면 다시 시빌라와 플로라를 지나쳐야 했다. 그녀는 도로 들어갈 생각을 접었다.

지금 그녀는 다른 사람의 감정까지 고려해 줄 여력이 없었다.

화장실은 같은 층의 다른 회사와 함께 쓰는 공간이었다. 청소를 담당하는 전담 인력이 있어서 깨끗한 편이었지만, 오래된 건물답게 낡은 것은 어쩔 수 없었다. 누렇게 변색된 느낌이 나는 게 오래돼서 그런 건지 관리비를 아끼려고 쓰는 구식 형광등의 힘없는 빛 때문인지는 알 수 없었다. 딱히 쾌적하다고는 할 수 없는 환경이었다. 특히 지금처럼 겨울을 맞이하면 더욱 그러했다. 히터의 보호를 받을 수 없는 데다 꽉 닫힌 창문으로 웃풍까지 새어 들어왔다. 이런 여자 화장실에서 줄을 서는 건 더욱이 불쾌한 일이었다.

메두사는 화장실에 들어가기도 전에 바깥까지 이어진 긴 줄을 보았다. 공 들여 화장을 했거나 기미 잡티가 보이는 얼굴들에는 짜증이 가득했다. 다들 추워서 얼굴을 찌푸린 채 각자의 몸을 감싸고 있었다. 그녀는 몸을 살짝 옆으로 틀면서 줄을 지나쳤다. 다른 여자들과 부딪치지 않도록 최대한 세면대 모서리에 붙어서 연고를 바르려고 했지만 사람이 너무 많았다. 게다가 수도꼭지가 불편하게 배치되어 세면대는 물이 넘칠 정도였다. 옷을 적시지 않고는 거울에 다가갈 수 없었고, 이와 입술 사이의 놀랄 만큼 많은 상처들도 물론 볼 수 없었다.

"와, 여기 사람이 왜 이렇게 많지."

여자 화장실 안으로 고개를 들이민 릴리스가 놀란 얼굴로 길게 이어진 줄을 보았다. 릴리스는 메두사 맞은편 자리의 베테랑 디자이너였다. 아테나가 이끄는 천하제일팀 소속이기도 했다. 그녀는 조금 커 보이는 검은색 바람막이 점퍼와 검은색 후드티를 입고 있었다. 튀어나온 후드티 모자 때문에 깔끔하게 다듬어진 짧은 오렌지색 머리카락이 더 도드라져 보였다. 여자 화장실 안의 기력 없는 형광등보다 훨씬 더 밝아 사방 3미터까지는 차가운 공기도 따스하게 덥혀 줄 것만 같았다. 뚜렷한 얼굴 윤곽과 짙은 눈썹, 커다란 눈, 얇은 입술. 어릴 때 보았던 만화의 남자 주인공들은 모두 릴리스를 보고 그린 것 같았다.

릴리스와 알고 지낸 지 오래인 지금도 메두사는 이목구비가 뚜렷한 그녀의 얼굴을 볼 때마다 탄식하곤 했다. 어째서 릴리스에게는 남자 친구가 아니라 여자 친구가 있는 걸까. 티모시가 늘 자기 아내와 아이에 대해 말하듯이 그녀도 여자 친구 이야기를 입에 달고 살았다. 귀여운 레즈비언이든 귀여운 헤테로 남성이든, 어째서 이들에게는 늘 임자가 있을까? 정말로, 다 그랬다!

"남자 화장실로 가 볼래요? 제가 막 갔다 왔거든요. 지금 아무도 없어요.”

줄 서 있던 사람들 사이에서 소동이 일었다. 다들 그 생각을 안 해 본 건 아니었지만 릴리스처럼 대담하게 행동으로 옮긴 사람은 없었다.

“남자 화장실 앞에 줄을 서면 남자들이 와서 보고는 알아서 다른 층으로 갈걸요. 어느 층이든 여자 화장실만 붐비지 남자 화장실은 사람이 없어요. 별로 어려운 일도 아닌데 남자들에게 다른 층 화장실로 가라고 해요. 어서 가요.”

릴리스의 말에 절반이 남자 화장실로 향했다. 메두사도 여자 화장실에서 나왔다. 남자 화장실 세면대는 좀 다를 수도 있을 테니. 거기서는 연고를 더 쉽게 바를 수 있을지도. 만난 김에 릴리스의 어깨도 두드렸다.

“하이, 언제 돌아왔어? 촬영은 다 끝났어? 일은 잘됐고?”

릴리스가 촬영 장소에서 돌아왔다는 건 시각 디자인을 맡은 페르세우스도 사무실로 돌아왔다는 뜻이었다. 메두사는 미소를 유지하면서 입안 상처들의 비명을 삼켰다.

“젠장! 엉망진창이었어요! 씨발, 그거 알아요? 현장에서 나한테 북부식 쫑쯔*를 쓰라고 줬다니까요! 북부식 쫑쯔를! 북부식 쫑쯔라니! 내가 진짜 너무 빡쳐서 삼백 번은 더 말할 수 있을 것 같아요. 북부식 쫑쯔! 와! 진짜 세트장 엎어 버릴 뻔했어요. 북부식 쫑쯔! 상상이 되냐고요.”

* 중화권의 주먹밥으로 댓잎에 찹쌀을 세모로 싼다. 단오절의 대표 음식이기도 하다.

릴리스는 큰 소리로 욕할 수 있는 대나무 숲을 찾기라도 하듯이 메두사를 보았다.

"미친 듯이 야근해서 연휴 전에 일을 마치죠. 드디어 고향으로 돌아가 가족을 만날 수 있게 된 거예요. 차비를 아끼려고 야간 고속버스를 타고, 장시간 이동해서 피로가 쌓여요. 그렇게 고향 집에 가니 엄마가 야식을 차려 줘요. 근데 씨발, 그게 북! 부! 식! 쭝! 쯔! 씨발, 훈훈한 분위기는 어디 간 거죠? 분위기 다 망했어요. 나는 우리가 찍고 있는 게 코미디물인 줄 알았다니까요?!"*

릴리스의 말투가 너무나 생생했던 나머지 메두사는 물론 남자 화장실과 여자 화장실의 줄에서 모두 웃음이 터져 나왔다.

"미안해. 근데 나는 북부 사람이라서. 나한테 불만을 토로해도 소용이 없어."

메두사는 일부러 냉담하게 굴면서 어깨를 으쓱였다.

"그리고 나는 대본 쓸 때 확실히 북부식 쭝쯔라고 생각했는걸."

"네? 북부 사람이라도 이제껏 양심이 있는 북부 사람이라고 생각했는데."

"뭐, 그건 무슨 뜻……."

메두사가 말을 마치기도 전이었다. 이 화제로 소변이 급해서 짜

---

* 북부식 쭝쯔는 찹쌀과 다른 재료를 볶은 뒤에 찌고, 남부식 쭝쯔는 그것들을 기름에 볶지 않고 끓는 물에 삶는다. 그래서 북부식 쭝쯔는 기름지고 고슬고슬하며 맛이 강한 편이고, 남부식 쭝쯔는 담백하고 부드러운 편이며 식감이 떡에 가깝다. 타이완은 일자리 상당수가 수도권인 북부에 몰려 있다. 오랜 시간 이동해 귀향한 점으로 미루어 보아 광고의 주인공은 북부에서 일하는 남부 사람으로 설정된 듯하다.

여신 뷔페

증이 난 여성들의 말문이 트였다. 모두의 화젯거리가 된 것이다.

"어, 그건 편견이거든요?"

"그리고 북부식 쭝쯔 같은 건 처음부터 없었어요. 그건 주예유판*이라고 불리는 음식이에요."

"지금 선전 포고 하는 거예요? 진짜?"

"카메라로 보면 그냥 쭝쯔일 뿐이잖아요. 그게 북부식인지 남부식인지 구분이 되겠어요?"

"말도 안 돼. 끽해야 소스 색깔만 좀 달라 보일걸요?"

"어, 말이 나와서 말인데 소스는 뭐였어요? 스위트 칠리소스? 간장 소스? 땅콩 가루는 안 뿌렸고요? 설마 고수를 넣은 건 아니죠?"

쭝쯔 이야기에 여자 화장실 전체가 축제 분위기가 되었다. 화장실에 가기 위해서가 아니라 산타 할아버지에게 선물을 받거나 조부모에게 세뱃돈을 받으려고 줄을 선 것 같았다.

"제가 바로 커트를 외쳤죠. 이 장면은 남부식 쭝쯔가 아니면 안 된다고 했어요. 그랬더니 사람들이 여기 계신 여러분처럼 논쟁을 시작하더라고요. 근데 저한테는 그게 너무 중요했어요. 아무도 신경 써 주지 않으면 혼자 나가서라도 찾아보겠다고 했죠. 근데 씨발, 진짜 아무리 뒤져도 없는 거예요. 이렇게 큰 도시에서 남부식 쭝쯔를 찾는 게 얼마나 어려운지 알아요? 아니, 맛있어야 한다는 것도 아니고, 남부식 쭝쯔처럼 생기기만 하면 되는데. 그게 그렇

---

* 竹葉油飯. '댓잎 기름밥'이라는 뜻으로 찹쌀과 각종 재료를 기름에 볶아서 조리한 뒤 댓잎에 싸서 찌거나 데워서 먹는다.

게 어려운 일이에요?"

릴리스가 말을 뱉으면서 양손을 내젓자 사람들이 너도나도 웃음을 참지 못했다.

"잠시만요. 저기……."

지루한 흰색 셔츠를 입은 남성 둘이 다가와 두 줄로 기다리고 있는 여성들을 보더니 머뭇거리며 입을 열었다.

"미안해요. 여기는 남자 화장실 사용을 임시로 제한하고 있어요. 미안하지만 다른 층 화장실을 이용해 주세요. 협조 고마워요."

릴리스가 경쾌하게 말했다.

"아뇨, 그게 아니라요. 저희가 지금 회사 동료를 찾고 있거든요. 22층에서부터 한 층씩 내려오면서 찾고 있는데……."

그들은 지나치게 난처한 표정을 지으면서 지금 자기들이 맡은 일이 얼마나 싫고 귀찮은지 애써 드러냈다.

"혹시 못 보셨나요. 아마, 지금, 어쩌면…… 그걸 하고 있을 텐데……."

두 남자는 말을 더듬었다. 말이 꼬여서 서로 싸우는 것처럼 보였지만 동작만큼은 찍어 낸 듯 똑같았다. 두 사람 모두 가슴 앞의 허공을 짜듯이 움켜쥐는 시늉을 했다.

"짜고 있을 거예요. 아기가 마실 거요. 도시락."

줄을 선 여성들이 일제히 시선을 교환하면서 자기가 받아들인 정보가 바로 그 정보가 맞는지 확인했다. 막 여자 화장실에서 손을 씻고 나온 젊은 여성이 화장실 안쪽을 가리키며 말했다.

"맨 안쪽 칸 같아요. 거기 있는 사람이 안 나왔거든요. 제가 바로 옆 칸에 있었는데 전동 유축기 소리가 난 것 같아요. 그리고…… 울음소리도 들은 것 같고요."

"맞아요. 아까 누가 안에 사람 있느냐고 노크했거든요. 문을 두
드려서 반응은 했는데 답은 안 하더라고요."

다른 사람이 말을 보탰다.

릴리스는 잠시 메두사를 보았다. 괜히 끼어들지 말라고 메두사
가 만류하기도 전에 릴리스는 이미 그 칸을 향해 걸음을 옮기고
있었다. 그녀는 문을 두드렸다. 잠시 후 안에서 반응을 했다. 천천
히 두 번 문을 두드린 것이다.

"저기요, 괜찮으세요?"

답이 없었다.

한눈에도 차가워 보이는 문 옆 타일 벽에 몸을 기댄 릴리스가
자장가를 부르듯 부드러운 말투로 안에 있는 사람에게 말을 걸었
다. 안에 있는 사람을 책임져야 한다고 확신이라도 한 듯한 태도
였다. 처음에는 아무 반응도 없었지만, 천천히 밸브가 열리듯 아
주 작은 목소리가 새어 나오기 시작했다. 조용한 흐느낌 같기도
하고, 속삭이는 혼잣말 같기도 했다.

"……왜 이렇게 조금밖에 안 나오는 거야…… 먹지를 않아. 알
레르기라니. 자기 엄마한테 알레르기가 있는 아기라니, 어떻게 이
런……."

"저기요, 혹시 안에서 유축하고 계세요?"

안에서 들려온 말에서 약간의 단서를 잡은 릴리스가 온화한 목
소리로 물었다. 그 짧은 질문에 핵심 키워드라도 있었는지 갑자
기 소리가 커지며 폭발했다.

"……조금밖에 안 나와. 뭘 먹든 조금밖에 안 나온다고. 기껏

짜내서 먹이면 토해. 화장실에서 유축해서 그런가. 그래서 젖에서 냄새가 나나. 그래서 안 먹나. 젖 속에 세균이 있는지도 몰라. 그래서 토하는 거야?"

상심한 엄마는 울기 시작했다. 안에 있던 여성들이 하나둘 이런저런 이야기를 하며 위로를 전했다. 누군가는 민간요법을, 누군가는 자기 경험을 공유했다.

"얘기하게 두세요."

릴리스가 조용히 속삭이자 여자 화장실 안의 소리가 다시 부드럽게 낮아졌다.

이런 날씨에 화장실 구석에서 옷을 벗고 유축을 하다니. 게다가 이렇게 오래. 얼마나 추웠을까? 메두사는 자기가 해 줄 수 있는 게 무엇인지 알 수 없었다. 유축 중인 엄마의 이름을 확인해서 밖에 있던 두 남성에게 안에 있는 사람이 그들의 동료가 맞다고 전해 주었을 뿐이었다.

"아, 찾았다니 다행이네요."

머리가 살짝 벗어진 이가 다소 안도하는 얼굴로 말했다.

"산후 우울증을 앓고 있다고 남편이 말해 주더라고요. 잘 좀 돌봐 달라고도 했어요. 근데 어떻게 돌봐야 할지 모르겠어요. 회사에 여자가 별로 없는데 마침 다 점심 먹으러 나갔거든요. 클라이언트가 뭘 좀 확인해 달라고 계속 전화를 해 대서 어쩔 수 없이 저희가 찾으러 나온 거예요."

"우리가 양보를 많이 하고 있거든요. 점심 메뉴도 고르라고 하고, 음료 시킬 때도 마찬가지고요. 남편도 얼마나 잘해 주는데요. 일하기 싫으면 언제든 퇴사하라고 한다던데. 솔직히 말해서 뭐가

여신 뷔페   187

그렇게 우울한 건지 잘 모르겠어요…….”

“혹시 음기가 너무 세서 귀신 쓴 거 아닐까? 복직 후 바뀐 자리가 원래 좀 이상하지 않았어? 법사라도 모셔 와야 하나?”

“그럴 수도 있지. 예전에 그 자리에 앉았던 여자도 퇴사했잖아. 밖에 나가서 햇볕 좀 많이 쬐라고 해. 많이 걷기도 하고, 뭐든 긍정적으로 생각해야지…….”

유축 중인 엄마의 남자 동료 둘이 화장실 앞에 서서 이야기를 나누기 시작했다. 메두사가 뭐라고 말하기도 전이었다. 줄 서 있던 이들 중 누군가가 도저히 들어줄 수가 없었는지 강하게 불만을 드러냈다.

“진정하세요! 진정해! 다들 생리 중이세요? 별것도 아닌 일에 왜 그렇게 흥분하세요…….”

이 말에 생리 중이지 않은 여성들도 함께 분노했다.

“남자들은 왜 걸핏하면 생리 타령이지? 특히 말로 못 이길 때 그러더라. 어이없어!”

그와 동시에 화장실 맨 안쪽에서 들려오던 비명도 함께 커졌다. 울부짖음에 더 가까운 소리였다.

“나도 화장실에서 유축하고 싶지 않아. 하지만 방법이 없어, 방법이. 화장실이란 화장실은 다 가봤는데, 유축하기 좋은 곳은 단 한 칸도 없었어. 그래서 젖이 잘 안 나오나? 기껏 짜낸 젖도 먹지를 않아. 먹으면 배탈이 난다고! 토하기도 해! 대체 왜…….”

“어 — 무섭다. 저건 너무 비전문적인 행동이야. 뭐든 제대로 이야기해 주면 되잖아? 여자 화장실에 숨어서 말도 안 하고. 이래서야 무슨 문제를 해결하겠어. 이렇게 짜낸 젖이라면 아이가 먹어도 제대로 자라기 힘들 것 같은데."

"하, 어쨌든 여자잖아. 양보해 줘야지. 근데 내 일도 아직 못 끝 냈는데. 오후에는 고객사에도 가야 하고. 여기서 이렇게 시간을 낭비할 수 없어……."

"공감 능력이라고는 전혀 없어요? 댁들은 산후 우울증이 아기 키우기 싫어서 짜증 부리는 거라고 생각하나 보죠?"

"아기 키우기 싫어한다고는 안 했어요. 내 말은, 그러니까, 어 쨌든 낳았으면 받아들여야 한다는 거죠. 누가 시켜서 낳은 것도 아니잖아요……."

그러자 화장실 안팎에서 화마가 치솟았다. 그녀는 조용히 전쟁 터를 벗어났다. 자기가 저런 회사에 다녔다면 출산을 안 해도 우 울증에 걸리지 않았을까 싶었다. 고개를 숙여 살짝 찌그러진 연 고 튜브를 보았다. 약을 바르고 싶었다. 바를 수 없더라도 조용히 있을 수는 없을까? 그냥 가만히 서서 침을 삼키는 것만으로도 입 안 상처는 그녀를 고통스럽게 했다.

남자 화장실의 세면대도 젖어 있었다. 그녀는 사무실로 돌아가 기로 했다. 탕비실에서 발라야지.

페르세우스가 자리에 없는 틈을 타 재빨리 가방에서 쿠션 팩트 를 꺼낸 메두사는 탕비실로 들어가다가 마침 그곳에서 나오던 페 르세우스와 마주쳤다.

"어디 갔었어? 한참 찾았잖아."

그녀는 본능적으로 뒷걸음질했다. 그러다가 바로 뒤에 있던 플 로라의 발을 밟았다. 메두사는 다급히 고개를 돌리면서 사과했고, 자기가 임신 구 개월째인 임부의 배에 부딪힌 건 아닌지 확인했

여신 뷔페

다. 정말 모든 게 엉망이었다. 페르세우스 앞에서 대놓고 놀란 자기 자신이 증오스러웠다.

"괜찮아? 나 때문에 놀란 거야?"

페르세우스가 좀 놀란 듯이 웃었다. 그가 손을 뻗어 메두사의 어깨를 두드리려고 하자 메두사는 다시 반사적으로 몸을 뺐다. 페르세우스가 민망해했다. 플로라도 그랬다. 심지어는 메두사 자신도 분위기를 어색하게 만든 스스로를 탓할 뻔했다.

"내가 뒤에서 무슨 짓이라도 할까 봐 그랬던 거야? 하하."

플로라도 하하 웃었다. 페르세우스가 플로라를 도와 찬장 높은 곳에 있던 참깨 가루를 꺼내 주었다. 플로라는 연거푸 감사 인사를 했다.

"난 왜 찾았는데?"

메두사는 막 냉동고에서 나오기라도 한 듯 굳어 있었다.

"음, 아까 비즈니스 부문에서 오후에 임시 회의를 할 거라고 연락했어. 주방용품 미팅 하러 가기 전에는 끝날 거래."

"무슨 일로?"

메두사는 되도록 짧게 말했다. 상처가 조금이라도 덜 벌어지게. 조금이라도 덜 아프게.

"아테나도 와?"

"임시 회의라 회의 자료도 그때 준다던데. 아테나는…… 나도 잘 모르겠어."

페르세우스가 웃었다. 그의 입꼬리에는 초식남 특유의 부드럽고도 무해해 보이는 미소가 걸려 있었다. 흠을 찾을 수 없는 완벽한 활등 모양의 미소였다. 지난주 토요일 밤, 그의 입술과 이, 혀를 피하려고 버둥거렸던 그녀가 어쩔 수 없이 스스로를 물어 입 안에 담을 수 없는 상처를 냈을 때, 그는 아무런 영향도 받지 않았 던 걸까?

메두사는 그와 눈을 마주칠 수 없었다. 어떻게 그는 여전히 웃 으면서 자신과 눈을 마주칠 수 있는 걸까. 그가 쥐고 있는 보라색 머그잔을 보는 것만으로도 땀이 밴 끈적한 손이 브래지어 안을 파고들던 느낌이 되살아나는데. 너무나 생생했다. 차갑고 끈적거 리는 손이 지금도 브래지어 안에 붙어 있는 것만 같았다.

그녀는 무의식적으로 목을 움츠렸다. 온몸이 굳었다. 아무 일 도 없었다는 듯한 페르세우스의 태연한 표정은 그녀가 아테나에 게 썼던 문장들을 부숴 버렸다. 쓰고 지웠던, 지우고 다시 썼던, 짐짓 침착한 척했던 문장들이 처마 밑에 달렸다가 깨져 버린 고 드름처럼 쏟아지더니 그녀의 몸에 박혔다.

"음, 그럼 먼저 가 볼게. 점심 먹으러 너무 멀리 가지는 마."

페르세우스가 탕비실을 떠난 뒤, 그녀는 가지고 있던 힘을 조 금 전 대화에 모두 써 버리기라도 한 듯 휘청거렸다. 뒤쪽의 정수 기에 잠시 몸을 기대자 플로라가 바로 손을 뻗어 부축해 주었다. 플로라의 손은 부드럽고 따뜻했다. 페르세우스의 손과 전혀 달랐 다. 어쩌면 당연한지도 몰랐다. 배 속에 있는 아기까지 두 사람분 의 체온이었으니까.

"괜찮아? 페르세우스랑 싸웠어?"

"아니, 그냥…… 입병이 나서. 말만 하면 아파."

그녀는 괜히 입술을 살짝 들어 올려 보여 주었다.

"세상에, 이렇게 많이 생겼어? 내가 그랬잖아, 어차피 매일 같이 야근하는 사이인데 그냥 페르세우스랑 사귀라고. 음양이 조화를 이루면 몸에도 좋대. 그리고 둘이 사귀면 승진을 놓고 걔가 너랑 다투지도 않을 거 아냐. 딱 봐도 여자 친구 잘 챙겨 주는 스타일이던데. 방금도 밥 먹으러 너무 멀리 가지 말라고, 바로 회의가 있다고 알려 줬잖아. 진짜 자상해!"

플로라는 눈썹까지 씰룩이면서 말을 이었다. 아주 진지한 말투였다.

"여자는 있잖아, 성공적인 커리어도 중요하지만 가정이 있어야 진짜로 마음이 편안해져. 나처럼. 동료들이 아무리 뒷담화를 해도, 내가 그들보다 화목한 가정을 꾸렸다고 생각하잖아? 그럼 나야말로 인생 승자라는 생각이 들어……."

그녀는 반박하지 않았다. 그럴 힘도 없었다. 그 일이 일어나기 전만 해도, 그녀 또한 페르세우스가 평소 보여 주던 친절에 우쭐했던 적이 있었다. 환상적인 팀워크를 갖춘 두 사람이 아테나 팀을 연이은 승리로 이끄는 상상도 했었다. 둘은 보기 좋은 싱글 남녀였으니까. 그러지 않을 수가 없었다…….

왜 그러지 않았지? 메두사는 은연중 호감을 드러내며 암묵적으로 동의했던 과거의 자신이 증오스러웠다. 심지어는 거절도 명확하게 하지 않았다. 이 모든 것 때문에 지금 그녀는 아프다고 외칠 수도 없었다.

플로라의 진심 어린 설득에 메두사는 경직된 얼굴을 움직였다. 상처 가득한 입꼬리를 당기며 웃어 보려고 했다. 어떻게든 이 대화를 빨리 끝내고 싶었다. 서둘러 대화를 끝내야 플로라가 막 제조한 임부용 참깨 음료를 들고 이곳에서 나갈 터였다. 그래야 탕비실에 홀로 남을 수 있었고, 스스로 물어서 생긴 상처에 약을 바를 수 있었다.

약만 바르면 더는 말하지 않아도 될 정당한 이유가 생기는 거였다. 그러면 안심하고 자신의 고통에 고통스러워할 수 있었다. 그리고 그 고통 속에서 아테나에게 보내야 할지 알 수 없는 메일에 대해서도 조용히 고민해 볼 수 있었다.

릴리스

임시 회의였다. 다들 각자의 일정이 있었기에 어쩔 수 없이 회의는 점심시간 직후로 잡혔다. 사람들은 그 시간대에 회의가 잡힌 게 마음에 들지 않았다. 회사에서 좀 멀리 떨어진 식당에 가서 새로운 시도를 해 보고 싶어도 갈 수 없었고, 평소에 낮잠을 자는 데 잘 수 없었으며, 사무실 밖 신선한 바람을 쐬어 오후에 쓸 산소를 비축하고 싶어도 산책을 할 수 없었다. 그런가 하면 조금 전 커피를 사려고 런아이 거리를 지날 때 릴리스가 가로수 길 밑에서 우연히 보았던 페르세우스와 이둔의 싸움도 오래갈 수는 없을 터였다. 이둔은 숨을 쉬지 못할 정도로 울고 있었지만, 그녀와 같은 팀인 페르세우스는 회의에 참석해야 했으니.

이둔은 미디어 부문 어시스턴트였다. 청초하면서도 귀여운 소녀 같은 분위기를 풍기는, 딱 그녀가 좋아하는 스타일이었다. 페르세우스와 정말 사귀었다니. 생각지도 못했다 ─ 말이 나와서 하는 말인데 이제껏 그들은 자신들의 비밀 사내 연애를 들키지 않을 거라고 여겼을 것이다. 그러나 코가 예민한 사람은 냄새만 맡아도 알 수 있었다. 예를 들어 페르세우스의 몸에서 이둔이 쓰는 헤어트리트먼트 향이 나면 두 사람이 전날 밤 같이 잤다는 뜻이었고, 두 사람이 점심시간 이후에 같은 음식 냄새를 풍기면 둘이 밥을 같이 먹었다는 뜻이었다.

가끔은 바로 옆에 앉은 페르세우스의 몸에서 락스 냄새가 날때도 있었다. 그럴 때마다 릴리스는 그 냄새가 어쩌다가 나게 되었는지 추측하지 않으려고 애썼다.

냄새는 늘 많은 비밀을 드러내곤 했다. 그러나 냄새를 잘 맡는 코를 가졌다는 비밀만 지킨다면, 많은 비밀을 알고 있다는 것 또한 비밀이 될 수 있었다.

릴리스는 양손으로 머그잔을 움켜쥐었다. 도자기 보온병에서 막 따른 핸드드립 커피는 따뜻하면서도 감미로운 향기로 그녀의 후각을 달래 주었다. 보호막처럼 코끝을 감싸면서 회의실로 들어오는 사람들이 풍기는 냄새를 맡지 않게 해 주었다.

점심시간 직후의 회의는 그녀에게 가장 고통스러운 일이었다. 사람들 몸에는 여전히 음식 냄새가 배어 있었고, 어떤 이들은 이전 회의를 끝내자마자 참석한 통에 도시락까지 들고 오기도 했다.

이 업계에서 일하다 보면 식사 시간은 불규칙적일 수밖에 없었다. 이건 그녀도 이해할 수 있었다. 그래서 단 한 번도 그 점에 불만을 토로한 적이 없었다. 그러나 생리적인 문제만큼은 해결해야 했기에 어쩔 수 없이 자기 코를 커피 향에 파묻었다. 이게 그녀가 찾아낸 가장 현실적인 방법이었다. 회사 근처에는 릴리스가 아주 좋아하는 핸드드립 전문 카페가 있었고, 그곳에는 '여신 원죄'라는 자체 블렌딩 원두가 있었다. 메뉴판에는 없고 사장이 단골들에게만 몰래 알려 주었다. 매우 비쌌지만, 향기가 너무나 유혹적이었기에 릴리스는 한 달에 한 번 그 커피를 마셨다.

점심시간 직후에 회의가 잡혔다는 걸 알게 된 릴리스는 오늘이야말로 한 달에 한 번 사치를 부릴 날이라는 걸 깨달았다.

회의실에 가장 먼저 들어온 사람은 릴리스였다. 그녀는 평소처럼 프로젝터 벽과 가장 가까운 맨 마지막 자리를 택했다. 비즈니스 부문의 루키가 짙은 체취를 풍기며 들어오더니 의장석을 끌어당기며 자리에 앉았다. 그다음으로 들어온 아시스는 릴리스의 대각선 방향 자리에 앉았다. 그러니까 의장석에서 가장 가까운 자리였다. 아시스는 최근에 '이집트 여왕의 페로몬'이라고 불리는 태국 브랜드 향수를 썼는데, 향이 어찌나 짙은지 루키의 체취를 맡지 않으려고 둔 강수라 해도 믿을 수 있을 정도였다. 이 두 사람 주변에 있으면 음식 냄새를 맡을 수 없는 건 물론 혹시 이 자리에 짐승이 있다 해도 자기 새끼 냄새조차 맡을 수 없을 게 분명했다.

사실 이건 비즈니스 부문 AE*들의 일관적인 스타일이었다. 일종의 기세랄까. 향 또한 처음부터 분위기를 압도하는 것이어야 했다.

"릴리스, 지난주 네온 광고 디자인 있지. 그거 수정 끝내서 나한테 보내 줘야 해."

루키가 자리에 앉자마자 말하기 시작했다.

"글자랑 로고는 사이즈를 키워. 제품 사진이 그렇게 작아서야

---

* Account Executive. 광고 회사의 거래처 담당 임원.

뭘 파는지 어떻게 알겠어? 봐, 너한테 광고를 만들어 달라고 돈을 주는 건 시 정부가 아니라 클라이언트야. 도시 경관이 중요한 게 아니라고. 무슨 말인지 알아듣겠어? 광고 업계는 말이야, 바로……."

릴리스는 속눈썹조차 움찔하지 않고 커피 향기 속으로 계속 빠져들었다.

"네, 알겠어요."

그다음으로 들어온 건 아내표 도시락으로 카레를 싸 온 티모시였다. 그는 습관적으로 늘 그녀 옆에 앉았고, 오늘도 마찬가지였다. 그 뒤에는 막 양치질을 하고 온 메두사가……. 릴리스는 메두사가 티모시 옆자리에 앉으려다가 잠시 주저한 걸 알아차렸다. 의자를 지나치게 천천히 끌어당겼고, 앉고 나서도 평소와 달리 등을 기대지 않았다. 페르세우스와 대화를 나눌 때마다 앉던 자리였는데. 명백하게 거부감을 느끼는 듯했다.

무슨 일이 있었던 거지? 루키의 체취 때문인가? 아니면 아시스의 향수 냄새 때문에?

릴리스는 커피 향기의 보호 구역에서 벗어나 의자 등받이에 몸을 기댔다. 이렇게 하면 티모시의 시야에서 벗어나기에 메두사를 남몰래 관찰할 수 있었다. 메두사는 부자연스러우면서도 뻣뻣한 자세로 휴대 전화를 노려보고 있었다. 두 엄지로 소리 없이 화면 위로 타이핑을 했다.

"아."

메두사 건너편에 앉은 아시스가 가볍게 웃었다.

"여장부라고 자칭하지 않았나? 헬로키티 폰 케이스에다 리본까지. 이제 귀부인 노선으로 콘셉트를 바꾼 거야?"

메두사는 대답하지 않았다. 계속 휴대 전화만 볼 뿐이었다. 검은색 헬로키티 폰 케이스의 금빛 리본만이 아시스를 바라보았다.

"나는 분명히 조언했어. 지금은 왕좌 싸움을 하는 결정적인 시기야. 이런 아기자기한 아이템 같은 건 갖고 있지 않는 게 좋다고. 그래야 아테나가⋯⋯."

말을 마치자마자 페르세우스가 유쾌한 얼굴로 문을 밀며 들어왔다. 몇 초 전까지만 해도 아시스가 뭐라고 말하든 들은 척도 하지 않던 메두사가 놀랍게도 감전이라도 된 듯 몸을 약간 떨었다. 릴리스는 미간을 찌푸렸다 ─ 몸에서 또 락스 냄새가 나기라도 하나? 아닌데, 조금 전까지만 해도 가로수 길 밑에서 이둔과 싸우고 있었으니 락스 뿌릴 시간은 없었을 텐데.

페르세우스가 자리에 앉자마자 메두사가 벌떡 일어났다.

그녀는 노트북을 챙겨 거의 반 바퀴를 돌아서는 루키와 아시스가 앉은 줄에 하나 남은 자리에 앉았다. 릴리스의 맞은편 자리였다.

회의실이 쥐 죽은 듯 고요해졌다. 페르세우스를 포함한 모두의 시선이 그녀를 따라 이동했다.

자리 좀 바꿀 수 있을까?

릴리스의 휴대 전화로 메두사의 메시지가 왔다.

그녀는 고개를 들어 메두사를 흘깃 보았다. 무슨 일이냐고 물어볼까. 어쩌면 하지 말아야 할 질문일지도 몰랐다. 잠시 고민하던 그녀는 아무것도 묻지 않았다. 그녀는 도움을 요청하는 듯한 메두사의 눈빛을 보며 고개를 끄덕였고, 몸을 일으켰다. 메두사도 일어났다. 두 사람의 그림자가 프레젠테이션 스크린의 파란빛 속에서 교차했다. 서로를 지날 때였다. 릴리스는 치약의 민트 향과 구강 세정제의 시트러스 에센셜 오일 향이 섞인 냄새를 맡을 수 있었다. 냄새는 메두사의 얼굴과 목을 감싸고 침묵의 그물처럼, 마스크처럼 그녀를 덮고 있었다.

메두사와 자리를 바꾼 릴리스가 앉은 채로 고개를 들었다. 티모시가 메두사를 살피려고 하자 페르세우스가 일부러 움직이며 그의 시야에서 벗어나려고 하는 게 보였다. 릴리스의 마음속에 무언가 번뜩였다가 빠르게 사라졌다.

"흠흠, 이제 회의를 시작해도 되겠지?"

루키는 두툼한 자료들을 세워 탁자를 두드림으로써 상황을 정리했다.

"어쨌든 오늘은 내가 회의를 이끌게 됐어. 아테나는 일이 좀 있어서 참석 못 해. 아무튼 이번 안건은 내가 책임을 질 거고, 아시스가 도와주기로 했어. 아테나 없이 자네들이 얼마나 잘할지 기대가 커."

루키가 눈이 휘어지도록 웃더니 오른쪽에 있던 페르세우스를 가볍게 쳤다. 페르세우스는 적당히 쑥스러워하면서 미소로 화답했다.

"보자, 이번 프로젝트는 예산이 좀 적긴 하지만, 그래도 우리 신임 총괄 크리에이티브 디렉터의 체면을 생각해 주는 게 좋을 것 같아. 어쨌든 아테나가 데려온 클라이언트잖아. 무엇보다도 우리 회사에서 처음으로 맡은 정치인 광고야. 이번에 잘만 하면 나중에 더 많은 물주를 물을 수 있을지도 모른다고. 그러니 다들 신경 좀 씁시다. 아시스, 간단히 설명 좀 해 줘."

아시스는 머리카락을 휘날렸다. 다시 이집트 여왕의 페로몬이 방출되었다. 그와 동시에 미리 준비해 온 자료가 스크린에 비쳤다. 량 의원 사무실에서 온 광고 의뢰였다. 량 의원은 여성 운동을 하다가 정치를 시작한 케이스였다. 입법원 내에서도 젠더 이슈나 여성, 아동과 관련된 법안이라면 빠짐없이 참여하는 대표 발의자 혹은 공동 발의자였다. 그러나 얼마 전 일어난 아동 성폭력 사건에 대해 부적절한 발언을 했다는 이유로 인터넷에서 집중 공격을 당했다. 의원 사무실로 악의적인 소포와 협박 편지가 오기도 했다. 여론이 부정적으로 변하자 량 의원은 입법원에서 심의 중인 주요 법안들로 이 불길이 번질까 우려했고, 이미지 광고를 통해 상황을 바꿀 수 있기를 바랐다. 그래서 친한 친구인 아테나에게 부탁해 직접 맡아 달라고 한 것이었다.

아시스의 설명이 끝나자 루키는 아이디어를 좀 내 보라고 했다. 그러면 며칠 뒤 의원실에 가서 정식 제안을 하겠다고. 릴리스의 맞은편에 앉아 있던 메두사와 티모시가 얼굴을 마주 보더니 곤혹스러워하는 눈빛을 교환했다. AE의 브리핑이 끝나자마자 대충 아이디어를 내는 건 이 팀이 해 오던 브레인스토밍 방식이 아니었다. 그러나 페르세우스는 마치 준비라도 해 온 듯 자연스럽게 의견을 내놓았다.

"이 의원에 대해 조사를 좀 해 봤는데요, 사람들이 이번 사건 하나 때문에 불만을 가진 게 아니더라고요. 량 의원이 장기간 쌓아 온 이미지가 모두 페미니즘과 관련되어서 그런 거였어요. 일부 네티즌들은 량 의원이 여성의 권리를 강조하면서 남성에게 정서적 폭력을 가하고 있고, 여성에게게만, 심지어는 성 소수자에게만 유리한 법안을 선택하고 남성의 권리는 신경 쓰지 않는다고 여기더라고요. 어떤 네티즌은 량 의원을 뷔페 여사장이라고 불렀어요. 량 의원이 추진 중인 개정안들이 역차별을 조장하는 여권 뷔페 같다고 비꼰 거죠. 이렇게 장기간 누적된 불만들이 이번 아동 성폭력 사건을 통해서 폭발했다고 보면 됩니다."

페르세우스는 말을 하면서 자기가 모아 온 스크린샷들을 보여 주었다. 량 의원에 대한 네티즌의 발언은 수량에서부터 단어 사용에 이르기까지 모두 혀를 내두를 수준이었다.

"량 의원은 어느 정도 고정 지지층이 있어 보여요. 그러니까 이번 타깃은 그 사람들이 아니라 의원에게 별 관심이 없었거나 나아가 반감을 가진 이들이라고 봐야겠죠. 그러니까 제안을 하자면, 여장부를 메인 콘셉트로 잡자는 겁니다. 약간 중성적이면서도 참신하고 건강한, 명랑하고 친근한 이미지들을 내세워 량 의원의 부정적인 이미지를 없애 버리는 거죠."

곧이어 스크린에 여자 연예인들의 사진이 나타났다. 눈부시게 요염한 이도 있었고, 달콤하고 상큼한 이도 있었으며, 얌전하고 섹시해 보이는 이도 있었다. 그다음은 이미지 콘셉트 시안들이었다.

릴리스는 연예계에 대해 잘 알지 못했지만, 페르세우스가 띄워 놓은 사진들은 평소 그녀가 관찰하면서 느꼈던 바에 확실히 부합했다. 여장부라는 태그에는 "산지 직송"이나 "무농약 유기농" 같은 광고적 뉘앙스가 어느 정도 있었다. 이는 정치인이 서민이나 일반인이라는 꼬리표를 스스로에게 붙여 어수룩하고 말주변 없는 이미지를 연출하는 것과 비슷했다. 이렇게 하면 정적이 뭐라고 하든 그것을 모두 교활하고 계산적인 것으로 보이게 할 수 있었다. 여성도 이런 방식을 쓸 수 있었다. "나는 가녀린 척하는 계략녀가 아니야."라고 강조하면서 "유리 멘털, 남 말 하기 좋아하는 수다쟁이, 여우짓 하는 여자, 코르셋녀" 같은 부정적인 여성의 이미지들과 선을 긋는 것이다. 이런 차별화를 통해 시장에서 상품으로서 경쟁력을 강화하는 것이랄까 ── 여기서 시장이 어디이고 구매자가 누구인지는 굳이 말하지 않아도 뻔했다.

그런데 여성으로 태어나 살아온 사람이 여성적인 특징을 가졌다는 게 정말 그렇게 부끄러운 일일까?

웃긴 건 논리적으로 따져 보면 이러한 태그가 누구보다도 잘 어울리는 사람은 자기처럼 여성스럽지 않은 레즈비언이라는 점이었다. 그러나 그녀가 실제로 얻었던 별명들은 그렇지 않았다. "남자 노파", "음양인". 대부분 부정적 함의를 지닌 것들이었다. 즉 이 태그가 선별하는 건 여성화된 신체와 남성화된 정신뿐이었다. 그 외 나머지는 모조리 지워 버렸다 ── 자기가 먹고 싶은 것만 골라 먹는다는 점에서 여장부만큼 뷔페라는 말과 잘 어울리는 단어도 없을 터였다.

남자는 조금만 부드러워도 냥파오* 소리를 들었고, 여자는 매력적으로 보이려고 여장부가 되어야 했다. 웃기네.

"이 콘셉트들은…… 혹시 생리대 광고 찍어요?"

릴리스는 의자를 뒤로 밀었다. 하얀 레깅스를 신고 푸른 언덕 위를 달리고 있는 포니테일 소녀와 거리를 두기 위해서였다. 그

---

* 娘炮. 외모, 행동, 말투 등이 여성스러운 남성을 비하해서 부르는 말.

래야 스크린을 더 제대로 볼 수 있었다.

"이게 여장부라고요?"

"아니, 이건 예시일 뿐이에요. 당연히 조정 가능하죠."

페르세우스가 흠흠 목을 가다듬었다.

"타깃들이 의원을 긍정적으로 보게끔 해야 하니까요. 그리고 제가 알기로는 이렇게 참신하고 건강한 이미지가 타깃 층이 가장 선호하는 여성으로……."

"그러니까 우리 타깃 층이 생리 중에 흰 레깅스를 신고 초원을 달리는 여성을 좋아한다는 건가요?"

"이건 생리대 광고가 아니잖아요! 예시일 뿐이라고 했는데……."

"릴리스."

루키의 목소리를 듣고 릴리스는 그가 의장으로서의 온유함과 위엄을 드러내고 싶어 한다는 걸 알아차렸다.

"페르세우스가 말을 다 하고 나서 끼어들면 어떨까?"

말을 다 마쳤다면 끼어드는 게 아니지 않나? 릴리스는 어깨를 으쓱였다. 계속하라고 손짓도 했다.

"고맙습니다."

페르세우스가 루키를 보았다가 말을 이었다.

"당연히 우리도 이 광고가 다양성을 보여 줄 수 있기를 바라죠. 생리 중인 여성 외에 생리 중이지 않은 여성을 넣을 수도 있고요. 그래도 덜 PC*해 보이면 임신 중인 여성을 넣을 수도 있어요. 훨씬 더 PC하게 가려면 레즈비언도 넣을 수 있죠. 저는 이견이 없어요."

---

* 정치적 올바름(Political Correctness)의 약어.

릴리스는 페르세우스의 반박을 정면으로 받아들이며 눈을 깜빡였다. 그러고는 더는 끼어들지 않겠다는 듯 입 위로 지퍼를 잠그는 시늉을 했다.

'너무 PC하다'라는 꼬투리를 잡아서 공격하는 이들은 대개 손에 쥔 패가 별로 없었다. 이런 이들에게 반격하는 건 재미가 없었다.

"아테나 없는 브레인스토밍 회의가 이렇게 훌륭하다니. 천하제일팀이라는 별명은 역시 명불허전이야. 아주 흥미진진해!"

루키는 유쾌하다는 듯 손을 비볐다. 그러자 체취가 더 짙어졌다. 릴리스는 머그잔 위로 고개를 숙이고 온기를 잃기 시작한 커피 향기에 얼굴을 묻었다. 가끔은 예민한 코가 너무나 싫었다.

"하지만 페르세우스, 릴리스한테 너무 심한 거 아냐? 감정이 상할 수도 있잖아."

루키는 크리에이티브 부문의 회의가 늘 이런 식이라는 걸 모르는 게 분명했다. 사전 브레인스토밍 회의에서 맹점을 과감하게 찔러야만 광고가 방영되었을 때 생길 수 있는 부정적 반응을 미리 막을 수 있었다.

"어쨌든 릴리스는 여성이고 퀴어잖아. PC의 보호막이 이중으로 쳐져 있다고. 내 생각에는 여기에다 인종이 흑인이라면 무적이야. CEO 자리도 따 놓은 당상일걸. 그러니 자네도 조심하라고. 하하하."

이자는 네거티브 마케팅에 특화된 사람임이 분명했다.

"저는 4분의 1만 원주민 혈통이니까 그 기준에 따르면 PC함이 좀 부족하긴 하겠네요. CEO는 무리겠지만 비즈니스 부문 총괄 디렉터 정도는 가능하겠죠?"

릴리스는 말을 마치고 나서야 자기가 좀 지나쳤다는 걸 깨달았다. 하지만 그녀의 여자 친구도 늘 이렇게 말하곤 했다. 네 입과 혀는 고도로 특화된 행정 자치구 같아. 네 이성(만약에 그런 게 있다면)과 일국양제* 상태를 이루어 통제하기가 어려워.

게다가 지금은 모두를 제압할 수 있는 아테나마저 자리에 없었다. 루키는 순간 말문이 막혀 버렸다. 루키는 5초쯤 침묵하다가 정신을 차렸고 빠르게 화제를 전환했다.

"메두사는? 페르세우스와 다음 왕좌를 두고 싸우고 있잖아. 어서 모두를 놀라게 할 만한 아이디어를 내 보라고. 한판 붙어야지."

제발. 페르세우스는 진즉에 이번 회의에 대한 소식을 들었음이 분명했다. 그러니까 자료 조사를 미리 해 왔지. 반면 다른 이들은 이번 프로젝트에 대해 이제야 알게 되었다고. 아이디어가 없는 게 당연한 일이었다. 만약 이 자리에 아테나가 있었다면 이런 일은 절대로 벌어지지 않았을 터였다.

메두사는 아무 말도 하지 않았다. 게다가 루키를 등지고 있었다. 메두사가 보고 있는 건 스크린에서 기쁘게 달리고 있는 포니테일 소녀였다. 잃어버린 여동생을 찾기라도 한 것처럼 뚫어져라 보고 있었다.

"메두사?"

---

* 一國兩制. '하나의 국가, 두 체제'라는 뜻으로 1978년 덩사오핑이 처음으로 제시한 개념이다. 중화인민공화국이라는 하나의 국가 안에 사회주의와 자본주의라는 서로 다른 두 체제를 공존시킨다는 뜻이다. 홍콩과 마카오에 대한 중국의 통치 원칙이자 나아가서는 타이완에 대한 중국의 통일 원칙이다.

억지로 계속 웃고 있었지만, 루키의 말투에서 약간의 변화가 느껴졌다.

"아이디어가 그렇게 많다며? 내 생각에는 페르세우스의 아이디어도 괜찮지만 정상적인 여자의 관점도 필요할 것 같은데. 실력 한번 보여 주겠어?"

침묵이 이어졌다.

"저기⋯⋯."

티모시가 머리를 긁적였다. 늘 배려심 넘치는 그는 이런 어색한 상황을 두고 보지 못했다. 아테나가 그를 이 팀에 배치한 건 어쩌면 그런 성향 때문이었는지도 몰랐다.

"메두사는 몸이 좋지 않아요. 말하기 힘들 수도 있어요."

"아직 리더로 결정되지도 않았는데 벌써 대변인을 뽑았어? 응?"

루키가 웃으며 말했다.

"겉보기에는 멀쩡한데. 어디가 아픈데? 생리 중이야?"

릴리스가 결국 참지 못하고 그를 흘겨보았다. 이제 눈 근육도 자치구가 될 듯했다.

"아침에 저한테 구강 연고를 빌렸거든요. 입안에 염증이 많이 생긴 것 같더라고요. 엄청 심각해요. 그 약은 입에 바르면 말하기가 힘들고요. 그래서 그런 것 같아요."

"염증? 뭐 별거 아니네."

루키가 말을 이었다.

"예전에 그 누구지, 포경 수술 하고 다음 날 출근한 사람이 있었는데?"

루키, 페르세우스, 아시스가 다 함께 폭소했다. 동시에 너무 많은 사람들이 입을 벌려서 그럴까, 냄새가 심해졌다. 참기 힘들 정도였다.

릴리스는 고개를 숙이고 머그잔을 보았다. 보호막은 이미 차가워져 있었다. 맛은 여전히 좋겠지만, 더는 자신의 예민한 코를 보호해 줄 수 없었다.

"입에 염증이 생겼다니 좀 쉬게 해 주죠. 저한테 아이디어가 있어요."

릴리스가 그들의 웃음에 끼어들었다.

"아주 오래전에 인터뷰에서 본 적이 있어요. 량 의원이 페미니즘 운동에 뛰어든 데에는 결정적인 계기가 있었대요. 젊은 시절 기차에서 성추행을 당했던 거죠. 그때 도와주는 사람이 아예 없었는데 어떤 아줌마가 교묘한 방법으로 의원을 구해 줬다네요. 어찌나 교묘했던지 당시에는 의원 자신도 자기가 도움을 받았다는 걸 알아차리지 못했다고 하더라고요."

회의실이 다시 조용해졌다. 유일하게 변한 건 메두사였다. 릴리스는 메두사가 천천히 고개를 움직이는 걸 알아챘다. 찬란하게 웃고 있는 레깅스 소녀를 보던 시선이 릴리스의 얼굴 쪽으로 움직였다.

"그 인터뷰에서는 이 사건에 대해 자세히 언급하지 않았어요. 하지만 의원을 직접 찾아가서 물어봐도 좋을 것 같아요. 실제 이야기를 기반으로 시리즈 광고를 만드는 거죠."

회의실 탁자마저 얼어붙을 듯했다.

날이 춥기는 하지만 모두가 언어 능력을 잃을 만큼은 아닌데?

"아주 괜찮은 것 같은데요."

역시 티모시가 제일 먼저 침묵을 깨뜨렸다.

"어쩐지 초심으로 돌아가는 듯한 느낌의 이야기예요. 의원 본인과도 연결되고 사람들이 익숙하게 알고 있는 의원의 정치 노선과도 맞닿고요."

다시 침묵이 이어졌다.

"음, 릴리스. 이걸 간과한 게 아닐까 싶은데. 보통 정치인 광고는 광고판이나 네온 간판, DM, 전단지, 티슈 포장지, 부채 같은 평면 광고가 중심이야. 네 것에는 네러티브가 있어서 광고 문구로 쓰기는 어려울 것 같은데. 영상으로 제작하는 게 더 나을 것 같아. 그럼 예산이 달라지긴 하지만."

루키가 두툼한 자료를 뒤적이면서 말했다. 대체 저 자료가 이번 프로젝트와 얼마나 관련이 있는지는 모르겠지만.

"내 생각에는 될 수 있으면 기존 정치 광고대로 가는 게……."

"량 의원이 기존 노선대로 가는 사람이었으면 페미니즘을 외친다고 욕을 먹지도 않았을 테고, 당장 범인을 죽이자고 외치는 대신 성평등 교육을 제창해서 여론의 공격을 당하지도 않았겠죠?"

릴리스는 이렇게 말하면 가뜩이나 얼어붙은 회의실이 시베리아 벌판으로 변하리는 걸 알고 있었다. 하지만 어쩌겠는가, 그녀의 혀는 완전히 독립된 주체였다.

"아까 이런저런 아이디어를 모아 보자고 하지 않았어요? 이 아이디어도 넣어 보시죠. 나중에 의원실 의견을 들어 보면 되잖아요."

얼음처럼 차가운 침묵이었다. 릴리스가 눈썰매라도 꺼내서 타

봐야겠다고 생각하던 참이었다. 회의실 문이 발칵 열렸다. 눈처럼 새하얀 외투를 걸친 아테나가 서늘한 한기와 소나무 숲에서 막 빠져나온 듯한 향수 향을 머금은 채 들어왔다. 질식할 것만 같았던 회의실 안 공기가 단숨에 새로워졌다.

"하이, 미안. 늦었지."

아테나는 좌우를 둘러보았다. 메두사는 페르세우스와 티모시 사이에 앉아 있지 않았고, 릴리스도 평소에 앉던 자리가 아닌 다른 곳에 앉아 있었다. 아테나는 곤혹스러움과 흥미로움이 반쯤 섞인 표정으로 고개를 살짝 기울였다.

"오늘 프로젝트는 유독 고민스러운가 보지? 다들 새로운 각도로 생각하고 있네."

"정치 광고는 처음이다 보니까. 다행히 페르세우스가 좋은 의견을 냈어. 어쨌든 페미니즘만 중시하다가 음기만 왕성하고 양기는 쇠락한 이런 의원은 말이야, 좀 남성적인 관점으로 균형을 맞출 필요가 있어. 안 그래?"

릴리스는 하품을 했다.

음기만 왕성하고 양기는 쇠락했다니. 조상님 어록에나 나올 법한 말을 별생각도 없이 끌어오네. 릴리스가 보기에는 별 쓸모 없는 말이었고, 심지어 재미도 없었다.

"오 — 그렇게 대단하다고? 그래서 지금 쇠락한 양기를 북돋아 주는 발기부전 치료법을 찾아냈다는 거지?"

릴리스는 하품을 하다가 품 하고 웃음을 터뜨렸다. 재빨리 머그잔을 들어 식어 버린 커피를 마시는 척했다.

모두 웃음을 참거나 이를 악무는 사이, 아테나는 미소를 지으며 페르세우스와 티모시 사이 빈자리에 앉았다. 그런 뒤 레깅스를 신고 초원을 달리고 있는 소녀가 있는 빔 프로젝터 스크린을 흘깃 보았다.

"음? 입법원 의원 관련 회의인 줄 알았는데? 생리대였나?"

페르세우스의 낯빛이 썩 좋지 않았다.

"아뇨, 그게 아니라, 의원에게 반대하는 이들을 주 타깃 층으로 삼았거든요. 그들이 첫눈에 친밀감을 느낄 수 있도록 여장부 이미지로 기획을 해 봤어요……."

"여장부라…… 다른 사진들도 좀 보여 줘 봐."

아테나는 스크린을 보며 깊이 생각에 잠겼다.

"좀 무미건조한 것 같은데. 여장부라는 말이 흔하게 쓰이긴 하지. 아주 쓸모 있어 보이기도 하고. 하지만 시각적으로는 매우 모호한 이미지야. 사람들이 한눈에 바로 떠올릴 수 있는 게 없어. 또 량 의원과도 딱히 어울리지 않을 것 같은데? 네 생각은 어때?"

페르세우스는 입술을 오므리다가 침을 삼켰다.

"저는 남녀를 떠나서 다들 이런 이미지를 좋아한다고 생각해요. 의원에게도 틀림없이 도움이 될 거예요."

"나도 사람들한테 이런 말 많이 듣거든. 근데 이 이미지에 구체적인 게 뭐가 있는데?"

아테나가 웃으며 말했다.

"그러니까, 나는 평소에 화장도 짙게 하고, 매니큐어도 바르잖아. 대체 대장부 같은 모습이 어디에 있느냐는 거야. 하하."

"하지만 걸핏하면 사람들에게 고추를 걸고 맹세하라고 하시잖아요. 성공적으로 커리어를 쌓아 왔고, 결정은 아주 과감하게 하죠. 남자 여자 가리지 않고 모두 탄복하잖아요. 바로 이런 점 때문에 다들 디렉터님이 잘생겼다고 생각하는 거 아닐까요?"

아시스가 조심스레 말했다. 어쩐지 조금 불안해 보였는데 루키와 눈을 마주치지 않으려고 했다.

"아, 그래? 괜히 고민했나 보네. 난 또 내가 외국에서 너무 오래 지내서 젊은 사람들 화법을 이해하지 못하나 했지."

아테나는 손뼉을 한 번 치더니 웃기 시작했다.

"아니지. 성적인 농담을 한다거나 사업적으로 성공했다거나 성격이 단호하다는 건 내 개인적인 특징이잖아. 이런 게 대장부랑 무슨 상관이야. 그럼 성적인 농담을 안 하는 좋은 남자들이 너무 억울해하지 않겠어?"

말을 마친 아테나는 쾌활하게 티모시의 어깨를 두드렸다.

"하지만 지금 우리 타깃 층이 가장 선호하는 이미지는……."

"다른 아이디어는 없어?"

아테나가 미소를 지으며 페르세우스, 릴리스, 티모시 그리고 메두사를 보았다.

"근데 메두사, 왜 그렇게 멀찍이 앉아 있어?"

"입에 염증이 생겼어요. 약을 발라서 말하기도 힘들어요."

티모시는 구강 연고를 메두사에게 빌려준 뒤로 메두사가 말할 수 없게 된 게 자기 책임이라고 여기는 것 같았다. 서둘러 해명하느라 자신의 답이 지금의 맥락에 맞지 않는다는 것도 알아차리지 못했다.

"아 — 알지, 알지. 입 염증이 겉으로는 멀쩡해 보여도 얼마나 고통스러운지. 이렇게 하자. 어차피 이따가 미팅을 나가야 하니까

이 프로젝트에 대해서는 파악만 해 두도록 해. 나중에 다시 모여서 논의해 보자고."

의장석에 앉아 있던 루키는 어찌 된 일인지 말할 기회를 잡지 못했다. 주도권이 완전히 아테나에게 넘어가 있었다.

"처음에는 아이디어를 떠올리기 어렵지. 일단 돌아가서 자료 조사를 좀 더 해 보고……."

"있어요!"

페르세우스가 아주 오래 참아 왔다는 듯 잇새로 말을 쏟아 내며 아테나의 말을 끊었다.

"예전에 량 의원이 인터뷰에서 젊은 시절 성추행을 당한 적이 있다고 했대요. 그 사건 이후로 여성 권익에 관심을 가지게 됐다고 하고요. 만약에 이 이야기를 가지고……."

"와우— 나도 그거 알아. 나한테 얘기해 준 적이 있거든! 이 얘기도 알고 있다고? 어느 인터뷰에서 봤어? 이 아이디어가 방금 것보다 훨씬 나은데. 대단해. 지난번에 잘랐던 네 고추 돌려줄게. 상이야."

아테나가 다시 손뼉을 쳤다. 두 눈에 칭찬의 빛이 가득했다.

"이 아이디어 아주 좋아. 량 의원도 이 얘기에서 시작할 수 있으리라고는 생각도 못 했을걸. 아주 좋아. 이거 좀 발전시켜서 PPT에 넣어 줘. 량 의원도 보면 깜짝 놀랄 거야."

릴리스는 너무 심하게 웃어서 입꼬리가 귀에 걸릴 것만 같았다. 페르세우스는 릴리스의 어색한 얼굴을 보지 않으려고 필사적으로 시선을 돌렸고, 다른 사람들은 조심스레 릴리스의 낯빛을 관찰했다. 역시. 이번 프로젝트는 너무 재미있어 보였다.

자리로 돌아온 릴리스는 컴퓨터를 켰다. '천하제일팀'이라는 단체 채팅방이 조용히 깜빡이고 있었다. 아테나가 금요일로 예정된 단체 회식 시간과 장소를 알리더니 겸사겸사 출석 여부를 확인했다. 그곳은 수도에서 가장 비싼 양식 뷔페였다. 랜드마크 건물의 꼭대기 층에 있는데 야경에서부터 메뉴, 가격에 이르기까지 모두 일류라고 했다.

릴리스는 잠시 고민했다. 최근에 개인적으로 받은 외주 일이 너무 많았다. 이걸 제시간에 다 끝낼 수 있을까……. 막 제대한 남동생이 미국으로 유학을 가게 되었다. 심지어 미국에서 학비가 두 번째로 비싼 사립 학교였다. 부모님과 자신의 계좌에 있는 돈을 모두 합치더라도 분화구에 부은 물 한 잔처럼 돈은 닿기도 전에 푸시시 소리를 내며 증발할 듯했다. 그래서 요즘 죽기 살기로 외주 일을 받고 있었고, 밤새 디자인 작업을 했다. 아들을 유학 보내 가문의 영광을 드높이겠다는 부모님의 바람을 들어주고 싶었기 때문이었다.

종일 얼굴을 맞대며 지낼 뿐만 아니라 추가 근무를 하느라 주말에도 보는 사이였지만 동료들과의 회식은 늘 내키지 않았다. 그러나 그녀는 아테나를 좋아했기에 승진을 기념하는 한 끼 정도는 괜찮을 듯했다. 다만 이번 주에는 마감해야 할 일이 다섯 건이나 되었다. 퇴근 이후의 모든 시간을 그녀는 태평양 너머에 있는, 자기는 본 적도 없는 캠퍼스를 위해 불태워야만 했다.

"저기, 방금 뉴스 봤어?"

어찌할지 고민하고 있는데 시빌라가 티모시와 메두사 뒤로 포탄처럼 날아왔다. 회전하는 샴페인 병처럼 거품을 품은 낮은 도

수의 노란 액체를 사방으로 뿌리며 소식을 알렸다.

"너희 팀은 조금 전까지 회의했으니까 분명 모를 거야. 지난주에 터졌던 그 라방녀 성폭력 사건 있지, 세상에, 그거 다 사, 기, 였, 대. 처음부터 끝까지 돈 뜯어내려다가 실, 패, 한, 거, 였, 어! 그럴 줄 알았다니까!"

릴리스는 마음이 싸해졌다. 지난주에 피해자와 함께 기자 회견을 열어서 성범죄를 폭로했던 사람이 이번 회의의 주인공인 량 의원이었다.

"설마, 우리가 막 그 의원의 광고를 받았는데, 이래서야 무슨 수로 구해 내지?"

자리로 돌아온 티모시는 엉덩이를 대기도 전에 키보드를 두드리며 뉴스를 검색했다.

"진짜? 이렇게 운이 없을 수도 있나. 그야말로 날벼락이네."

시빌라의 성량은 이 소식을 들불처럼 빠르게 퍼뜨렸고, 사무실 사람 절반이 자리에서 일어나 이 일에 대해 논하기 시작했다. 나머지 절반은 관련 기사를 찾느라 바빴다.

"기자 회견 때만 해도 얼마나 불쌍해 보였어? 그 의원이 걸핏하면 가정 폭력을 저지르고 술집도 뻔질나게 드나든다는 소문을 들은 적이 있거든. 그래서 강간도 진짜 있었던 일일 거라고 생각했지. 근데 그 의원이 오늘 압박을 못 견디고 자살을 시도했대. 죽어서라도 결백을 밝히겠다고 했다던데. 세상에, 내가 그였어도 죽고 싶었을 거야. 이런 누명은 황하에 뛰어들어도 씻어 낼 수가 없다고!"

"돈 뜯어내려다가 실패하니까 성폭행으로 고소하다니. 해진 걸레 주제에 순결한 성녀처럼 굴고 있어. 웩 — 토할 것 같다!"

몇몇 뉴스를 클릭해 보았지만, 원하는 핵심 내용을 찾지 못한 릴리스는 급히 일어나서 시빌라에게 직접 물었다.

"그래서 이게 성폭력 무고라는 게 확인됐나요?"

"그렇다니까. 그 의원이 살아남은 의원을 만나려고 방금 병원에 갔었대. 기자들에게 둘러싸였는데도 아무 말 안 했다던데. 근데 거의 같은 시간에 그 여자가 밖에서 기자 회견을 열었다잖아. 자기가 거짓말을 했다고 솔직하게 인정했다네. 그 의원은 기자들이 알려 줘서 그제야 알게 되었고! 진짜 너무 바보 같고 순진하지 않아? 여자한테 당해서 폭삭 망한 거야."

"젠장! 이제 진짜 끝장이네. 여론이 화산처럼 들끓을 거야. 성폭력 사건은 단 하나라도 거짓으로 밝혀지면 여성 전체가 다 같이 화장터로 들어가게 된다고, 빌어먹을……."

울부짖음이 가라앉기도 전에 릴리스는 메두사의 얼굴이 창백해진 걸 알아차렸다. 데스크 앞에 앉아 고개를 숙인 메두사는 두 손을 꼭 움켜쥐고 있었다. 입에 생긴 염증 때문만은 아닌 듯했다.

"메두사, 괜찮아?"

"병가라도 쓸래? 병원에 가 봐야 하는 거 아냐?"

티모시가 제안했다.

"치과 의사가 발라 주는 입병 약이 그렇게 효과가 좋대."

메두사는 고개를 살짝 끄덕였다. 그러나 여전히 머리를 숙이고 있었고, 누구와도 시선을 마주치지 않았다. 메두사는 허둥지둥 휴대 전화와 지갑을 쥐고 자리에서 일어나더니 다른 동료들과 함께 멧돼지 창녀라며 욕을 퍼붓고 있는 시빌라를 재빨리 피했다.

"릴리스, 누가 물어보면 나 대신 말 좀 해 줘. 병가는 돌아와서 신청할게."

"알았어. 근데……."

릴리스는 고개를 든 메두사의 두 눈에 담긴 감정의 해일을 보는 순간 뭐라 말을 할 수가 없었다. 그럴 겨를도 없었다. 의자 등받이에 걸쳐 놓았던 외투를 집어 든 메두사가 이미 문밖으로 달려 나가 버렸으니까.

"어, 메두사, 어딜 그렇게 급히 가……."

메두사와 스친 사람은 미디어 부문의 다이애나였다. 그녀가 머리카락 끝에 바르는 헤어 오일은 릴리스의 여자 친구가 쓰는 헤어 오일과 향이 같았다.

"메두사 왜 저래?"

릴리스가 어깨를 으쓱였다.

"참, 우리 이둔 봤어? 아까부터 안 보이네."

"이둔이요?"

점심에 커피를 사러 갔을 때 봤던 장면이 릴리스의 뇌리에 떠올랐다. 릴리스는 자기도 모르게 몸을 돌렸다. 이제 막 커피 한 잔을 타서 자기 자리로 돌아온 페르세우스가 보였다.

"나는 왜 보는데? 내가 어떻게 알아?"

페르세우스는 보라색 머그잔을 들어 올리더니 뜨거운 김이 모락모락 나는 믹스커피를 한 모금 마셨다.

"나는 아까 너희랑 같이 회의했잖아."

아테나

클라이언트 사무실에서 프레젠테이션을 마쳤을 때는 벌써 퇴근 시간이 한참 지나 있었다. 아테나와 페르세우스, 티모시는 함께 빌딩을 나섰다. 겨울 하늘은 이미 어두웠고, 기온도 더 낮아져 있었다. 거리 전체를 덮고 있는 새끼 오리의 털 같은 노란 가로등 불빛만이 따스함을 품고 있을 뿐이었다.

"오늘 정말 잘했어. 메두사를 대신해 준 티모시, 특히 고맙고. 고생했어."

그녀는 고층 건물 사이로 매섭게 부는 겨울바람을 맞으며 외투를 꼭 여몄다.

"참, 메두사는 정말 괜찮은 거야? 요즘 무슨 일이라도 있어?"

"없어요."

페르세우스는 어깨를 으쓱이며 머리를 살짝 기울이더니 곰곰이 생각하는 표정을 지었다.

"업무 스트레스가 너무 심한 거 아닐까요? 요즘 좀 감정적인 것 같던데."

"그래?"

승진 경쟁 때문에 스트레스가 생겼나? 아테나는 페르세우스의 말을 곱씹으며 내키는 대로 걸음을 옮겼다. 도시 경관을 위해 조성한 화단 가에 앉은 아테나는 페르세우스와 티모시 앞에서 하이힐을 벗은 뒤 가방 안에 말아 넣어 두었던 플랫슈즈로 갈아 신었다.

"너희는 사무실로 돌아가지 말고 바로 퇴근해. 내일 외근 서류 잊지 말고 내 달라고 나한테 말 좀 해 줘."

"잘됐네요."

티모시의 두 눈이 가로등처럼 밝아졌다.

"지금 돌아가면 와이프랑 같이 저녁 먹을 수도 있겠어요."

"그럼 총괄 크리에이티브 디렉터님, 지금 사무실로 돌아가실 건가요? 저는 같이 가도 괜찮……."

"그렇게 부르지 마. 그냥 아테나라고 부르면 돼. 나랑 같이 사무실로 돌아가지 않아도 되고. 어차피 근처인데 뭐. 오늘 릴리스가 가져온 쭝쯔를 먹고 싶어서 가는 거야."

아테나는 미소를 지으며 손을 저었고, 부하 직원 둘을 서둘러 귀가시켰다.

티모시와 페르세우스가 떠난 뒤 그녀는 조용히 걸음을 옮겼다. 회사는 멀지 않은 곳에 있었다. 광고 회사도, 클라이언트의 회사도 모두 수도인 타이베이시의 노른자 땅에 있었다. 한 걸음 내디딜 때마다 계산대 소리가 울릴 만큼 땅값이 금값인 지역이었다. 심지어 인도도 널찍했다. 이곳으로 옮겨 오기 전에 살았던 스쿠터 천지인 옛 동네와는 아예 달랐다.

이따금 휘몰아치는 강풍이 거리 구석구석에 뼛속까지 시린 한기를 밀어 넣었다. 거리 한쪽에는 날씨와 어울리지 않는 따스한 분위기의 연말연시 장식물이 남아 있었다. 날씨와 어울리지 않는 건 거리를 걷는 젊은 여성들도 마찬가지였다. 그들은 짧은 주름치마 자락을 꼭 붙잡은 채 애교 섞인 목소리로 남자 친구에게 바람을 막아 달라고 외치고 있었다. 봄날의 들판에서 울부짖는 암컷의 소리를 닮은 외침이었다.

그녀는 겨울바람보다 외로움을 더 두려워하는 가슴과 다리를 힐끗 보았다가 턱을 살짝 치켜든 채 몸에 딱 맞는 9부 버뮤다 슬랙스를 입은 두 다리를 움직였다. 온갖 꽃이 만발한 거리에서 일부러 더 곧게, 더 당당하게 걸었다.

회사로 돌아가는 길에는 랜드마크이자 이 도시에서 가장 높은 건물이 있었다. 고층 건물 아래에서 고개를 들어 보았지만, 오히려 여기서는 꼭대기가 보이지 않았다. 승진한 덕분에 CEO가 클래식 광고상 개막식에 특별히 자신을 데려갔고, 주최 측에서는 참석한 주빈들에게 고급 뷔페에서 오찬을 대접했다. 그곳의 음식은 정말 다양했고 고급스러웠으며 신선했고 맛있었다. 그런데 아테나는 그곳에서의 식사가 전혀 즐겁지 않았다. 어쩌면 같이 있던 사람들 때문인지도 몰랐다.

해산물 리소토를 뜰 때였다. 옆에서 자기 순서를 기다리던 사람이 "자꾸 퍼 가니까 리소토 모양이 엉망이 되잖아. 맛없어 보여."라고 불평했고, 그녀가 티라미수를 뜨자 어떤 사람이 나지막이 불만을 토로했다. "남은 게 별로 없잖아요. 새로 채워 줄 때까지 기다렸다가 가져가면 안 돼요? 아니면 다른 디저트를 먼저 먹어도 되잖아요. 이러면 나중에 온 사람이 못 먹을 수도 있다고요." 민트로 장식된 귀여운 체리 셔벗은 짐짓 인내심을 발휘해 채워질 때까지 기다렸다가 가져갔다. 그러자 누군가가 또 이렇게 말했다. "새로 가져온 걸 가져가면 안 되죠. 그럼 원래 있던 걸 누가 먹겠어요. 녹아 버리면 얼마나 아까워요."

너무나 불편한 식사였다. 그러나 분위기와 음식은 확실히 좋았다. 그녀는 다음 주 금요일 저녁, 황금 시간대로 식당을 예약했다. 일 년 넘게 동고동락한 팀원들과 함께 여기서 먹겠다고 충동적으로 결정하여 예약금으로 적지 않은 돈도 지불했다. 천하제일팀의 크리에이티브 디렉터 자리를 떠나면서도 한마음으로 함께해 줬던 팀원들에게 감사를 표하고 싶었다.

전우는 정말이지 너무나 중요했다. 전투할 때는 반드시 서로 등을 맞대야 했고, 모든 총구는 외부로만 향해야 했다. 방심하는 순간 칼을 맞을 수도 있다며, 전우가 내 엉덩이를 만질지도 모른다며 상대를 의심하는 순간, 전우와의 연대는 더는 유지될 수 없었다 — 메두사는 리더십이 있었고, 기획과 협업 능력이 뛰어났다. 페르세우스는 거의 모든 스타일을 소화할 수 있는 훌륭한 디자인 재능을 갖추고 있었다. 릴리스는 틀에서 벗어나는 사고에 뛰어났고, 티모시는 늘 맹점을 간파하며 버그를 잡아 냈다. 아테나는 자기가 운이 좋았다는 걸 아주 잘 알고 있었다. 오랫동안 타이완 업계를 떠나 있었는데 돌아오자마자 함께한 팀이 이토록 우수했으니.

그러나 이 점 때문에 아테나는 다음 리더를 결정하기가 더 어려웠다. 특히 페르세우스와 메두사는 동료, 파트너, 경쟁자, 친구 이상 연인 미만이라는 아주 다중적인 관계를 형성하고 있었다.

자기처럼 디자이너 출신인 페르세우스는 재능과 경력이 뛰어나 매우 안전하면서도 탁월한 선택이 될 게 분명했다. 특히 그녀는 비즈니스 부문이 "음기만 왕성하고 양기가 쇠락한" 회사에 남성 리더가 한 명이라도 더 생겨나기를 원한다는 걸 아주 강하게 느낄 수 있었다. 페르세우스가 이 자리를 맡는 건 아테나의 승진이라는 변화에 대응하는 일종의 균형 조치라고도 볼 수 있었다. 그녀는 회사에 돌고 있는 또 다른 소문에 대해서도 알았다. 메두사야말로 그녀가 점찍은 후계자라는 소문. 물론 그녀는 메두사를 볼 때마다 과거의 자신을 보는 듯했다. 메두사는 작성하는 기획서마다 수준이 뛰어났고 업무 결과도 안정적이었으며 결단력이 있으면서도 반응 또한 퍽 기민했다. 팀원들 모두를 배려할 줄도 알았다. 다 메두사가 중시하는 특징들이었다. 그러나 아테나는 요즘 같은 시대에도 여전히 확신할 수 없었다. 한 여성을 높은 자리에 올려 남성이 겪게 될 압박과 남성이라면 겪을 필요가 없는 압박 모두를 감당하게 하는 건 잔인한 일일까? 아니면 선의의 일일까?

"량모링 의원의 사무실은 성명을 발표했습니다. 오늘 오후 강에 투신해 자살을 시도했던 린칭펑 의원에게 공개적으로 사과를 했는데요, 의원 본인은 병문안할 때만 모습을 드러냈죠. 사과 성명을 발표한 뒤로도 아직 공개적으로는 모습을 드러내지 않고 있습니다……."

야외 LED 전광판에서는 오늘 오후 성폭력에서 무고로 뒤바뀐 사건에 대해 볼 수 있었다. 뉴스 채널이 현황을 여전히 뜨겁게 보도해 길에 서서 보기만 해도 튄 기름에 화상을 입는 기분이었다.

"여러분, 안녕하세요. 량모링입니다. 린모냥*을 반대로 말하면 량모링처럼 들리죠. 다들 저를 마조라고 불러 주시면 됩니다."

아테나는 동아리 신입생 환영회를 아직도 기억했다. 그때 량모링은 짧은 자기소개로 모두에게 강한 인상을 남겼다. 지금 뉴스에서 반복 재생되고 있는 건 자살을 시도한 의원을 방문하려고 병원에 갔다가 기자들에게 둘러싸인 그녀가 카메라를 피하던 장

* 林默娘. 마조 여신의 본명.

면이었다. 자기를 마조라고 부르라던 엉뚱한 소녀의 모습은, 그 장난스러운 자신감은 더는 찾아볼 수 없었다.

모링에게 전화를 걸어 볼까? 하지만 무척 바쁘겠지. 게다가 그 성질머리를 생각하면 지금 자기가 동정받고 있다고 여길지도 몰라…… 아니, 선수를 쳐 볼까. 전화가 연결되자마자 팀원들이 회식 참여를 안 한다고 불평을 쏟아 내는 거야. 한 명은 가족 행사가 있네, 다른 한 명은 마감이 있네, 또 다른 한 명은 입병이 났네 하면서 못 오겠다고 했다는 거지. 넷 중 셋이 완곡히 거절했는데, 이미 고액의 예약금을 냈다고, 그러니까 금요일 저녁에 같이 뷔페에 가 줄 수 없겠냐고 물어보면 되겠지. 되겠지……?

안 되지. 아테나는 깜빡하고 있었다. 네티즌이 모링을 뷔페 여사장이라고 부르고 있다는 걸. 그녀에게 뷔페에 가자고 했다가는 괜히 눈총만 받게 될지도 몰랐다.

휴대 전화에서 다이애나 크롤의 노랫소리가 들려왔다. 다이애나 크롤은 그녀가 가장 좋아하는 가수였고, 이 벨 소리는 그녀가 자신이 가장 사랑하는 사람을 위해 설정한 거였다. 그녀는 다급히 전화를 받았다. 미국에서 걸려 온 전화였다.

"하이, 베이비."

"마! 미!"

딸이 씩씩거렸다. 너무 일찍 귀가했다는 이유로 아빠가 외출을 금지했다면서 불평불만을 늘어놓았다. 전화기 너머로 난리법석 언쟁이 오가고 나서야 딸이 말한 이른 귀가가 새벽 3시였다는 걸 알게 되었다.

"집에 너무 일찍 왔다고 해서 나를 벌 줄 수는 없어. 빨리 아빠

한테 이러면 안 된다고 말해 줘! 주말에 파티가 있어. 다들 간다
고 했어. 아빠는 나를 가게 해 줘야 해!"

미국에 있을 때는 깨닫지 못했는데 타이완에 돌아와서 보니 딸
이 구사하는 중국어는 외국인이 하는 말과 다름없었다. 게다가
어색하기까지 한. 물론 책임의 소재를 따지자면 전적으로 아테나
의 탓이겠지만.

결국 딸은 아빠에게 불평했고, 아빠는 바깥 남자들의 추근거림
을 불평했다. 그러다가 전화를 끊었다. 아테나는 기분 좋게 웃었
다. 이렇게 추운 날 딸이 밤늦게 돌아온 게 불만스럽기는 했지만,
전남편이 딸 곁에 있으니 안심할 수 있었다. 전남편은 아주 훌륭
한 아빠였으니까.

비록 자신과 전남편의 관계는 동의 없는 섹스로 시작되기는 했
어도.

이 일을, 혹은 이 단어를, 그녀는 한참 뒤에, 한참 뒤에야 알게
되었다. 결혼을 하고, 아이까지 낳고 나서야 합법이라는 게 꼭 동
의를 의미하지는 않는다는 걸 알게 되었다. 당시 상황은 위법과
합법의 미묘한 경계에 있었다. 혹은 이렇게 말할 수도 있었다. 그
것이 합법인지 위법인지는 다 그녀의 말에 달려 있었다고. 그러
나 그때 그녀는 그 안에서 중요한 역할을 하는 시효성과 각종 디
테일을 잘 몰랐다. 심지어는 '이 정도면 안 될 것도 없지.'라는 현
실을 외면하는 마음으로 전남편과 사귀기 시작했다. 어쩌다 보니
결혼까지 하게 되었고, 전남편을 따라 바다를 건너 미국에 가 일
자리를 찾게 되었다.

이 '동의 없는 성관계'에 대해 아테나는 누구에게도 말한 적이

없었다. 오늘까지도 그녀는 확신할 수 없었다. 음주 뒤 분위기가 무르익었던 그날 밤, 그녀의 거절은 충분히 단호했을까. 얼마나 단호해야 충분한 걸까. 그날 밤의 자신이 정말로 동의하지 않았던 거라면, 연애, 결혼, 출산, 이민이라는, 자신이 그 뒤로 밟아 온 정상적인 노선들은 다 뭐가 되는 걸까.

전남편을 사랑했던가? 사랑했었다. 적어도 예전에는 그랬다. 다만…… 정상적인 교제와 시작이 좀 달랐을 뿐이었다. 그러면 안 되었던 걸까…… 혹은 이렇게 물을 수도 있었다. 그래도 되는 거였을까?

그녀는 여성들의 롤 모델이 되어야 하는 성공한 커리어우먼이었다. 그런데 스스로에게 무엇을 물어야 하는지도 알지 못하다니.

한참 지난 뒤 이혼하기는 했지만, 이것만큼은 꼭 말하고 싶다. 전남편은 언제나 좋은 남편이었고, 훌륭한 아빠였다. 결국 자기가 그를 저버린 꼴이 되었다. 전남편은 나쁜 사람이 아니었다. 혹은 이렇게 말할 수도 있었다. 나쁘더라도 가장 나쁜 사람은 아니었다고. 미국 회사에서 일할 때 그녀는 종종 인종이나 성별 때문에 혹은 인종과 성별 때문에 차별을 당하곤 했다. 그런 일이 줄어든 적이 없었다. 노골적으로 성희롱을 하는 사람부터 은근히 성상납을 요구하는 사람, 심지어 과장된 표정으로 두 손을 들면서 자기는 억울하다고, 그저 호의를 표했던 것뿐이라고 떠들어 대는 개자식까지. 아무리 봐도 그런 인간들은 자신의 전남편과 같은 감옥에 갇힐 자격이 없었다.

물론 감옥 운운한 건 다 비유일 뿐이었다. 타이완에서든 미국에서든 그녀는 자기가 겪은 인종 차별이나 젠더 차별을 단 한 번도 고발한 적이 없었다. 그렇기에 누구도 이 일로 감옥에 가거나 처벌을 받은 적도 없었다. 아테나는 이런 자신을 늘 자랑스러워했다 —— 그녀는 피해자라는 꼬리표가 싫었다. 자기가 그런 위치에 서는 것을 참을 수 없었다. 비(非)백인, 비남성이라는 이 두 역할만으로도 그녀는 이미 각종 어려움과 문제를 겪고 있었다. 여기에다 피해자라는 자리에 서서 울며 호소한다면 자신을 약자라고 여기는 세상의 의심을 현실로 만들어 줄 터였다. 그건 도저히 용납할 수 없었다.

다만 가끔, 아주 가끔이었지만, 화가 난 전남편이 "세상 남자는 다 똑같아."라고 딸에게 경고할 때면, 아테나의 머릿속에는 자기가 저항했던, 그러나 충분히 오래 하지는 못했던, 충분히 단호하지 못했던, 아무튼 무언가가 부족했던 그날 밤이 떠올랐다.

회사에서 한 블록 떨어진 교차로에 섰을 때였다. 건물 입구에 구급차가 서 있는 것이 보였다. 붉은빛이 번쩍이는 구급차 주변을 사람들이 둘러싸고 있었다. 순간 그녀의 심장이 움찔했다. 서둘러 휴대 전화를 들어 회사에서 온 연락이 없는지 확인했다.

없었다.

빨간불이 초록불로 바뀌었다. 아테나는 뛰듯이 길을 건넜다. 1층 정문에서 들것이 다급하게 나오는 게 보였다. 구급대원들이 필사적으로 응급 처치를 하고 있었다. 사람이 많고 혼란스러워 그녀는 흩어진 머리카락에 가려진 여성의 얼굴을 제대로 볼 수 없었다. 자기가 아는 얼굴인지 확인할 수 없었다.

"세상에, 살아 있기는 한 거야?"

"이미 죽은 것 같은데……."

아테나는 구급 대원을 따라 밖으로 나온 건물 관리인을 붙잡고 물었다.

"무슨 일이에요? 어느 회사 직원이에요?"

"아…… 거기…… 22층 건축 자재 회사요. 산후 우울증이었던 것 같은데. 여자 화장실에서 전동 유축기 전선으로 자살했어요……."

건물 관리인은 미처 정신을 차리지 못한 듯했다. 자기를 붙잡고 상황을 묻는 이들에게 멍한 얼굴로 똑같은 말만 반복했다.

다행이야. 동료는 아니라서 다행이야. 아테나는 안도의 한숨을 내쉬었다. 들것이 구급차에 오르는 걸 복잡한 얼굴로 지켜보다가 뒤죽박죽이 되어 버린 머리로 생각했다. 전동 유축기 전선으로도 자살을 할 수 있나? 대체 어떤 마음을 먹어야 그렇게 죽지?

미국에서 막 딸을 낳았을 때가 생각났다. 그때 아테나도 자기가 산후 우울증에 걸렸을지도 모른다고 몇 번이나 생각했었다. 하지만 아니었을 것이다. 그녀는 그런 사람이 아니었으니까. 일도 하고 아이에게 젖도 먹어야 하는 생활에 잠시 적응하지 못한 것일 뿐 버티면 나아질 거라고 생각했다. 그녀는 실제로 버텨 냈다. 산후 우울증이라는 것도 성폭력이나 성희롱 혹은 차별처럼 말하지만 않으면 없던 일이 되었다.

구급차의 날카로운 사이렌 소리는 안락한 의자에 앉아 있는 도시 사람들을 깜짝 놀래 일어나게 하려고 작정한 듯했다. 분노와 억울함이 가득한 소리는 얼어붙은 밤공기를 흔들어 산산조각 내려 했다. 색, 빛, 소리가 서로 충돌하며 아테나를 어지럽게 만들었다.

고층 건물 아래로 매섭게 부는 한겨울 바람이 아테나의 뺨을

칼날처럼 스치며 베었다. 그녀는 사람의 마음을 불안하게 하는
붉은 경고등을 넋을 놓고 보았다. 퇴근 시간이라 정체가 심했기
에 구급차는 한참 시야에서 머물다가 무사히 사라졌다. 사이렌
소리는 들리지 않는 듯하면서도 여전히 남아 있었다. 환청처럼
그녀의 귓가에서 맴돌았다.

딩동.

휴대 전화에서 희미하면서도 불분명한 이메일 알림 음이 났다.
환청 때문에 놓칠 뻔했던 소리였다. 그녀는 막 꿈에서 깨어난 듯
한 눈길로 휴대 전화에 뜬 이메일 알림을 보았고, 몸을 돌려 건물
안으로 들어갔다. 신호가 좋지 않아서 그랬을 수도, 미처 정신을
차리지 못해서 그랬을 수도 있었다. 아테나는 엘리베이터에 타기
전까지 이메일을 읽지 못했다. 메두사에게서 온 이메일이었다.

기차는 꿈을 꾼다

    화롄에서 타이베이로 가는 급행열차 안, 양팔에 쇼핑백을 하나씩 낀 그녀의 왼쪽 어깨에는 가방끈이 두 개나 겹쳐 있었다. 그녀는 오른쪽 귀와 오른쪽 어깨 사이에 휴대 전화를 인질처럼 끼고 있었고, 수십 명의 목숨을 어깨에 짊어진 여장군처럼 단호한 결의를 드러내면서 빠르게 걸음을 옮겼다. 화롄 방향, 그러니까 열차 꼬리 칸 쪽으로 가고 있는 거였다. 멀찍이 떨어져서 이 모습을 관망한다면, 왔던 곳으로 돌아가려는 헛된 발걸음이라는 숭고한 신화적 아름다움을 닮은 무언가를 찾을 수도 있었다.

    "여보세요? 여보세요? 말을 해 봐, 여보세요…… 들려? 여보세요? 전화가 왜 이 모양이야. 쓸모가 없네. 여보세요? 어보세요? 들리긴 들리는 건가…… 매달 288위안*이나 내는데 날로 먹고 있잖아. 여보세요……."

* 한화로 약 1만 2000천 원.

객실은 만석이었고, 몇몇 입석 승객은 무언의 약속이라도 한 듯 서로 거리를 두고 서 있었다. 나른한 오후, 의자 등받이에 몸을 비스듬히 기댄 사람들이 눈을 감고 꾸벅꾸벅 졸거나 초점을 잃은 눈으로 어딘가를 응시했다. 질주하는 기차와 달리 더없이 정적이면서도 무기력한 상태였다.

이때 사람들이 깨어났다. 한 명 한 명 도미노처럼 같은 방향으로 고개를 돌리더니 동일한 틀로 찍어 내기라도 한 듯 똑같은 표정을 지었다. 욕을 하며 지나가는 그녀의 뒷모습을 향해 혐오의 표정을 창처럼 던졌다. 안타깝게도 그 뒷모습조차 오래 볼 수는 없었지만. 네놈들 따위에게 내 뒷모습을 보여 주지는 않겠어, 하는 듯한 기백으로 그녀가 빠르게 움직이면서 곧 그들의 시야에서 사라졌기 때문이었다.

그녀가 떠난 뒤 객실은 모두가 고대하던 정적을 되찾았다. 도미노처럼 돌아갔던 고개들도 원래대로 돌아왔지만, 전과 똑같아진 건 아니었다. 그녀와 달리 자기는 우아하다고 여기는 우월감과 이런 상황에서는 필수적이라 할 조용한 뒷담화가 더해져 있었다.

"수준 떨어지네. 온몸의 군살이 부르르 떨리는 데다 뻔뻔할 정도로 시끄러워. 승객들을 다 깨우고 있잖아. 저런 아줌마들은 진짜 답이 없다니까. 기차에서 신호가 잘 안 잡힌다는 건 상식 아닌가?"

"나 방금 두 번이나 강간당한 것 같아. 하나는 시각 강간, 다른 하나는 청각 강간. 이런 건 국가가 배상 안 해 주나? 이제 나도 미투 쓸 수 있을 것 같은데!"

습하고 더운 여름, 열차는 짙푸른 양치식물이 무성하게 자란 산비탈에 바짝 붙으며 덜컹덜컹 움직였다. 산골짜기를 지나고 있어서 그럴까, 안에서 들리는 열차 소리가 무척 컸다. 질주하는 굉음이 산비탈과 객실 사이를 오가며 부딪치더니 세상의 다른 소리마저 모조리 먹어 치울 듯 울려 퍼졌다. 성량 조절도 못 한다면서 비웃는 소리도, 교양 있는 척 노려보는 시선도 집어삼켰다. 나름의 사정이 있을 수도 있잖아,라면서 그녀를 두둔하는 목소리도 집어삼켰다.

백색 소음은 너무나 컸고, 만족할 줄을 몰랐다. 먹고 또 먹고, 먹을수록 더 많이 먹었다. 백색 소음이 새하얀 빛을 발할 정도로 점점 더 짙어졌다.

덜컹덜컹, 덜컹덜컹.

그녀는 열차의 움직임을 역행하며 걸었다. 찻간을 몇이나 지났을까. 신호가 잡히는 자리를 찾으려던 생각을 결국 접었다. 딸이 그녀에게 휴대 전화 왼쪽 위에 표시되는 신호 강도를 읽는 법을 가르쳐 주었지만, 그곳에는 '신호 없음'이라는 글자만 떠 있을 뿐이었다. 노안이 온 그녀의 두 눈은 이 문구도 제대로 볼 수 없었다.

그녀는 이제껏 휴대 전화 서비스를 써 본 적이 거의 없었다. 그런데 정말로 도움이 필요한 순간에 아주 정중하면서도 냉정하게 서비스를 제공받을 수 없다는 답을 들은 것이다. 인생이라는 것이 실타래처럼 배배 꼬여 있다는 건 진즉 알고 있었지만, 그래도 기분이 정말로 더러웠다.

자기와 통화를 하고 있던 사람이 딸이었으니까.

몇 정거장 전, 다른 칸에 앉아 단잠을 자고 있을 때였다. 누군가가 그녀를 깨웠다. 어떤 학생이 기차표를 꺼내더니 자기 여자

여신 뷔페   229

친구 자리라면서 비켜 달라고 했다. 그녀는 그가 휘휘 흔들던 기차표를 제대로 보지도 못했다. 그러나 자기가 산 기차표에 문제가 없다는 건 확신할 수 있었다. 화렌역 매표 창구에서 직원에게 입이 마르도록 사정해서 구한 표였으니까. 게다가 철도 직원 전용 좌석이었다. 그렇게 얻어 낸 자리를 어찌 쉬이 양보할 수 있겠는가? 그녀 또한 기차표를 꺼내 청년 앞에서 휘휘 흔들었고, 노인 공경과 사람의 도리를 설파했다. 그러자 머리에 피도 안 말랐으면서 자기처럼 머리카락을 회색으로 물들인 놈이 '네가 그렇게 나올 줄 알았다'는 표정을 지었다. 자기 여자 친구와 함께 휴대 전화로 영상을 찍으면서 이런 말도 했다. 나이 들었다고 다 존중받을 수 있는 건 아니야, 넌 죽겠지만, 나는 자라겠지. 렌즈 뒤에 숨은 그의 표정은 딸이 그녀에게 보여 주었던 표정과 똑같았다. 정의의 사도라도 된 것처럼 굴지만 실제로는 이기적인 아줌마라고 욕할 때 보여 주었던 표정. 그녀도 막 욕지거리를 뱉으려고 할 때였다. 딸에게서 전화가 왔다. 요 계집애. 나보고 타이베이로 돌아가라고 한 걸 후회하는 게 틀림없어. 그녀는 서둘러 전화를 받았다. 그런데 한참을 불러도 딸의 목소리를 들을 수 없었다. 딸이 우느라 말을 못 하는 줄 알고 다급히 연달아 외쳤다. 엄마 보고 싶어? 이번 역에서 내릴게. 내려서 다음 기차 타고 돌아갈게. 그녀는 말을 하면서 무의식적으로 신호가 잘 잡히는 곳을 찾아 이동했지만, 전화는 어느새 끊어져 있었다. 자기 자리는 회색 머리 애송이의 여자 친구 자리로 바뀌어 있었다. 아줌마 엉덩이 때문에 좌석이 뜨거워졌다면서 질색까지 했다.

열차가 커브를 돌면서 꼬리를 흔들었다. 그녀도 기우뚱 흔들렸다. 쥐고 있던 휴대 전화가 날아가 버렸다. 부리나케 휴대 전화를 주워 온 그녀는 고장이 나지는 않았는지 바로 확인했다. 고개를 들자 객실 안 사람들 절반이 자기를 보고 있는 게 보였다.

뭐 어때. 어차피 곧 내릴 텐데. 일단은 딸이 자기에게 무슨 말을 하려고 했는지를 확인하는 게 더 중요했다. 그녀는 아무 말도 하지 않았다. 언짢아하는 얼굴로 비좁고 답답한 칸막이 좌석 안쪽으로 몸을 들이밀 뿐이었다. 짐칸에 올려 두었던 크고 작은 가방들을 모두 챙겼고, 가방을 꺼낼 때 일부러 그 아래에 있는 애송이들을 툭 치기도 했다. 그리고 이 모든 과정을 애송이들의 렌즈가 찍고 있었고.

짐을 모두 챙겨 열차 꼬리 칸 쪽으로 걷기 시작했다. 전화를 몇 번이나 했지만 번번이 실패했다. 그녀는 번뇌하기 시작했다. 혹시 무슨 일이 생긴 건 아닐까? 의사랑 간호원이 돌보고 있지 않나? 대체 왜 전화를 안 받지? 분명 아까 내게 전화했는데.

그 백색 소음, 모든 소리를 집어삼키던 백색 소음이 혹시 딸도 먹어 버린 건 아닐까?

덜컹덜컹, 덜컹덜컹.

드디어 전화 걸기를 포기했을 때, 그녀는 이미 꼬리 칸에 와 있었다. 역시나 만석이었다. 그녀는 조용히 좌석 등받이를 찾아 몸을 기댔다. 그러자 앉아 있던 중년 여성이 벌떡 일어나며 아주머니 여기 앉으세요,라며 자리를 양보했다. 그녀는 황급히 손을 내저으면서 거절했고 속으로 혀를 찼다. 이봐, 아주머니라니. 나랑 나이 차도 얼마 안 나는 것 같은데. 내가 자네에게 자리를 양보받을 정도는 아니라고.

그녀는 어색함을 피하려고 꼬리 칸 끝 쪽으로 몇 걸음 더 옮겼다. 비어 있는 짐칸을 찾아 들고 있던 쇼핑백과 백팩을 올려놓고 다른 좌석 등받이에 몸을 기댔다. 앉아 있는 승객을 깨우지 않도록 조심조심 행동했다.

한바탕 난리를 쳐서 그럴까, 다시 졸음이 쏟아졌다. 젊었을 때 그녀는 기차만 타면 잠이 들곤 했었다. 기차의 흔들림과 덜컹거리는 소리는 최면 도구와도 같았다. 게다가 이 기차는 소리가 유달리 크고 운행할 때 심하게 흔들려서 더더욱 졸렸다.

젊은 시절, 딸을 데리고 기차를 탔을 때였다. 딸이 가장 좋아한 건 창밖 풍경이 아니었다. 깊은 밤이 되거나 터널 안에 들어갔을 때 거울처럼 바뀌는 유리창이었다. 잠들었던 그녀가 흐릿한 의식으로 어딘지 모를 객실에서 깨어날 때면, 까만 유리창을 반짝이는 눈으로 응시하고 있는 딸을 제일 먼저 볼 수 있었다. 창밖에는 분명 아무것도 보이지 않았다. 멀리서 반짝이는 불빛과 객실의 은은한 조명이 서로 겹치고 흔들리면서 만들어 낸 빛의 점들뿐이었다. 또 모녀와 다른 승객들의 얼굴이 그리다 만 소묘처럼 검은색 거울 위에 어렴풋이 아른거렸다.

딸은 말했다. 기차가 꿈을 꾸는 거야. 꿈을 꾸는 기차는 너무나 아름다웠다. 그래서 잠들기 아쉬웠다.

병원 간호원들은 수면 시간에 맞춰 기차나 파도, 에어컨, 숲속 바람 등 여러 소리를 딸에게 들려주곤 했다. 그때 그녀에게 간호원이 백색 소음에 대해 알려 주었다. 백색 소음이 잠드는 데 도움이 된다나. 어쩐지 기차만 타면 잠이 오더라니. 이게 다 백색 소음과 관련이 있었던 거였다.

아, 아니지. 간호원이라고 하면 안 되지. 간호사라고 해야지. 딸이 그녀에게 몇 번이나 이야기했는데도 그녀는 늘 잊었다.

그런데 병원에서든 기차에서든, 자기가 금세 잠든 뒤 딸은 뭘 했을까? 자기 옆에서 또 아주 먼 곳으로 떠나 버렸던 건 아닐까?

그녀는 자기의 잠을 불면에 시달리는 딸에게 줄 수 있으면 좋겠다고 생각했다. 그러면 딸이 더는 수면제를 먹지 않아도 될 터였으니까.

덜컹덜컹, 덜컹덜컹.

화렌에서 상행하는 기차 안, 처음에는 새파란 바다와 하늘로 채워져 있었던 창밖 풍경이 지금은 습한 산의 짙푸른 양치식물로 바뀌어 있었다. 막 생산 라인에서 나와 다른 지역으로 운반되기만을 기다리는, 희석되고 재가공되어 다양한 녹색 물건으로 탄생할 농축 원액과도 같은 순수한 녹색이었다. 그녀는 매일 아침에 딸이 먹던 루테인을 떠올렸다. 창밖 녹색이 다른 곳의 녹색보다 열 배는 더 짙으니 그만큼 눈에도 더 좋지 않을까. 그래서 진지하게 밖을 응시하기 시작했다.

창가 자리에 앉은 이들은 대부분 자고 있었다. 해안 지역을 달릴 때 햇빛을 막으려고 쳤던 커튼이 창문 절반을 가리고 있었다. 자기를 보던 딸의 차가운 눈빛이 다시 떠올랐다. 그녀는 몸을 뻗어 다른 사람 자리에 쳐진 커튼을 힘껏 젖히고 싶었다. 간신히 욕망을 억누른 그녀는 커튼 사이로 살짝 드러난 좁고 긴 창문을 조금 억울하다는 듯 응시했다. 기차가 빠르게 움직였다. 창밖 디테일이 순식간에 흩어지고, 남은 거라고는 진갈색, 검푸른 색, 황갈색, 회색 같은 크고 작은 색 덩어리들뿐이었다. 그 덩어리들조차 유리창을 가로지르며 스치듯 날아갔다. 오래 쳐다봤더니 만화경을 보는 듯해 잠이 더 몰려왔다.

어휴, 좀 더 버텨야지. 잠을 잘 수는 없어. 다음 역에 내려서 딸에게 전화해야 해.

덜컹덜컹, 덜컹덜컹.

기차가 터널에 진입했다. 이 구간에는 산도 많았고 터널도 많았다. 터널이 길지는 않았지만 매우 밀집해 있어 어둠이든 빛이든 다 짧게 지속되었고 반복적으로 교차했다. 푸르름이 끝나 터널로 진입하는 순간이면 그녀는 늘 딸을 떠올리곤 했다. 화롄과 타이베이를 오갈 때마다 딸도 이곳을 지났겠지. 아직도 기차가 꿈을 꾼다면서 창문 구경하는 걸 좋아할까? 그러나 이런 꿈은 뒤죽박죽 엉망진창으로 진행되다가 빠르게 끝났다. 꿈에서 깬 지 얼마 되지 않아 곧 다른 꿈으로 떨어져야 했고. 얼마나 불편했을까. 그런데 의사는 딸이 오랫동안 이런 궤도 위에서 살아왔다고 했다. 홀로 궤도 위에서 달리고 있었다고 했다.

이게 무슨 궤도라는 거지? 이런 것도 궤도일 수가 있나? 삶이 궤도에 올랐다는 건 안정적으로 일상을 살아간다는 건데. 정상적인 사람이 어떻게 이런 변화를 겪을 수 있다는 거지. 엄마 아빠가 힘겹게 일해서 번 돈으로 화롄에 있는 대학원까지 보내 줬는데. 의식주를 해결해 주고 공부도 하고 놀 수도 있게 해 줬는데. 어째서 우울증인지 조울증인가에 걸린 거지. 이게 맞는 일이라고? 대체 우울해할 게 뭐가 있는데? 먹고사는 것도 걱정할 필요가 없는데 대체 왜 죽으려고 하지?

이제껏 딸은 이런 질문들에 답해 준 적이 없었다. 그저 얼굴을 찌푸릴 뿐이었다. 어둡게 빛나는 창문 유리창에 비친 저 젊은 여자아이의 옆얼굴처럼. 창문에 비친 코, 턱, 눈, 입술은 선이 모두 뚜렷했다. 분명히 예쁘게 생긴 얼굴이었다. 그런데 어째서 전 세계가 그녀에게 빚이라도 진 듯 구는 걸까. 요즘 애들은 곗돈 떼이는 게 뭔지 알기나 하나? 종일 죽을상을 짓고는. 병원 간호사가 젊은이들 사이에서 염세주의가 유행한다고 했다. 뭐? 세상이 싫다고? 아직 사회에 나가 보지도 않은 것들이 세상이 어떤 곳인지도 모르면서 싫어하기는 뭘 싫어한다고.

덜컹덜컹, 덜컹덜컹.

기차가 터널을 벗어났다. 몸에 좋은 녹색이 다시 유리창으로 돌아왔다. 그런데 왜 루테인을 많이 먹으면 피부가 누레질 수 있다는 거지? 눈에 좋은 색은 녹색이니까 많이 먹으면 푸르게 변해야 하는 거 아닌가?

그러고 보니 그녀의 얼굴에도 푸른빛이 돈 적 있었다. 그날 전화를 받았을 때, 딸이 자살을 기도해 응급실로 실려 갔다는 학교의 전화를 받았을 때였다. 그때 그녀는 얼굴이 새파랗게 질렸다. 그런데 이상하게도 손에 들린 뒤집개는 철판 위에 놓인 단빙*을 빠르고 정확하게 자르고 있었다. 사람의 마음과 몸이 진짜로 분리되기라도 한 것처럼. 철판 주변에는 조식을 사서 출근하려는 손님들이 줄을 서 있었다. 이들 또한 세상에 질렸다는 듯한 얼굴이었다.

하지만 그들은 자살하지는 않았다.

* 蛋餅. 타이완의 가장 흔한 조식 메뉴 중 하나다. 철판 위에 얇게 부쳐 낸 피에 햄, 치즈, 채소, 베이컨 등 각종 속 재료를 넣어서 전용 간장에 찍어 먹는다.

여신 뷔페

그녀는 이제껏 세상이 어떤 존재인지 생각해 본 적이 없었다. 루테인이 어째서 루테인이라고 불리고 많이 먹으면 몸이 노래질 수 있는지, 눈에 보이지도 않는데 어째서 어떤 소음은 백색 소음이라고 불리는지 생각해 본 적이 없듯이.

덜컹덜컹, 덜컹덜컹.

녹색도 몇 분 지속되지 못했다. 기차가 다시 산속 터널로 들어간 것이다. 이번에 창문 유리창에 비친 건 어떤 남자의 웃음이었다. 이상하다. 조금 전에 저기서 어떤 여자가 죽을상을 하고 있지 않았나? 그녀는 눈을 깜빡인 뒤 다시 자세히 보았다. 맞잖아. 어떤 남자의 웃음이 맞았다. 그런데 이유는 알 수 없었지만 그 웃음이 너무 싫었다.

요즘 사람들은 염세주의자이거나 웃어도 얄밉게 웃네. 웃음조차 얄밉다니. 대체 뭐가 문제지? 예전에 손님들이 자주 했던 말이 떠올랐다. 아주머니, 아주머니의 환한 웃음을 보면 저도 아침 내내 활기가 넘친다니까요. 그녀는 허공을 보고 스스로 자랑스럽게 여기는 환한 미소를 지었다. 뺨을 만져 보고는 아직도 능히 이 미소를 지을 수 있다는 걸 확인했다.

그런데 이 기술들이 어째서 딸에게 유전되지는 않았을까?

덜컹덜컹, 덜컹덜컹.

이 길에는 터널이 정말 많았다. 유리창이 밝아졌다가 다시 어두워지고, 녹색이 검은색으로 변했다. 이번에 비친 건 처음에 보았던 얼굴이었다. 죽을상을 한 여자. 그런데 표정이 아까보다 더 좋지 않았다. 예쁜 얼굴을 낭비하고 있었다.

저 아이의 아빠, 엄마도 자기와 비슷하겠지. 자기 딸을 어찌해야 할지 몰라서 고민하고 있겠지. 그녀는 주머니에서 휴대 전화를 꺼냈다. 여전히 신호가 잡히지 않았다.

덜컹덜컹, 덜컹덜컹.

남자의 웃음.

덜컹덜컹, 덜컹덜컹.

젊은 여자가 죽을상을 지었다.

덜컹덜컹, 덜컹덜컹.

남자의 웃음.

덜컹덜컹, 덜컹덜컹.

이상하다. 같은 유리창인데 어째서 터널을 지날 때마다 비치는 게 달라지지? 깊은 산속 터널 안 모신아*가 그녀에게 농담이라도 하는 듯했다. 아이가 가지고 노는 플라스틱 인형 같기도 했고. 버튼을 누르면 곧장 얼굴이 바뀌는 그런 인형 말이다. 딸깍딸깍하는 소리에 희로애락이 뒤바뀌고 딸깍딸깍하는 소리에 표정이 달라지는 인형.

딸은 기차가 꿈을 꾼다고 했는데. 혹시 기차가 악몽을 꾸고 있나? 아니면 딸의 병실에 너무 오래 머물렀거나. 그래서 바로 옆 병실에 있는, 걸핏하면 벽에 머리를 박던 사람한테서 정신병이 전염된 건가?

이런 말을 했다가는 딸에게 욕을 얻어먹을 게 분명했다. 뭐라 더라, 정치적으로 올바르지 않다고 했다. 그래서 그녀가 인생에

---

* 魔神仔. 타이완 고유의 괴력난신. 타이완에서는 산에서 사람이 실종되면 모신아에게 끌려갔다고 말하곤 한다.

대해 가르쳐 주려고 하면 또 이렇게 말했다. 그건 너무 올바르다고, 정치적 올바름을 지나치게 추구하는 거라고. 하, 진짜. 자기 말이 다 옳다 이거지.

병실에 있을 때는 뭐든 딸의 말대로 해 주었다. 약 먹기 싫다고 하면 비타민인지 루테인인지를 같이 먹어 주었고, 엄마 돌아가, 매일 여기에 있으면 내가 스트레스를 받는다고,라는 말에 바로 짐을 챙겨 타이베이로 돌아갔다. 마음을 단단히 먹은 척 높은 건물 병실에 딸을 홀로 남겨 두고 떠날 수 있을 것처럼 행동했다.

그녀는 딸이 하자는 대로 뭐든 해 주었지만, '왜'라는 말만큼은 도저히 할 수가 없었다. 왜 그랬냐고, 대체 무슨 일이 있었기에 자살까지 하려고 했냐고 물어볼 수가 없었다. 의사가 물어보지 말라고 했으니까. 그래서 물을 수가 없었다. 요즘 같은 세상에서는 엄마가 자기 아이에게 뭘 물어봐도 의사에게 욕을 먹을 수 있었다.

그녀는 묻고 싶은 게 너무나 많았지만 감히 물어볼 수가 없었다. 딸도 답하고 싶어 하지 않았다. 두 사람의 소리는 모두 백색소음에게 잡아먹혔다.

덜컹덜컹, 덜컹덜컹.

이번에 유리창에 비친 건 젊은 여자의 얼굴이었다. 어찌나 얼굴을 찌푸리는지 곧 울음을 터뜨릴 것처럼 보였다.

그녀는 결국 몸을 돌렸다. 유리창에 비친 사람이 남자인지 여자인지, 아니면 모신아인지 확인하고 싶었다. 승객들은 다들 자고 있었다. 깨어 있는 몇몇도 고개를 푹 숙인 채 휴대 전화를 들여다보고 있었으니 수면 상태에 접어든 셈이었다. 그녀는 주변을 둘러보았다. 빠르게 좌석 하나를 찾아낼 수 있었다. 여러 명이 함께 앉는 칸막이 좌석이었다. 그 좌석에 앉은 남녀는 확실히 다른 승객들과 동작이 달랐다.

좌석 등받이와 다른 승객들 때문에 시야가 막혀 그녀가 있는 곳에서는 웃는 남자만 제대로 볼 수 있었다. 그는 손을 뻗어 젊은 여자의 어깨를 잡았고, 자기 쪽으로 끌어당기려 하고 있었다. 그리고 죽을상을 한 아이는 다가오는 남자의 얼굴과 손 그리고 또 다른 신체 부위를 피하려고 이리저리 움직였다. 남자 또한 요리조리 들이댔다. 열차의 덜컹거리는 소리가 너무 커서 그럴까. 아니면 너무 세게 덜컹거려서 그럴까. 이유는 알 수 없었지만 두 사람 사이에 벌어진 이 작은 추격전은 그녀가 유리창에서 보았던 것처럼 소리 없이 이루어지고 있었다. 젊은 여자의 미약한 반응은 좁은 좌석을 벗어날 수 없었고, 자거나 깨어 있는 승객도 이를 알아차리지 못했다. 오직 그들의 얼굴만 이리 당기고 저리 피하면서 움직였기에 그녀가 보고 있던 작은 창문 틈에 교차하며 나타났던 거였다.

만석인 객실에서 이 사건을 알고 있는 사람은 오직 셋뿐인 듯했다. 다른 이들의 시선은 모두 아래를 향하고 있었다. 못 봐서 그런 건지 아니면 딱히 보고 싶지 않아서 그런 건지는 알 수 없었다. 그런데 그녀는 분명히 일부러 몸을 돌렸다. '나는 몰랐어.'라는 다수 속으로 자신을 숨기고 싶었다.

그러나 그녀는 이미 알아 버렸다.

덜컹덜컹, 덜컹덜컹.

같은 자세, 같은 각도로 돌아갔기에 그녀는 기차가 터널로 들어갈 때마다 유리창에 비친 남자의 웃음을 볼 수밖에 없었다. 이제 그녀는 남자의 웃음이 얄미웠던 이유를 알게 되었다. 그런데 저 여자아이는 어째서 소리를 지르지 않는 걸까? 성희롱을 당하고 있든, 이상한 아저씨를 마주쳤든 큰 소리로 외쳐야 할 텐데. 아니면 벌떡 일어나 자리를 피할 수도 있고. 혹시 두 사람은 연인일까. 괜히 나서서 참견했다가 욕만 먹을 수도 있지 않나. 그리고 저 남자가 폭력을 써서 맞기라도 한다면? 한눈에도 이 객실에는 그녀를 구해 줄 만한 사람이 없었다.

하, 이건 저 여자가 잘못한 거지. 진짜로 나쁜 놈을 만난 거라면 소리를 질러야 해. 소리도 못 지르고 저항도 저렇게 소극적이라니. 저러면 사람들이 무슨 수로 알아채고 도와주겠어?

그녀는 딸이 자기에게 정의의 사도인 것처럼 굴지 말라고, 조심히 행동하라고 말했던 걸 떠올렸다. 요즘 사람들은 다 휴대 전화를 가지고 있어서 언제든 그 모습을 녹화할 수 있다고, 인터넷에 올리기까지 한다고 했다.

그녀는 정의와 인터넷이 무슨 상관인지 알 수 없었다. 인터넷에서는 정의가 좀 더 정의로워지나? 기차가 덜컹덜컹 터널 안으로 들어갔다. 유리창에서 젊은 여자의 죽을상을 다시 보았을 때, 딸아이와 똑같은 표정을 한 얼굴을 다시 보았을 때, 그녀는 돌연 먼 옛날을 떠올렸다. 십몇 년 전의 일이었다. 그때 그녀는 기차에서 똑같은 장면을 본 적이 있었다. 그때 어떤 아가씨가 똑같은 표정을 지었더랬다.

그때 그녀는 아직 젊었고, 자기가 뭘 할 수 있는지 잘 몰랐다. 그런데 어떤 사람이 다가가 뭐라고 말했다. 기억 속의 그 요원한 시공간에서 사람들의 얼굴은 모두 모호했지만, 그 사람이 다가가서 했던 말은, 그 목소리는 너무나 뚜렷하면서도 생생했다. 마치 조금 전 귓가에 울리기라도 한 것 같았다. 터널과 기차 사이에서 울리는 이 백색 소음은 모든 걸 집어삼킬 수 있었지만 오직 그것만큼은 삼키지 못했다.

그녀는 유리창에 비친 젊은 여자의 얼굴을 다시 보았다. 희미한 기억이 떠올랐다. 십몇 년 전에서 또 십몇 년 전, 자기도 젊은 여자였을 때, 저런 표정을 몇 번 지었다.

그녀의 딸도 이런 표정을 지은 적이 있을까? 그때 누군가가 목소리를 내 주지는 않았을까? 정의의 사도인 척 나서서 딸을 도와주지는 않았을까? 만약 그랬다면, 정말 그랬다면, 지금 그녀의 딸은 병원에 있지 않을 수도 있지 않을까?

덜컹덜컹, 덜컹덜컹.

기차가 터널에서 나왔다. 그녀는 몸을 돌려 그 좌석을 향해 걸어갔다.

흘깃 남자를 보았다. 남자는 젊은 여자의 몸에 얹고 있던 손을 빠르게 거두더니 그녀를 경계하듯 살폈다.

"아가씨, 여긴 내 자리야. 좀 비켜 주겠어?"

십몇 년 전에 들었던 그 뚜렷하면서도 생생한 목소리가 그녀의 입에서 튀어나왔다. 소리는 창밖 녹색처럼 투명하면서도 반짝였다.

젊은 여자는 살짝 고개를 들었다. 어찌 된 영문인지 몰라 잠시 넋이 나간 듯했다. 금방이라도 눈물을 쏟아 낼 것 같은 눈으로 그녀를 보았다. 표정이 순식간에 수천 번이나 변했다. 그 표정 하나하나에는 감사의 마음이 가득할 게 분명했다.

"저, 아주머니, 여기는 제 자리예요. 보세요, 번호가 같은걸요……."

여신 뷔페

젊은 여자가 잠시 뒤적이더니 기차표를 꺼내서 보여 줬다.

뭐, 아주머니라고? 그녀는 화가 났다. 순식간에 배 속에 화가 차올랐다. 네 엄마는 맨날 뼈 빠지게 일을 했는데, 해 뜨기도 전에 일어나 재료를 준비하고 조식만 이삼십 년을 만들었는데, 돈이 아까워서 옷 한 벌도 못 사 입었는데, 그렇게 번 돈으로 널 대학원까지 보내 줬는데, 근데 하라는 공부는 안 하고 이 지경이 되다니! 안 봐도 뻔하지! 대체 공부를 어떻게 한 거야. 이렇게 멍청해서야. 네 엄마는 네가 이렇게 바보 같다는 걸 알고 있어? 너희 같은 젊은이들이 사회를 맡느니 차라리 공산당이 쳐들어오는 게 낫겠어!

"이년이 진짜. 화가 나서 참을 수가 없네. 좀 일어나라고. 졸려 죽겠는데 노인네 좀 앉아서 가라고 하면 큰일 나? 너 같은 젊은 애들은 분수를 몰라. 어른이 가르친 걸 제대로 듣는 법이 없지. 스승을 공경하고 노인을 존경할 줄 모른다고. 나이도 어린 게 좀 서 있으면 죽기라도 하나. 곧 타이베이에 도착할 텐데, 오래 서 있어야 하는 것도 아니잖아. 아까 저쪽에 서 있었더니 다리가 다 저리다고. 자리를 양보하지 못하겠다는 거야?"

그녀가 높인 목소리는 주변 승객들의 시선을 순식간에 끌어모았다. 수군거리는 소리도 났지만 기차의 굉음에 빠르게 짓밟혔다. 누군가는 휴대 전화를 들어 그녀를 찍는 듯했다. 이상한 일이었다. 조금 전 증거를 남겨야 했을 때는 다들 뭘 하고 자빠졌다가 이제야 녹화에 나선 거야.

"아, 네. 아주머니, 여기 앉으세요."

젊은 여자는 머뭇거리다가 자리에서 일어나 현장을 떠났다. 남자는 한마디도 하지 않았다. 두 사람은 진짜로 모르는 사이인 듯했다.

그녀는 맡겨 놓은 걸 되찾듯 거리낌 없이 엉덩이를 좌석에 얹었다. 벨벳 재질의 좌석에는 아직 젊은 여자의 체온이 남아 있었다. 곁눈질을 하니 남자가 자기를 보고 있었다. 그녀는 조금 긴장되었지만 용기를 내서 남자를 노려보았다. 그러자 남자가 무의식적으로 시선을 피했다. 그녀는 그 틈을 타서 외투로 얼굴을 덮고 자는 척을 했다.

잘 수 있을 리가 없었다. 긴장되네. 다들 이쪽을 보고 있잖아. 창피해 죽겠어. 그래도 이 남자가 젊은 여자에게 더는 성희롱을 못 하겠지. 나한테 무슨 짓을 하지는 않겠지. 진짜 인간쓰레기네. 이놈 때문에 자리에 앉아서도 잘 수가 없잖아.

그녀는 휴대 전화를 꺼내 확인하고 싶었다. 이제 신호가 돌아왔을까. 그런데 움직일 수가 없었다. 남자도 움직이지 않는 게 좋을 것이다. 누구도 움직이지 말고 그냥 다 같이 가만히 있자.

외투 너머로 누군가가 미친년이라고 욕하는 소리가 들린 듯했다. 그러나 기차 소리가 너무나 컸기에 그런 불만의 소리도 쉽게 뭉개져 똑바로 들을 수 없었다. 그녀는 속으로 생각했다. 병실로 돌아가면 딸에게 이 이야기를 들려줘야겠어. 인생이라는 게 있잖아, 사실 다른 사람들이 뭐라고 지껄이든 신경 쓸 필요가 없어. 저들은 성희롱도 못 본 척하는 놈들이거든. 아줌마 욕도 대놓고는 못해서 멀리서 속삭이는 놈들이라고. 저딴 놈들의 생각 같은 건 신경 쓸 필요도 없어.

덜컹덜컹, 덜컹덜컹.

기차의 백색 소음이 너무 강해서일까, 조금 전까지만 해도 긴장해서 어쩔 줄 몰라 하던 그녀는 놀랍게도 잠이 들었다. 덜컹덜컹, 덜컹덜컹. 찻간은 세상에서 잠자기에 가장 좋은 곳이었다. 그녀는 꿈에서 딸을 보았다. 딸이 꼬마였던 시절이었다. 딸은 어렸을 때 가장 좋아했던 녹색 원피스를 입고 있었다. 강아지처럼 창가에 엎드린 채 기차가 꾸는 꿈을 보고 있었다. 슝 하고 미끄럼틀을 타고 내려오기도 했고, 나비처럼 그녀의 발치에서 빙빙 맴돌며 날고 또 날았다. 펄럭이는 치맛자락은 가장 순수하면서도 선명한 원료로 만들어진 듯했다. 산을 지날 때 기차 창문 너머로 보이는, 조금도 희석되지 않은 원액 그대로였다.

얼마나 아름다운 나이인가. 그 무엇도 내 딸을 다치게 할 수는 없어. 그건 딸 자신도 마찬가지야.

덜컹덜컹, 덜컹덜컹.

동창회

자스민은 동창회 내내 긴장했다.

온몸으로 긴장한 채 그 사람이 나타나기만을 기다렸고, 그 사람이 나타난 뒤로는 신경을 곤두세우면서 그가 어디로 가는지, 누구와 이야기하는지, 자기와 얼마나 떨어져 있는지 곁눈질로 살폈다. 자스민은 그 사람의 움직임에 따라 자기 몸이 향하는 곳이 조금씩 달라지는 것을, 그 사람을 '향하고 있는' 자기 몸의 일부도 함께 긴장하며 경계하는 걸 느낄 수 있었다. 얼굴의 웃음조차 이에 영향을 받아 어딘가 어색해져서 완벽하게 아름답지 않았다. 딱딱하면서도 쉬이 부서질 수 있는 웃음이었다.

그러나 다른 이들이 보기에는 전혀 이상한 점이 없었다. 자스민은 다른 이들의 눈에 꽃처럼 보일 수 있도록 연기하는 데 능숙했다. 연기에 능숙하기만 한 게 아니라 열중하기도 했다. 자스민의 미소는 이제껏 어색한 적이 없었고, 다른 이의 마음에 스며들 수 있을 만큼 찬란했다. 모두 그런 그녀를 좋아했다. 혹은 이렇게 말할 수도 있을 것이다. 사람들은 자스민이라는 사람이 아니라 '샤오화'*를 좋아했다. 자스민은 아름다우면서도 섬세했지만 예민했기에 쉬이 어울릴 수 있는 사람은 아니었다.

"자스민도 이제 임원이 되었다니. 예전에 학교 다닐 때는 너 같은 여자애도 팀장이 될 수 있을 거라고는 상상도 못 했는데."

같은 테이블에 앉은 동창의 말에 사람들이 큰 소리로 웃었다. 자스민도 함께 웃었다. 짐짓 화난 척하며 반박하려고 하면서 남몰래 그 사람이 어디 있는지도 확인했다.

그 사람은 바에서 바텐더에게 술을 시키고 있었다.

흘깃 위치를 확인한 뒤 곧장 시선을 거뒀다. 그런데 다른 동창들의 얼굴을 스치며 지나가는 자신의 시선이 자의식이라도 생긴 듯 무언가를 찾고 있었다.

뭘 찾고 있는 거지?

"씨발, 말도 마. 내가 이 자리에 오르려고 몇 명이랑 자야 했는데. 아무리 생각해도 밑지는 장사였다니까!"

그러자 다시 모두가 웃었다. 이번에는 몇 초 전에야 겨우 멈춘 지난번 웃음보다 소리가 훨씬 더 컸다. 다른 테이블에 앉은 동창들이 목을 길게 빼며 이쪽 테이블을 쳐다볼 정도였다.

'샤오화'가 앉은 테이블은 늘 다른 곳보다 재미있었다. 학창 시절부터 모두가 알고 있던 바였다.

* 샤오화(小花)는 아름다운 여성, '여성성'이 두드러지는 여성을 비유적으로 지칭하는 말로서 호칭으로 쓰이기도 한다. '학교', '학과'의 뜻을 가진 어휘들과 결합하여 쓰이는 것이 그 예다. '샤오화(校花)'와 '시화(系花)'는 각각 학교와 학과의 퀸카를 의미한다.

그녀는 '자스민'이라는 이름처럼 외모는 여성스러웠지만, 말을 뱉을 때만은 그렇지 않았다. 자스민은 욕설을 할 때 유달리 막힘이 없었고, 야한 농담을 할 때면 특히 유쾌했다. 그녀가 장기간의 연습을 통해 이루어 낸 성과였다. 자스민 본인도 자기가 뛰어나게 잘한다는 걸 알았다. 그녀의 사회적 관계망에서 샤오화는 자스민을 대체했고, 종속과문강문계라는 생물 분류 체계의 학술명 대신 작은 꽃이라는 애매한 통칭으로 불렸다. 온화한 첫인상에 중성적인 행동을 덧씌우기도 했다. 대신 자스민은 스스로를 숨김으로써 더 안전하다고 느낄 수 있었고, 디테일을 지적당하는 난처한 상황을 피할 수도 있었다.

안전 이야기가 나왔으니 하는 말인데…… 자스민은 의자 등받이에 걸쳐 놓은 외투에 손을 뻗는 척하면서 다시 위치를 확인했다. 그 사람은 두 테이블 너머에서 그 패거리들과 술을 마시고 있었다. 자스민과 그 사람 사이에는 테이블 두 개와 이리저리 오가는 사람들까지 있으니 그는 자스민을 볼 수 없을 터였다. 혹은 이렇게 말할 수도 있었다. 우연에 우연이 겹쳐 공교로워지거나 아주 주의 깊게 의도해야만 그는 자스민을 볼 수 있었다.

자리에 앉아서 자스민은 그 사람의 위치를 확인하는 동시에 웃으며 떠들었다. 자스민의 웃음과 말에서는 어떤 변화도 알아챌 수 없었다. 겨우 이런 일로 사람들에게 폐를 끼칠 수는 없었으니까. 그러나 그 사람의 위치를 확인한 후에도 자스민은 주변을 두리번거리지 않을 수 없었다. 자기 시선이 감옥 감시탑의 탐조등이라도 된 것 같다는 생각이 들 정도였다.

그런데 대체 뭘 찾고 있는 거지? 자스민 자신도 명확히 알 수 없었다.

그녀는 테이블 위로 웃음소리가 울려 퍼지면 때맞춰 동참했고, 시선 또한 사람들이 보면서 이야기하고 있던 아이 사진으로 적절히 옮겼다. 그 테이블에 앉은 이들은 3분의 2 이상 아이가 있었다. 배우자나 아이를 데려오지 않기로 한 오늘 모임이었지만, 아이들은 자리에 없는데도 그 누구보다 강렬한 존재감을 드러냈다. 휴대 전화 배경 화면에서도, 가죽 지갑 안에서도, 쉴 새 없이 이어지는 수다에서도 나타났다. 자스민은 그들 모두 자기 아이에 대해서만 이야기하고 싶어 할 뿐 남의 아이에게는 관심이 없다는 걸 알고 있었다. 그러나 사람들이 자기 아이에 대해 말할 때면 자기 딸에 관한 사소한 이야기를 수시로 적절하게 얹어 주었다. 사람들의 주목을 받고 싶어서가 아니었다. 그렇게 해야만 자기 딸이 안전하다고, 자기처럼 사람들 사이에서 몸을 숨길 수 있다고 여겼기 때문이었다.

다른 이의 눈에 띄지 않아야만 누구도 다가오지 않을 테고, 그래야 청바지 안으로 손을 쏙 집어넣어 부드럽게 움켜쥐었다가 아무 일도 없었다는 듯 가 버리지 않을 테니까.

이런 일이 일어나지 않아야만 보다 더 심한 일도 일어나지 않을 것이다.

더 심한 일……. 자스민은 무의식중에 자기가 누구를 찾고 있었는지 기억해 냈다. 늘 교실 한구석에 조용히 앉아 있었던, 친구가 없던 여학생이었다. 품성과 외모가 뛰어났는데도 이를 드러내지 않았던, 있는 듯 없는 듯 지내던 여자아이. 그런데 그 아이가 어느 날 갑자기 자살을 기도했다.

자스민은 그녀를 찾고 있었다.

동급생들 사이에서는 그녀가 유부남인 학교 교관*의 구슬림에 넘어가 같이 잤다가 버려졌다는 소문이 돌았다. 당시 반장이었던 자스민은 대표로 병문안을 갔었고, 바쁜 일을 팽개친 채 병상을 지키고 있었던 그녀의 엄마를 보았다. 혹시 자기 딸이 왜 자살 기도를 했는지 아느냐는 질문을 받았지만 자스민은 아무 말도 할 수 없었다.

이런 일을, 그것도 여자아이의 엄마에게 어떻게 말할 수 있겠는가.

동창들이 저마다 사진을 보여 주면서 자식 자랑을 했다. 그제야 자스민은 아직 자기가 사진을 보여 주지 않았다는 걸 떠올렸다.

"샤오화도 딸 사진 보여 줘야지."

"맞아. 페이스북에서 딸 얘기 자주 하던데. 사진은 한 번도 올린 적이 없는 것 같네!"

"너도, 네 남편도 둘 다 외모 좋잖아. 리틀 샤오화도 엄청 귀엽지?"

"너희 둘 다 성형한 거 아냐? 아이가 너희랑 영 딴판이라 사람들에게 못 보여 주는 것 같은데. 하하하……."

이때 자스민의 웃음은 확실히 굳어 있었다. 동창의 선 넘은 농담 때문이 아니었다. 그런 농담에는 익숙했다. 심지어 지나치게

---

* 타이완의 중고등학교와 대학교에는 현역 군인인 교관이 있다. 교관은 학교 안전 관리와 학생 군사 훈련, 국방 교육, 학생 생활 지도 등을 도맡는다. 타이완 교육부는 2017년부터 교관을 충원하지 않고 있으며, 2030년까지 현역 교관 모두가 퇴역할 예정이다.

익숙한 나머지 거의 자동 반사적으로 웃으며 반박할 수도 있었다.

"아이를 볼 수 없는 게 내 탓이야? 오늘 저녁엔 아이를 데려오지 말자고 한 건 린동이잖아. 다음에, 다음에 실물을 보여 줄게. 사진으로 보는 게 무슨 재미가 있어."

"그때까지 기다리라고? 사진으로 보는 게 뭐 어때서. 네 전화기에는 리틀 샤오화 사진이 없어?"

"이름이 뭔데? 이제껏 언급한 적 없지 않아?"

"초등학교에 갈 나이지? 미친, 롤리타네!"

"이럴 때는 누구나 걔, 걔를 데려와야 해. 엄마를 꼬시는 데는 실패했으니 딸이라도 잘 키워서 키잡물*이라도 찍어야지."

"걔가 누군데? 설마 나 말하는 건 아니지?"

잠시 딴생각에 빠져 그 사람의 위치를 확인하지 못했다. 그런데 그 기회를 포착한 그가 웃는 낯으로 술을 들고는 이곳으로 오는 게 아닌가. 동창들이 하하 웃으며 그에게 자리를 내 주는 것을 본 순간, 자스민의 머릿속에 제일 먼저 떠오른 생각은 도망가야 한다는 거였다. 두 번째로 떠오른 생각은 어떻게든 몸에 힘을 줘 도망가지 말아야 한다는 거였고.

"아, 우리는 사진 잘 안 찍어. 애들 생긴 게 다 거기서 거기지.

* 서브컬처 용어로 '키워서 잡아먹는' 설정의 작품을 의미한다. 로맨스, BL, GL 등 주로 성애적 사랑을 다룬 장르에서 한쪽이 성인이고 다른 한쪽이 미성년자일 경우, 성인이 미성년자가 성인이 될 때까지 기다렸다가 두 사람의 관계를 성애적 관계로 발전시키는 것이 키잡물의 특징이다. 나이 차가 있는 연인의 사랑과는 결이 조금 다르며, 특히 여성향 장르에서는 도덕을 어기는 데서 오는 감정인 배덕감이 깔린 경우가 많다.

전화기 사진첩에도 별게 없다니까.”

“설마, 보여 줘 봐. 좀 보자 ── .”

자스민 옆에 앉은 동창이 휴대 전화를 빼앗아 갔다. 자스민이 도로 가져갈까 봐 그랬는지 옆 사람에게 전달하기까지 했다. 자스민은 순간 주저했다. 멀리까지 손을 뻗어 되찾아 오는 건 너무 예민한 반응 아닐까. 분위기를 망칠 수도 있었다.

그러나 옆으로 이동하던 휴대 전화가 그 사람 바로 옆에 있던 동창의 손으로 넘어갔을 때, 자스민은 더는 자기 표정을 통제할 수 없다는 걸 깨달았다.

“돌려줘! 너희 순 강도들이야! 전화기에 뭐 볼 게 있다고 그래…….”

“오, 이렇게 보호하시겠다 이거지. 리틀 샤오화는 엄청 귀여운 게 분명해. 도저히 안 볼 수가 없겠는걸!”

“샤오화는 전화기에 잠금 설정도 안 해 놨네?”

자스민은 벌떡 일어났다. 어떻게든 농담조로 들리게 하려고 최선을 다했다. 몸이 벌벌 떨릴 정도로 노력했다.

“그만 좀 해!”

“사진 없다더니! 다 아이 사진이잖아. 와, 리틀 샤오화 정말 귀엽다! 너무 귀여워서 코피가 다 날 것 같아. 이것 좀 봐. 이 정도면 이십 년 키워서 잡아먹을 만하지 않아?”

자스민은 동창이 자기 휴대 전화를 그 사람에게 넘기는 것을 보았다. 그 뒤로는 모든 화면이 슬로 모션이 되었다. 자스민은 테이블 위로 기어 올라갔고, 바로 그에게 달려들었다. 그 사건이 벌어진 뒤로, 처음으로 그녀가 그에게 먼저 ‘접근’한 것이었다.

내.딸.을.만.지.지.마.

이 말을 정말 소리 내 뱉었는지 아니면 마음속으로만 폭발하듯 터뜨렸는지 미처 깨닫기도 전에 자스민은 잠에서 깨어났다.

옆에 있던 남편은 그녀가 깨어나기 직전 흐느끼던 소리를 듣고 반쯤 잠에서 깬 듯했다. 잠시 중얼거리면서 얼굴을 문지르더니 곧 돌아누우며 계속 잠을 청했다.

자스민의 온몸이 격렬히 떨렸다. 마른 목에서는 듣기 거북한 소리가 계속 새어 나왔다. 꿈에서 보았던 마지막 장면이 떠올랐다. 그 사람이 높이 치켜든 휴대 전화 화면에 자살 기도를 했던 여성 동급생의 얼굴이 보였다.

그러다가 자스민은 또 다른 기억을 떠올렸다. 그 얼굴은 사실 이십 년 전의 동급생 얼굴이 아니었다. 자스민이 매일 출근 버스를 타는 정류장 바로 옆에 있는 조식 식당 사장 딸의 얼굴이었다. 사장 아주머니의 딸에게도 비슷한 일이 있었던 것이다.

자스민은 침대에서 뛰어내렸고, 아직 잠이 덜 깨서 휘청거리는 두 다리를 움직이며 딸의 방으로 가려고 했다. 그런데 안방에서 나오자 자기에게는 딸이 없다는 게 생각났다. 자스민과 남편은 결혼 전에 아이를 낳지 않기로 약속했었다.

그러니까 두 사람에게는 딸이 있을 리 없었다.

자스민은 안방 문을 소리 나지 않게 닫은 뒤 인터넷에서 유행했던 말을 떠올렸다.

정신 차려. 네게 딸 같은 건 없어!*

---

* 2017년 타이완 교통국에서 배포한 홍보 웹툰에 나왔던 표현인 '정신

웃음이 새어 나왔다. 그런 뒤에는 울음도 터져 나왔다.

자스민은 안방 방문 앞에 웅크리고 앉아 손을 뻗어 자기 얼굴을 힘껏 눌렀다. 소리 없이, 그러나 그 무엇보다도 거칠게 눈물이 쏟아졌다. 그리고 눈물을 흘리고 있는 얼굴은 잔뜩 일그러진 채 덜덜 떨렸지만, 웃고 있었다.

정신 차려. 네게는 딸이 없어!

다행이었다. 딸이 없어서 다행이었다. 정말로 다행이었다…….

차려! 네게 여동생은 없어!'를 변형한 것이다. 막 전동기 면허를 딴 남자 주인공이 어린 여동생을 뒤에 태우고 운전했다가 일시 정지 및 감속을 하지 않아 교통 사고를 당하는데, 병원에서 깨어나자마자 부모에게 여동생의 상태를 물었다가 듣게 되는 말이다. 웹툰 내용이 크게 화제가 되면서 '정신 차려! 네게 여동생은 없어!'라는 표현이 인터넷 밈이 되었다.

크리스틴

　침대에서 몸을 일으키는 순간, 새하얀 드레스를 입은 크리스틴이 눈에 들어왔다. 먼 곳을 바라보는 아름다운 얼굴에는 행복해하는 것인지 고통스러워하는 것인지 알 수 없는 묘한 표정이 떠올라 있었다.

　그녀의 얼굴이었다. 모든 의미에서 그랬다.

　꿈에서 본 대로인 몽환적인 곱슬머리와 완벽한 메이크업. 벽에는 사람의 상반신만 한 포스터가 붙어 있었고, 지하 미궁 안 촛불에 둘러싸인 얼굴은 그 무엇보다 아름다웠다. 아, 자기 얼굴이 너무 예뻐서 잠에서 깬다는 게 이런 거구나.

　착각하지 말라는 듯 하반신의 샘물이 즉시 반박하며 다리 사이에서 새어 나왔다. 자기를 깨운 건 생리였다. 예쁜 얼굴이 아니라.

　원래는 좀 더 늑장을 부리려 했지만, 어쩔 수 없이 바로 침대에서 내려갔다. 시트에 피가 묻지는 않았는지 확인한 뒤 옷장에서 속옷을 꺼냈고, 서랍을 뒤져 탐폰을 찾았다. 피 묻은 속옷은 곧바로 화장실에 가서 빤 뒤 옷걸이에 걸어 말렸다. 그제야 길게 하품할 여유가 생겼다.

크리스틴, 저 순백의 드레스를 입은 채 갑자기 생리라도 하면 큰일이겠는데.

꿈속에서 보았던 무대를 생각했다. 열렬한 시선으로 무대 아래에서 자기를 올려다보던 애인을 생각했다. 그녀는 발을 질질 끌듯 걸으며 반쯤 두벌잠에 빠졌다.

오빠와 올케의 침실을 지날 때, 올케가 고개를 내밀며 말했다.

"아가씨, 아이가 먹을 아침밥 좀 사다 줄 수 있어요? 애가 아침잠이 많아서. 이따가 학교 데려갈 때 시간이 없을 것 같아서요."

"아……."

그녀는 또다시 하품을 하고 나서야 답했다.

"네."

하지만 발걸음은 이미 집 밖을 향하고 있었다.

가족들은 늘 삼촌네 가게에서 조식을 사곤 했다. 그곳 음식이 맛있어서가 아니었다. 친분과 습관 때문이었다. 게다가 엎어지면 코 닿을 데에 있었다. 삼촌이 볼 수도 있는데 다른 가게에서 산 조식을 들고 그곳을 지나기는 무엇했다.

문을 나선 뒤 왼쪽으로 꺾으면 골목길이 나왔고, 기름 냄새를 맡으면서 열 걸음만 더 걸으면 삼촌네 가게였다.

"좋은 아침이에요. 오늘은 뭘 드시겠어요?"

철판 앞에서 분주한 숙모가 가게에 손님이 들어온 걸 알아차리고는 기름이 튄 얼굴을 들며 알은체를 했다. 숙모는 재빨리 철판 위로 시선을 돌렸고, 조금 늦게 떠오른 미소는 결국 철판 위에서 익고 있는 뤄보가오로 향했다.

"좋은 아침이에요, 숙모. 옥수수 단빙 하나랑 베이컨 단빙 하나, 밀크티 두 잔 주세요."

"알았어. 잠깐만 기다려 줘."

"어차피 같은 단빙인데 속도 같은 걸로 시키면 덧나냐? 이러면 숙모가 속 재료를 가지러 두 번이나 오가야 하잖아."

러닝셔츠 차림으로 입구에 선 채 수다를 떨고 있던 아저씨들 중 한 명이 삼촌이었을 줄이야. 갑작스러운 훈계에 그녀는 깜짝 놀랐다.

"나이가 몇인데 말이야. 어른을 배려할 줄 알아야지."

"예."

말대꾸를 할 수 없는 상황이었지만 그렇다고 사과하고 싶지도 않았기에 어쩔 수 없이 중얼거리듯 말했다.

"좋은 아침이에요, 삼촌."

"네 동생네 딸이지?"

러닝셔츠 차림의 다른 아저씨가 고개를 들더니 그녀를 아래위로 훑어보았다.

"자주 못 본 것 같은데?"

잠시 고민했지만, 끝까지 착한 조카인 척하기로 한 그녀는 러닝셔츠를 입은 아저씨에게 환히 웃으면서 인사했다.

"아저씨, 안녕하세요."

"시집갔다 이거지, 뭐. 어쩌다 내려왔으면 와서 인사라도 해야지."

"음? 시집을 갔어? 아이는 낳았고?"

"아니 — 이!"

참을 수 없다는 듯한 목소리로 대답한 사람은 삼촌이었다.

"안 낳겠대. 아니, 애도 안 낳을 거면 결혼을 왜 하는 거야?"

그녀는 아랫배가 욱신거려 무심결에 배를 만졌다.

"이미 한 결혼, 이제 와서 그런 말씀을 하는 건 좀 늦지 않았을까요⋯⋯."

"내가 뭐라 그랬어! 진즉에 결혼해서 애를 낳아야 한다고 했잖아. 적당한 사람 찾아서 빨리 결혼하라고 그렇게나 말했는데, 언제든 선택할 수 있는 것처럼 굴더니. 그쪽 일 하는 사람들은 재벌가로 시집갈 꿈이나 꾸잖아. 자기 나이는 생각도 안 하고. 재벌들도 결혼은 어린 애들이랑 한다고⋯⋯."

"그러는 삼촌네는⋯⋯."

그녀는 실력파 배우였지만 리허설 없이는 실수를 할 수밖에 없었다. 말을 절반도 뱉기 전에 도로 삼켰다. 안 돼, 삼촌네 두 아들의 이혼 경력을 합치면 세 번이나 되지 않느냐고 쏘아붙일 수는 없잖아. 삼촌도 만날 바람이나 피우는 주제에, 라고 반박할 수도 없고. 그럴 수는 없지.

사실 말로는 삼촌을 어렵지 않게 이길 수 있었다. 그러나 순간의 통쾌함을 위해 엄마를 고려하지 않을 수는 없었다. 엄마는 이웃이자 친인척인 이곳 사람들과의 관계에서 벗어날 수 없으니까.

그녀가 말대꾸하려고 한 걸 눈치챘는지 삼촌은 곧장 흉흉한 기세를 드러냈다. 러닝셔츠를 입은 아저씨에게 큰 소리로 투덜거리기도 했다.

"있잖아, 이 계집애는 어렸을 때부터 어른을 얕잡아 봤다니까. 아비가 일찍 죽어서 제대로 가르칠 사람이 없었던 거야. 그러니 위아래도 모르지. 자꾸 잔소리하는 것 같겠지만, 이것도 내가 다 내 동생을 생각해서 그러는 거지……."

그녀는 미소를 짓고는 묵묵히 이를 악물었다.

"하, 동생이 일찍 갔다고 애를 그냥 내버려둘 수는 없는 법이지. 형인 자네가 어쩔 수 없이 그 역할을 맡아야 하지 않겠어."

러닝셔츠를 입은 아저씨는 삼촌 말에 맞장구를 치면서 그 논리를 더 그럴듯하게 만들어 줬다. 말을 뱉으면서 힐긋힐긋 그녀를 쳐다보기도 했다.

"그래도 어쩔 수 없지. 어쨌든 자네 딸이 아니잖아. 어른들 깊은 뜻을 쟤가 무슨 수로 알겠어."

"……그렇지. 그래서 우리가 애써 맞선 자리도 마련해 주고 그랬다고. 시집을 안 가면 나중에 죽은 제 아비 볼 면목이 없다는 걸 알려 주려고 했지. 그런데 쟤가 말이야……."

괜찮아. 다년간의 연기 훈련 덕분에 눈을 치켜떠도 적절한 표정으로 능숙히 감출 수 있잖아. 그저 조카에게 조식을 사다 주는 것뿐이야. 인생이 그렇게 어렵지는 않다고.

신속하고도 정확한 동작으로 조식을 받아 값을 치른 뒤, 도망가고 있다는 걸 들키지 않을 정도의 속도로 걸음을 옮기면서 조식 가게를 나섰다. 문 앞에서 올케와 조카가 안전모를 쓴 채 스쿠터 위에 앉아 자신을 기다리고 있었다.

"고모, 왜 이렇게 늦었어! 이러다 지각하겠다고."

조카가 스쿠터에서 폴짝 뛰어내리더니 두세 걸음 만에 그녀의 손에 쥐여 있던 비닐봉지를 낚아챘다.

"잠깐, 잠깐만. 옥수수 단빙은 내 거야. 베이컨이 네 거고. 아이스 밀크티는 한 잔씩."

"어? 근데 난 옥수수 단빙이 더 좋은데."

"알았어. 너 줄게. 네가 먹어."

베이컨 단빙과 밀크티 한 잔을 든 채 부르릉 소리를 내며 멀어지는 모녀를 손을 흔들며 배웅했다.

방으로 돌아온 뒤 다시 하품을 했지만, 졸리지는 않아서 페이스북을 보며 아침 식사를 했다. 그녀의 페이스북 피드는 명백히 두 부류로 나눌 수 있었다. 예매 정보와 급매 티켓, 현장 스케치 사진, 크리스틴만큼은 아니어도 그럭저럭 인기를 끌고 있는 배우의 작품 스틸 컷을 광적으로 올리는 이들이 한쪽이었고, 여기에는 가짜가 섞였다는 둥 여기에는 사실 발암 위험이 있다는 둥 건강 정보를 광적으로 올리는 이들이 다른 한쪽이었다. 후자는 게시물에 연꽃이나 국화, 아니면 자기 아이의 사진을 첨부하곤 했다. 이들은 각자 자기 삶에서 고속으로 질주하고 있었고, 모두 꿋꿋이 행복의 저편을 향해 가고 있었다.

그러나 그녀는 자신이 서로 포개지지 않는 이 두 궤도의 유일한 교차점 같다고 생각했다. 그것도 사망 혹은 중상으로 이어지는 대형 사고가 일어나는 교차점.

인간관계가 현실보다 복잡한 페이스북에서는 '소확행'을 추구하든, 이곳을 대나무숲 삼아 불만을 토로하든 반드시 자기 캐릭터와 페이스북 친구들의 성향에 부합하는 게시물을 올려야 했다. 그러나 그녀에게는 이 두 세계에 들어맞는 얼굴이 없었다. 과연 그

여신 뷔페

런 얼굴을 진짜로 가진 사람이 있기는 할까? 카오베,* 헤이터** 같은 익명 페이지에서나 속내를 드러낼 수 있을 것이다. 어쩌면 그녀도 그런 익명 사이트에서 친구의 게시물을 읽은 적이 있을지 모른다. 다른 사람들 앞에서 한 가지 역할만 연기해야 했던 친구였기에 알아보지 못한 것일 뿐.

하지만 알아본다고 해서 뭐가 달라지겠는가. 읽는 이의 가슴을 찢어 놓을 정도로 우울하고도 슬펐던 익명 게시물이 사실은 회식이나 엠티에 절대 참여하지 않아 사람들의 불만을 샀던 동료가 어두운 표정을 짓고 있는 진짜 이유를 말해 준다면? 진보적 가치를 위해 울부짖고, 나라와 시민을 걱정하는 글을 쓰는 팬 페이지 운영자가 PTT***에 자기 처지를 비아냥거리는 글을 수백 번이나 올렸다면? 약자와 노동자를 지지하고 그들과 연대하는 장문의 글을 쓰는 사람이 자기가 관심을 가진 의제를 수면 위로 띄우기 위해 조금도 주저하지 않고 똑같은 키보드와 마우스를 사용해서 가

* '靠北'는 타이완어 '哭爸(khàu-pē)'를 가차한 것이다. '哭爸'는 원래 '아버지가 죽어서 우는 것'을 말했는데 지금은 '불평하다', '하소연하다'의 뜻으로 쓰이고 있다. 특정 대상을 욕하거나 무언가를 하소연하는 익명 인터넷 커뮤니티로 한국의 네이트 판, 에브리타임, 블라인드와 비슷하다. '카오베 사장/상사', '카오베 교수', '카오베 남친/여친', '카오베 결혼', '카오베 집주인', '카오베 세입자', '카오베 진상' 등이 있다.
** 黑特. 영어 'hate'를 음차한 것이다. 카오베처럼 특정 대상을 욕하는 익명 페이지의 이름으로 자주 쓰인다. '헤이터 XX 대학', '헤이터 회사', '헤이터 감정' 등이 있다.
*** 한국의 더쿠나 디시인사이드 갤러리와 흡사한 타이완의 온라인 커뮤니티.

짜 뉴스를 만들어 냈다면?

자기 아이를 픽업해 오라고 하거나 생활용품을 사 오라고 하거나 전처의 전화를 대신 받으라고 하는 대머리 배불뚝이 전 상사에게 사실은 온화함과 인내심, 인정이라는 또 다른 면모가 있었다면? 그러한 면모들을 정말로 알고 싶을까?

그녀는 미간을 찌푸리며 고개를 내젓더니 빨대로 밀크티를 힘껏 빨아들였다. 무언가가 번뜩이더니 욕으로 뒤덮인 거품이 되어 뇌리에서 부유했다. 그러나 거품이 터지면서 큰 깨달음을 얻기도 전에 엄마가 방문을 열더니 방 안으로 머리를 들이밀었다.

"어, 생리하는데 또 찬 거를 마시네!"

엄마라는 생물은 정말 대단했다. 생리는 그녀의 몸에서 벌어지는 일이었다. 당사자인 자신도 이제야 안 일을 엄마는 곧장 알아채 잔소리까지 하는 것이다. 엄청난 정보력과 순발력이었다.

그녀는 입을 삐죽 내밀며 밀크티를 내려놓았다.

"안 그래도 생리 중이라는 게 생각나서 그만 마시려고 했어요. 제대로 마시기도 전에 욕부터 먹네."

엄마는 방 안으로 들어왔고, 무릎 옆으로 머리 하나가 튀어나왔다. 세 살짜리 조카는 올케를 쏙 빼닮아 이목구비가 수려했다.

"네 조카 좀 봐 주렴. 나는 가서 옷 좀 널어야겠다."

그녀는 남은 단빙을 입안에 털어 넣은 뒤 조카의 손을 잡으며 말했다.

"같이 갈까?"

"뭐 하러 따라와, 조카만 보면 되지. 쓸데없이 햇볕을 쪼여. 아기는 피부가 여리고, 너는 얼굴로 먹고살잖아. 둘 다 따라오지 마."

"같이 가요. 같이 햇볕도 쬐고, 아기도 보면 되죠."

그녀가 애교를 부리듯 말하자 엄마는 여전히 구시렁댔지만 아까처럼 만류하지는 않았다.

엄마는 늘 그녀에게 얼굴로 돈을 번다고 말했다. 들을 때마다 웃겼다. 집 안이라 다행이지 밖에서 누가 들었다면 난처했을 것이다. 특히 시댁 식구들이었다면 더더욱. 그녀는 엄마를 도와 젖은 빨래가 들어 있는 바구니를 들었다. 그러자 결혼 후에 맞이했던 주말들이 생각났다. 평소보다 조금이라도 늦게 깼다가는 침대에서 일어나 방문을 열자마자 이 바구니를 마주해야 했다. 널어주기만을 기다리고 있는 빨래가 가득 든 바구니였다. 지웨이가 그녀보다 더 일찍 일어났을 때에도 젖은 빨래가 가득 든 바구니는 충성스럽게 그녀를 기다렸다. 오직 그녀만을 기다렸다.

다시 생각해 보니 조금 감동스러울 정도였다.

"둘은 저쪽에 있어, 이쪽으로 오지 말고. 오늘따라 햇빛이 강하네."

엄마는 베란다 가운데에 서서 빨랫줄을 잡아당겼다. 젖은 빨래를 털면서 중간중간 땀도 훔쳤다.

"아휴, 네 올케는 정말 게으르다. 세탁기 안에 옷 넣고 버튼만 누를 줄 알지 꺼내서 널지를 않아. 결국 매번 내가 하잖니."

"아이 통학시키느라 바빠서 그렇죠. 학교 갔다가 바로 회사도 가야 하고요. 일부러 안 하는 것도 아니잖아요."

"어, 내가 회사 가라고 강요하기라도 했니? 내가 그랬어? 출근하면 집안일은 안 해도 돼? 내 나이에 이걸 해야겠어? 월급도 얼마 안 되잖아. 그 돈으로는 애 봐 줄 사람도 못 구해. 그리고 네 오

262

빠가 식구들 먹여 살릴 만큼은 벌잖아. 일하지 말고 애나 잘 보라고 그렇게 말했는데도 듣지를 않았지…….”

“오빠는 일단 바다로 나가면 몇 달이나 지나야 돌아오잖아요. 회사도 못 다니게 하면 언니가 집에서 답답하지 않겠어요?”

“뭔 소리를 하는 거야? 내가 걔를 괴롭히기라도 한다는 거야? 집에서 귀부인처럼 지내는데 답답할 게 뭐가 있어? 나도 평생 너희 둘을 그렇게 키웠는데? 그리고 네 오빠가 몇 달씩 바다에 나가 있는 게 뭐가 어때서. 가족한테 잘못한 것도 없잖아. 집에 돈 벌어다 주려고 그러는 건데. 그게 불만스러워할 일이야? 혹시 네 올케가 뭐라고 하디?”

“아뇨. 오빠가 가족한테 잘못한 게 없는 건 좋죠. 하지만 언니도 마찬가지잖아요. 서로에게 그래야 하니까. 하지만 오빠가 바람을 피우지 않았다고 해서 와이프를 집 안에 가둬도 되는 건 아니잖아요. 그건 다르죠.”

“집 안에 가뒀다니? 내가 걔를 집 안에 가뒀어? 네 올케 매일 차려입고 다니는 거 봤지? 오빠한테 잘못한 게 없을지 어떻게 알아? 미안해할 일을 안 했으면 대체 왜 출근을 고집하는데? 그리고 이런 일은 애초에 걔가 정할 수 있는 게 아니라고…….”

엄마의 말이 맞았다. 오늘 베란다에는 햇빛이 강했다. 빨래를 널며 엄마가 내뱉는 말만큼이나 아이가 접해서 좋을 게 없었다. 그녀는 갑자기 조카에게 간지럼을 태우기 시작했다. 조카는 깔깔 웃으면서 피하더니 볕이 강한 쪽으로 달려가 할머니의 다리에 매달렸다. 엄마는 아이를 다시 그늘로 보냈다. 이렇게 몇 번 오가다 아이가 넘어질 뻔했다. 엄마는 지난번과 지지난번에 조카가 넘어졌던 일을 꺼내면서 아이가 얼마나 어리석고 총명한지 말했다. 어리석음은 무던한 성격을, 총명함은 뛰어난 머리를 뜻했다. 이 둘은 서로 모순되지 않았다.

조카가 어리석든 총명하든 이 이야기를 하는 엄마의 목소리에는 애정이 가득했다. 딸 이야기를 할 때의 목소리와 차이가 없었다. 그녀는 이런 애정에 익숙했고, 이런 애정을 받으면서 자라났다. 그러나 저쪽 가정에서는 달랐다. 그녀가 어리석든 총명하든 모두가 눈살을 찌푸리며 싫어했다.

이곳에서 올케가 그런 대우를 받듯이.

빨래를 다 넌 뒤 그녀는 엄마가 시킨 대로 조카를 보모의 집으로 데려갔다. 조카는 할머니와 떨어지기 싫다면서 가는 내내 울었다. 눈물, 콧물 흘리면서 법석을 피웠다. 다행히 그녀는 이런 일이 낯설지 않았다. 타이베이에서 비서로 일할 때 상사의 아이를 자주 등하원시켰기 때문이었다. 그런데 베이비시터네 방충문이 열리자 조카의 태도가 급변했다. 서둘러 팬텀에게서 벗어나 약혼자의 품에 안기던 크리스틴처럼, 조카는 순식간에 찬란한 웃음을 지으며 달려가더니 베이비시터의 다리를 부둥켜안았다. 고모에게 작별 인사를 건넬 틈도 없이.

쳇, 그녀는 옛날에 공연계를 뒤흔들었던 크리스틴이었다. 그러나 지금은 조카에게 베이비시터만도 못한 팬텀이 되어 버렸다.

집으로 돌아와 마침 장을 보러 문을 나서던 엄마와 마주쳤다. 엄마는 이번에도 햇빛이 강하니 집에 있으라고 했지만, 그녀는 듣는 둥 마는 둥 하며 따라나섰다. 두 사람의 의견이 엇갈릴 때마다 엄마는 그녀를 말로 이기지 못했다. 말싸움을 좋아하는 문학

청년을 키워 냈다고 말하곤 했지만, 사실은 달랐다. 애초에 그녀와 싸울 생각이 없는 거였다.

딸이니까.

결혼하기 전에는 전통 시장에 거의 가지 않았던 그녀는 몇 년 동안 시어머니와 주말 아침 시장에 다니면서 엄마와 시장에 가는 것과 시어머니와 시장에 가는 것은 완전히 다른 일이라는 걸 깨닫게 되었다. 서로 암묵적인 약속이라도 했는지 시장 사람들은 단골손님 옆에 있는 젊은 여성의 정체를 알아차리자마자 말투도 그에 따라 바뀌었다. 상인 협회에서 이 문제에 관한 공개 설명회라도 열었던 듯 모두의 반응이 한결같았다.

"아, 주인공 배우라는 그 딸이구나? 어쩜 이렇게 예쁠까. 엄마 따라 시장에도 왔네. 자상하기도 해라. 친정에 자주 와서 엄마랑 시간도 보내 주고 그래."

(아, 며느리구나. 요즘 통 얼굴을 못 봤네. 며느리가 집안일을 좀 더 도와야지. 시어머니 연세도 생각해야 하지 않겠어. 젊다고 너무 자기 놀 생각만 하면 안 된다고.)

"그러게 말이야. 우리 아들은 일 년에 여덟 달은 배를 타잖아. 며느리는 집에서 대접만 받지 하는 일이 없어. 같이 있어 주는 딸이라도 있으니 다행이지."

지난 이 년 동안 엄마를 따라 시장에 온 건 딱 세 번뿐이었다. 세 번 만에 이런 평가를 듣게 된 것이다. 그녀는 웃으며 고개를 끄덕였다. 장난스럽게 손을 뻗어 건어물 시식 코너의 마른오징어를 집어서는 입안에 밀어 넣었다.

(무슨 수로 그런 복을 누리겠어? 요즘 젊은 여자애들은 밥할 일도

별로 없어. 퇴근하고 오면 저녁 8시야. 그때 밥을 하면 한밤중에야 먹을 수 있을 텐데, 우리 같은 노인들더러 굶으면서 기다리라는 건지 뭔지. 결국 알아서 해 먹어야지. 요즘은 며느리 노릇 쉽다니까!)

"아이고, 너는 시집까지 간 애가 무슨 식탐을 그렇게 부리니? 그리 먹어 대면 앞으로 누가 너한테 여주인공을 시키겠어?"

엄마는 건어물 가게 아주머니에게 하소연하는 척 말했다.

"그때 외국에서 온 극단이 타이완 여자 주인공으로 얘를 지목했다니까. 순회공연을 몇 달이나 했어. 그것만 끝나면 돌아올 줄 알았는데, 타이베이에서 공연할 때 사위가 따라다녔던 거지. 참 웃기는 일이야. 여자 주인공까지 했으면 그 기회에 부잣집으로 시집을 갔어야지, 학교 선생한테 갔다니까. 어쩌다 이렇게 어리숙하게 자라서는."

(며느리가 배우인지 인플루언서라고 하지 않았어? 그런 사람들은 집안일 신경도 안 쓰지. 예쁘게 꾸미기만 하면 돈 보내는 남자들이 한 트럭이잖아. 다들 고급 레스토랑으로 데려가 줄 텐데 자기가 요리할 필요나 있겠어?)

"어리숙해도 괜찮아. 하늘은 어리숙한 이를 아낀다고 하잖아. 게다가 이렇게 예쁘게 생겼으니 사랑을 많이 받을 게 분명해."

이 말을 듣고 기뻐한 엄마는 돈을 주고 예언을 사려는 듯 그녀에게 먹고 싶은 걸 몇 개 더 골라 보라고 했다.

(우리 아웨이가 좋아하는 걸로 싸 줘. 선생 노릇이 얼마나 힘든데. 아웨이 말로는 요즘 고등학생들은 가르치기가 정말 어렵대. 발육이 좋은 데다가 반항기까지 있으니까. 지도라도 좀 할라치면 선생을 때릴 것처럼 군다잖아. 듣는 내가 다 놀랐어.)

"어머, 엄마한테 과즈* 까서 주는 것 좀 봐. 엄마가 복을 타고 났네."

아무것도 안 해도 절대 패배하지 않는다는 게 이런 거구나. 눈만 깜빡여도 팬들에게 둘러싸이는 마스코트가 된 듯한 기분이었다.

(그렇게 고생을 한다고? 자네가 걱정할 만도 하네. 하, 장가 간 아들까지 엄마가 신경 써야 한다니. 요즘 다들 남녀평등이네 뭐네 하면서 밥도 안 해도 된다, 옷도 안 빨아도 된다, 심지어는 자기 남편도 안 돌봐도 된다잖아. 우리 같은 옛날 사람들만 고생이지. 시집살이도 괴로웠는데 이 나이에 아들이랑 며느리까지 모셔야 하잖아.)

"복은 무슨. 얘는 어렸을 때부터 엉뚱했어. 가르치기가 얼마나 어려웠는데. 어렵사리 시집보내서 내가 좀 한가해졌지⋯⋯."

엄마의 얼굴에 미소가 번졌다. 그녀를 키우면서 겪었던 온갖 고생조차 아름다운 추억이었다고 말하는 듯했다.

그녀는 달면서도 짭조름한, 불 냄새가 느껴지는 오징어포를 씹으면서 생각에 잠겼다. 이곳에서 삼백 킬로미터 떨어진, 시어머니와 다니던 또 다른 시장을 떠올렸다. 그곳에서 그녀의 명석함은 청소하기 어렵고 번거로운 냉동고 성에와 같았다.

(휴, 지금 시대는 남녀평등이라잖아. 우리 며느리님은 머리가 참 좋네. 안정적인 선생님 찾아서 결혼도 하고, 시집와서는 노인 둘에게 대접도 받고. 우리 딸도 이렇게 운이 트였으면 얼마나 좋았을까.)

---

* 瓜子. 해바라기 씨나 수박씨, 호박씨 등을 소금이나 향신료를 넣어서 볶은 것.

여신 뷔페

"이렇게 자상한 딸은 시집가고 나서도 사람들한테 사랑받는다니까. 그런데 어디로 시집갔다고 했지? 친정 오는 걸 통 못 봤네."

(자네 딸은 착하고 성실하잖아. 고지식해서 남 이용할 줄도 모르고. 자네랑 비슷하게 인내심도 있지. 복받을 거야.)

"타이베이야, 애네 시댁이 좀……."

엄마는 말꼬리를 흐리더니 신비스러운 눈빛으로 고개를 내저었다. 상대방에게 계속 캐물어도 좋다고 암시하는 것처럼 보였다. 연기력이 엄청나네. 그녀는 웃음을 참았다. 그녀는 사실 엄마에게 시댁에 대한 불만을 토로한 적이 없었다. 어째서 엄마는 시댁에서 자기 딸을 괴롭힐 거라고 철석같이 믿는 걸까.

"시댁이 왜? 시부모랑 같이 살아? 아이고, 좋겠네? 타이베이 사람들은 키앙카* 하다던데, 며느리한테 잘해 주겠어."

건어물 가게 아주머니는 엄마의 메시지를 받자마자 엄마가 하고 싶었으나 차마 할 수 없었던 질문을 숙련되게 제삼자의 입장에서 했다.

키앙카는 그녀에게 익숙한 단어였다. 타이베이에서 시어머니가 그녀를 표현하기 위해 이 말을 썼다. 어찌나 자주 썼는지 아예 그녀의 이름이 되었을 정도였다. 참 이상한 일이었다. 엄마의 입으로는 삼십 년 동안 어리숙하다고 표현되었던 자신이 어째서 결혼하자마자 환골탈태하여 '키앙카' 한 사람이 되어 버렸을까. 이 간극이 대체 어디서 비롯되었는지 그녀 자신도 알 수 없었다. 지

---

* 勥骹(khiàng-kha). 능력이 좋다는 뜻의 타이완어다. 여성을 수식하는 경우, 능력이 과하다는 부정적인 뉘앙스를 갖는다.

웨이는 매번 다급하게 해명했었다.

"신경 쓸 거 없어. 네가 똑똑하고 영리해서 엄마가 키앙카라고 하는 거니까. 나쁜 뜻으로 하는 말이 아니야."

정말 나쁜 뜻이 없었다면 뭐 하러 다급히 해명했는지는 일단 논하지 말도록 하자. 만 걸음 양보한다 치더라도 그녀는 남부에서 자란 사람이었다. 키앙카가 무슨 뜻인지에 대한 설명을 다른 지역 사람도 아니고 타이베이 사람에게서 들을 필요는 없었다.*

시어머니의 친척이나 이웃이든, 근처 시장의 가게 주인이든 누구도 그녀가 어떻게 똑똑하고 영리한지 구체적으로 말할 수 없었지만, '키앙카' 하다는 명성만큼은 아주 공고히 자리를 잡았다. 갑작스레 무대 위로 떠밀려 대역을 맡았던 배우가 아예 그 역할에 고정되어 버리기라도 한 것처럼.

그러나 엄마 앞에서는 아무 말도 할 수 없었다. 차마 엄마를 걱정시킬 수 없었다. 엄마 앞에서는 평생 행복하고 즐겁게 살리라고 연기를 해야 했다.

"아니에요. 시부모님과 같이 살기는 하지만 많이 도와주시는걸요. 퇴근하고 집에 가면 저녁밥도 먹을 수 있으니까요. 그것만으로도 아주 좋죠."

그녀는 안전하게 일부만을 선택했다. 솔직하다고 할 수는 없었지만 그렇다고 거짓말을 한 것도 아니었다.

사실 그 집에서 그녀는 이 집에서의 올케와 같았다. 무엇을 하

* 중국 푸젠성 방언인 민난어에서 유래한 타이완어는 북부보다는 남부에서 훨씬 더 많이 쓰인다.

든 영원히 충분하지 못했고, 잘하지 못했다. 신분이 다르니 딸처럼 대접받기를 바랄 수는 없는 노릇이었다. 그늘에서 쉬라거나 빨래를 널지 말라거나 장을 볼 필요 없다는 말을 들을 수는 없을 터였다. 결혼을 택했으니 그녀도 변화를 받아들일 생각이었다. 다만 '영원히 충분하지 못한' 느낌이 너무나 절망스러울 뿐이었다.

아니, 어쩌면 그녀는 그 집에서 '영원히 충분하지 못해서'가 아니라 이 집에 돌아와 올케를 보면서 가장 절망했던 것일 수도 있었다. 올케를 '영원히 충분하지 못하다'고 여기는 사람이 어렸을 때부터 자신을 아껴 주던 엄마였기 때문에. 늘 그녀를 지켜 주고 지지해 주던 엄마였기 때문에. 이 점은 '영원히'를 더 멀리 밀어냈다. 며느리라는 신분을 시시포스처럼 만들어 버렸다.

"그러면 괜찮네. 이제 엄마도 안심할 수 있겠어."

건어물 가게 아주머니는 엄마를 위해 속 편한 결론을 내려 주었다. 그녀는 엄마가 돈을 내며 지은 미소를 보았다. 그건 믿음도 불신도 아니었다. 그렇게 믿고 싶어 하는 마음이었다.

엄마가 시장에서 사 온 것들은 전적으로 그녀를 위한 것이었다. 여주와 셴단*은 조합의 의도가 매우 분명했고,** 신선하면서도 아삭한 비짜루***는 아직 볶지도 않았는데 군침을 돌게 했다.

---

* 鹹蛋. 소금에 절인 오리 알.
** 타이완에서는 여주를 으깬 셴단과 함께 볶아서 먹는다. 셴단의 고소한 노른자가 여주의 쓴맛을 줄여 준다.
*** 龍鬚菜. 가지가 많고 잎이 가시처럼 자란 모습이 용의 수염처럼 보인다고 해서 타이완에서는 '용수채'라고 불린다. 타이완에서 인기가

강아지풀*은 닭국을 끓이려고 산 것으로 같이 산 닭도 가장 비싼 자연 방목 닭이었다.

"집에 오니 좋 ─ 다 ─ ."

엄마의 팔짱을 낀 그녀가 진심으로 내뱉은 말이었다. 그러다 크고 작은 식재료에 부딪힌 그녀는 그제야 엄마가 든 짐에 생각이 미쳤다. 서둘러 장바구니를 들었다. 만약 타이베이였다면, 이렇게 어마어마한 초보적인 실수를 저지른 대가로 기름 솥에 몇 번은 튀겨졌을 것이다.

"아, 이번에는 친정에 오래 머물고 있잖아. 네 시어머니가 뭐라고 안 해?"

이때 엄마는 가판대 위에 놓인 채소를 보고 있었다. 짐짓 무심한 척 내뱉은 말 같았다.

"친정에서 지내는 게 어때서요. 그리고 공연 연습 때문인데요. 뭐라고 할 것도 없죠."

그녀도 오이를 고르면서 답했다. 공연 이야기가 나와서 말인데, 연기에서 그녀는 누구에게도 뒤지지 않았다.

"그렇지. 네 올케만 해도 매달 친정에 가잖니. 나도 아무 말 안 한다. 네 올케에 비하면 너는 친정 걸음이 뜸한 편이지."

"엄마가 아무 말도 안 한다고요? 언니가 친정 다녀올 때마다 뭐라고 하잖아요."

"내가 언제? 내가 얼마나 개방적인 사람인데……."

많은 채소이며 주로 볶음 요리로 먹는다.
* 여기서 강아지풀(狗尾草)은 구미초(九尾草)나 통천초(通天草)라고 불리는 약재를 뜻한다.

그녀는 더는 입씨름하지 않았다. 딸인 그녀를 너무나 아껴 주는 엄마였지만 다른 이에게는 시어머니였다.

"엄마, 우리 오이무침 할까요? 전에 엄마가 만들어 줬던 거 있잖아요. 입맛이 확 돌던데."

"그럼 레몬도 좀 사 가자. 식초보다 레몬을 쓰는 게 더 맛있어."

계산할 때였다. 가게 주인이 파나 고추를 공짜로 주겠다고 했다. 엄마가 미처 입을 열기도 전에 그녀가 답했다.

"저희 식구들은 매운 걸 안 먹어서요. 파를 가져갈게요. 감사합니다."

오후에 소나기가 오기 시작했고, 모녀는 점심 식사를 마쳤다. 엄마는 식기를 정리하려는 그녀의 손을 쳐 내더니 낮잠 좀 자고 나가라고 했다. 그래야 무대 위에 올랐을 때 안색이 좋을 거라나.

"엄마, 저는 연습하러 가는 거예요. 공연하려면 아직 멀었어요."

"피부 관리를 해 놔야지. 그래야 너를 여주인공으로 뽑아 줄 거 아니야."

엄마는 이제껏 그녀의 직업을 제대로 이해한 적이 없었다. 소극장 배우는 스타가 아니었는데. 엄마조차 이러하니 시어머니의 이해는 더더욱 바랄 수 없었다. 어쩌면 사람들은 애초에 이 일을 직업이라고 여기지 않는지도 몰랐다.

"극단에서 그렇게 있는 거라면 쓸 돈도 없는 거 아니야? 돈 없으면 엄마한테 말해. 괜히 매번 다른 사람 눈치 보지 말고."

"극단에서 그렇게 있는 거라면"이라는 오프닝 멘트 뒤에는 전혀 다른 문장이 올 수도 있었다. 엄마라면 쓸 돈은 있느냐고 물어

볼 테고, 지웨이라면 그럴 시간에 집안일이나 하라고 할 테고, 시어머니는 의미심장하게 말끝을 길게 늘이면서도 뒷말을 잇지 않을 것이다.

그녀는 극단에서 그렇게 있었다.

그녀가 극단에서 그렇게 있을 수 있었던 건 엄마가 보호해 줬기 때문이었다. 나중에 뭘 할 거냐는 친척들의 질문을 고등학교 때부터 막아 주었고, 고정적인 수입이 없으니 수시로 돈을 보태 주었다. 그 덕분에 그녀는 그렇게 있을 수 있었던 것이다.

결혼하기 전까지만 해도 그녀는 되고 싶은 것이 있으면 그대로 될 수 있었다. 엄마가 모든 외부적 요인을 제거해 주었다. 그러나 결혼하고 난 뒤에는 더는 엄마도 관여할 수 없게 되었다.

그녀는 어쩔 수 없이 자신의 결정에 대해 엄마에게 알리지 않았다.

"있어요. 타이베이 쪽에는 돈 주고 공연 보는 사람들이 좀 많거든요. 종종 매진도 되고요. 수입이 전보다 훨씬 안정적이에요. 저축도 할 수 있다니까요."

"그래? 그럼 다행이고. 결혼한 뒤에 네 시어머니가 연기 못 하게 할까 봐 걱정했거든."

엄마는 이렇게 말하더니 갑자기 무언가 떠올랐는지 경고하듯 말했다.

"아, 아기 낳기 싫으면 낳지 마. 네 시어머니라면 틀림없이 너보고 집에서 애만 보라고 할 거야. 그리고 네 성격에 집에서 애만 보다가 반쯤 미쳐 버리겠지."

"아니에요, 안 낳을 거예요. 제 나이 생각도 해야죠."

"그래! 낳지 마! 엄마가 이렇게 죽기 살기로 열심히 사는 건 너희 오누이가 자기가 바라는 삶을 살았으면 해서야. 결혼했다고 억울하게 지내면 안 돼. 그러기만 해 봐."

쏟아지는 폭우에 그녀는 엄마가 건네준 우산을 들고 서둘러 문밖으로 나섰다. 진짜로 무슨 일이 있어서 다급하게 나가기라도 하는 것처럼 움직였다. 극단으로 가는 길에 우스란*에서 음료를 한 봉지 샀다. 얼음과 설탕을 반씩 넣은 사계춘**과 얼음 반에 설탕을 적게 넣은 버블티가 반반씩 담겨 있었다. 그녀는 큰 비를 뚫고 연습실이 있는 건물의 로비로 가서 빗물에 젖은 비닐봉지를 경비 아저씨에게 건넸다.

경비 아저씨는 아직 그녀를 기억하고 있었다.

"이야! 우리 크리스틴 아냐! 정말 오랜만에 보네."

"네, 결혼하고 타이베이로 이사 갔거든요. 내려올 때마다 너무 바빴어요."

그녀는 눈을 깜빡이며 웃었다. 그녀는 자기가 어떤 각도로 고개를 기울이고 웃어야 경비 아저씨가 가장 좋아하는지 알고 있었다.

"그리고 크리스틴이라고 부르지 마세요. 이제 그 역할은 안 하는걸요!"

"아이고, 나도 알지. 하지만 그 역할을 했을 때 가장 예뻤고 인기가 많았는걸. 타이베이에서도 연기는 계속하는 거야? 다음에 타이베이 가면 꼭 보러 갈게."

---

* 50嵐. 타이완의 유명 버블티 체인점.
** 四季春. 우롱차의 일종으로 독특한 꽃 향이 난다.

"네, 하고 있어요. 타이베이도 극장 상황이 괜찮아요."

그녀는 빰을 눌러 보았다. 오랫동안 연습을 안 해서 그런 걸까. 잠시 웃었을 뿐인데 벌써 피곤하다니.

"내려와서 음료 좀 가져가라고 극단 사람들에게 연락 좀 해 주실래요?"

"안 올라가고? 다들 오랫동안 못 봤을 거 아니야."

"네. 근데 남편이 밖에서 기다리고 있거든요. 여기는 주차가 쉽지 않잖아요. 이따가 다른 일도 있고요."

그녀는 명랑한 표정 위에 살짝 아쉬움을 담았다.

"다음에 또 기회가 있겠죠. 부탁드릴게요. 감사해요."

긴박감을 조성하면서도 경비 아저씨가 더는 말을 걸 수 없도록 그녀는 바깥으로 나서며 말했다.

"알았어. 다음에 꼭 놀러 와야 해……."

하늘에서 끊임없이 액체가 떨어졌다. 그녀의 몸에서도 그랬다. 안도 밖도 액체로 가득해졌다. 처음에는 오랜만에 찾은 도시에서 산책을 할 생각이었지만, 생리혈로 가득 찬 몸속 기관이 계속 무겁게 내려앉아 허리가 아프고 배가 쑤셨다. 안팎으로 모두 끈적거려 짜증이 났다. 결국 그녀는 연습실에서 멀지 않은 패스트푸드 가게로 갔다. 편의점 ATM에서 발급받은 쿠폰*을 써 할인가임에도 여전히 가성비가 떨어지는 애프터눈 티 세트를 주문했다. 소독약 냄새가 가득한 화장실에서 탐폰을 교체하고, 안팎을 닦으

---

* 타이완 편의점에 있는 현금 자동 입출금기는 할인 쿠폰을 발급하는 데 은행과 시기별로 제공하는 쿠폰이 다르다. 할인 쿠폰을 선택하면 현금 자동 입출금기에서 바로 인쇄된다.

며 말렸다. 그런 뒤에는 콘센트가 있는 자리를 찾아 휴대 전화를 충전하면서 혹시라도 면접에 통과했다는 메일이 오지 않았는지 확인했다.

이전의 일자리는 시어머니가 소개해 줬던 것이었다. 그때 시어머니는 대학원에서 예술학 석사 학위를 따 극장에서 일했다 할지라도 사회에서 보기에는 공부를 안 한 것과 마찬가지라고, 할 줄 아는 게 아무것도 없는 거라고 했다. 당시에는 그 말을 듣고 매우 억울했다. 그런데 다시 일자리를 찾으면서 그때 시어머니가 했던 말이 아예 틀리지는 않았다는 걸 깨닫게 되었다.

면접 통과를 알리는 메일은 없었다.

지난주에 황급히 타이베이를 떠나올 때 시어머니가 소개해 줬던 행정 보조 일을 그만두었다. 2년이나 했던 일이지만 그녀의 이력서에는 아무런 도움이 되지 않았다. 사실 극장에서 몇 년간 일했던 경력도 극장 밖에서 평범한 일을 찾는 데에는 아무런 도움이 되지 못했다. 그제야 그녀는 사실 자기가 할 줄 아는 게 전혀 없다는 걸 깨달았다. 대체 무슨 수로 이 나이까지 살아남은 거지? 전생에 있었던 일 같았다. 아무리 생각해도 기억이 나지 않았다.

페이스북 알림이 왔다. 친구가 그녀를 게시물에 태그한 것이었다. 클릭해 들어가니 조금 전 그녀가 맡기고 온 음료 사진이 보였다. 사진 아래에는 이렇게 적혀 있었다.

"우리 크리스틴 아가씨가 요즘에 분석 중인 새로운 캐릭터는 팬텀인가 봐. 몰래 음료만 남기고 귀신처럼 사라지다니. 보고 싶어. 얼굴 좀 보자!"

그녀의 계정은 사람이 없는 연습실 구석에 태그되어 있었다.

확실히「오페라의 유령」같은 느낌이 있었다. 아래로는 익숙한 계정들이 연이어 달아 놓은 댓글들이 보였는데, 하나하나 그녀를 멘션하고 있었다.

"다음 주에 예술 센터에서 공연하는데 올 수 있어? 초대권 두 장 줄게. 제발 이번에는 시간 된다고 말해 줘!"

"네 남편은 정말로 팬텀인 거야? 크리스틴을 납치해 가서는 얼굴도 드러내지 않네. 우리가 널 구하러 갈까?"

"대체 언제 시간 나는 거야? 타이베이에 가서도 얼굴을 볼 수가 없다니. 너무한 거 아니야."

그녀는 주말에도 시간이 없었다. 공연 보러 갈 시간 있으면 저녁밥을 하거나 집안일 좀 하지 그래? 올케는 회사를 다니니까 퇴근이라도 있지. 주말에는 쉴 수도 있고. 엄마도 좀 쉬어야 하지 않겠어?

그녀는 시누이가 했던 말을 떠올렸다. 일리가 있는 말이었다. 최소한 그때는 그렇다고 생각했었다.

그녀는 눈을 감으며 지금 자신이 연습실에 있다고 상상했다. 자기 계정이 태그된 그 자리에 옛 전우들과 함께 편히 앉아 버블 티를 마시고, 의미 없는 한담을 나누는 모습을 생각했다. 곰곰이 생각해 보니 극단에서 지냈던 시절이야말로 연기 실력이 가장 덜 필요했던 시기였다. 무대 밖에서의 역할 하나하나가 이렇게나 연기하기 어려운 줄을 젊었을 때는 알지 못했다.

대댓글을 달려고 할 때였다. 뭘 잘못 눌렀는지 페이지가 새로고침이 되었다. 조금 전의 게시 글을 찾으려고 손가락으로 액정 화면을 쓸어 넘기다가 우연히 보게 된 게시 글에 빠져들었다. 인기 많은 익명 커뮤니티인 '카오베 시댁'의 글이었다.

그래서 어떻게 되었냐면, 악독 시누이가 딸이 먹을 아침만 사 온 거예요. 저는 밥을 안 먹어도 되나요?

저도 회사에 가야 하잖아요!

시댁에서는 제 역할이 출산뿐인 것 같아요. 애를 낳은 뒤에는 아이 등하원시키는 직원이 되고요.

그러니까 제게 조식 제공을 하면 손해를 본다는 거잖아요!

며느리도 사람이에요! 올케도 사람이라고요! 자기랑 아이가 먹을 거 사는 김에 제 것도 같이 사다 주는 수고도 못 하겠다는 거잖아요.

시댁에서는 매운 음식을 먹을 권리도 없어요! 고추장을 숨겨 놓고 혼자 먹을 수밖에 없다니까요.

대체 저를 뭐라고 생각하는 걸까요.

그리고 쓰레기 같은 음료는 자기 혼자 마시면 되잖아요! 생리 중인 딸한테도 아이스 밀크티를 사다 준 거 있죠.

뭐 이런 악독한 고모가 다 있어요!

타이베이로 시집간 뒤로는 잘 오지도 않았거든요! 근데 갑자기 와서는 며칠째 머물고 있어요.

말은 안 하지만, 결혼 생활에 문제가 있는 거겠죠.

제발 이혼 안 했으면, 친정으로 돌아오지 않으면 좋겠어요.

안 그러면 남편이 고생해서 벌어 온 돈으로 먹여 살려야 하잖아요. 쓰던 방도 아이에게 줄 수 없고요!

그녀는 느낌표가 가득한 익명 게시 글을 멍하니 보았다. 새언니의 조식을 사지 않았다는 게 떠올랐다. 그런데 이 글을 쓴 사람이 진짜 새언니일까? 언니가 매운 걸 좋아했었나? 조카가 생리 중인가? 그녀는 문장 하나하나를 머릿속으로 뜯어보면서 분석하고 대조해 보았다. 노력 끝에 '설마, 아니겠지.'라고 결론 내릴 수 있는 단서를 찾아냈지만, 다시 보니 새언니가 쓴 글 같기도 했다.

휴대 전화를 내려놓고 손으로 얼굴을 가렸다. 길고도 긴, 지옥에서 올라온 듯한 탄식을 내뱉었다.

그녀의 몸은 지금 지옥에 있는 걸까, 아니면 그녀의 몸이 바로 다른 이의 지옥일까?

휴대 전화가 진동했다. 음료를 보냈다는 게시 글에 오랜 친구들이 댓글을 남긴 것이었다. 눌러서 들어가 보자 "네가 지금 잘 지내고 있다니 다행이야."라는 문장과 함께 그녀가 출연했던 「오페라의 유령」의 공연 사진이 첨부되어 있었다. (다른 사진도 한 장 더 있었는데 딱히 잘 나온 것은 아니었다.) 이 사진을 본 사람들의 폭발적인 반응으로 감탄의 댓글로 도배가 되었다.

반응이 너무 과한데.

그녀는 아예 전화를 꺼 버렸다.

애프터눈 티를 다 마신 뒤에도 그녀는 패스트푸드 가게에 오래 머물렀다. 평소 가게에 오래 머무는 사람들은 남은 생을 플라스틱 의자에 엉덩이 자국을 남기는 데 쓸 수 있을 만큼 한가한 이들이었다. 콜라 김이 다 빠지고, 종이컵마저 젖어서 흐물흐물해졌는데도 여전히 오래오래 자리를 지키고 있는 이들. 이제 자신도 그런 사람이 되었다는 생각이 들었다.

예전에 그녀가 좋아했던 작가는 패스트푸드 가게에 앉아 옆 테이블 사람들이 나누는 재미있는 이야기를 듣고는 이를 멋진 산문으로 써내곤 했다. 그녀는 그런 소재를 매우 좋아했다. 심지어 극단 친구들과 공연을 올리고 뒤풀이를 할 때, 다 함께 패스트푸드 가게로 몰려가 열량을 섭취할 때면 이런 상상도 했었다. 자기들도 다른 사람들에게는 하나의 풍경과도 같을 거라고, 글 속에 담기는 이야기일지도 모른다고.

패스트푸드 가게에 오래 앉아 있는 지금에 이르러서야 그녀는 여유를 찾아볼 수 없는 자기 자신이 그저 사람들의 테이블 위에 놓여 있는 김빠진 콜라와 같다는 것을, 배역을 따내지 못해 방치된 상태라는 것을 깨달았다.

하교 시간이 다가왔다. 그녀는 그제야 휴대 전화 전원을 켰다. 몇 시에 돌아와 밥을 먹을 거냐는 엄마의 메시지가 와 있었다. 무대 장치에 이상이 생겨서 오늘은 연습이 일찍 끝났다고, 아이를 데리고 집으로 갈 테니 새언니는 학교에 오지 않아도 될 것 같다고 답했다.

조카는 고모가 데리러 오자 아주 기뻐했다. 애교스러운 웃음을 지으며 그녀의 얼굴에 자기 얼굴을 들이대더니 친구들에게 "나랑 고모 진짜 닮았지."라며 대답을 강요하기까지 했다. 자기가 원하던 답을 들은 조카는 무척 좋아했다. 얼굴에서 불꽃이 터지는 듯했다.

요 나이 대의 소녀는 인류보다는 조류에 더 가까웠다. 섬세하고 부드러운 데다 늘 지저귀었다. 가느다란 긴 다리는 깊은 물과 뜨거운 불로 이루어진 지옥조차 가볍게 날아가며 벗어날 수 있을 것 같았고, 얼굴에 난 주근깨와 뾰루지마저도 햇빛이 나뭇잎 사이로 떨어질 때 가끔 생기는 그림자처럼 보일 뿐이었다. 조카는 그녀 옆에서 쉴 새 없이 말했다. 소녀만이 가진 환한 분위기가 그 녀를 빛으로 목욕시켜 주는 듯했다.

"우리 선생님이 계속 그랬어. 날 어디서 본 것 같다고. 근데 내 가 앞에 나가서 발표하던 날에 고모 이야기를 했거든. 그제야 내 가 누구를 닮았는지 알겠다면서 나보고도 「오페라의 유령」을 불 러 보라는 거야. 진짜 말도 안 되지! 나보고 고모랑 똑같이 생겼 다고 했어. 대신 나는 고화질 버전이래. 하하."

흥분한 조카가 걸음을 옮기면서 조잘거렸다. 소녀의 몸에서 빛 이 나왔다. 잠시 후 소녀가 길 위에 서고 사람들이 그 뒤로 줄을 설 것 같았다. 별들이 달을 향해 모여들듯 소녀를 둘러싼 앙상블 이 되어 노래를 부르고 춤을 출 것 같았다.

암담한 그녀와 비교했을 때 조카는 확실히 고화질 버전이었다.

조카가 태어난 뒤로 몇 년 동안은 그녀도 이 아름다운 소녀가 '자신을 닮아서' 자랑스러웠고, 기뻤다. 그러나 지금은 일종의 저 주가 되어 버렸다. 지금의 나이가 되어 버린 자신을, 젊은 시절의 광채를 잃은 자신을 언제든 조롱할 수 있는 저주. 지금은 더는 행 복하지 않다고 느낄 정도로 평범했으니까. 그런데 고개를 돌려 과거를 돌아보든, 앞을 향해 미래를 보든, 모든 게 희미하면서도 막막했다.

이 소녀를 향한 그녀의 사랑은 여전했다. 조금의 주저도 망설 임도 없었다. 줄어들지도 않았다. 다만 이제 더는 자신이 소녀의 사랑을 받을 만한 자격이 없다고 느껴질 뿐이었다.

"선생님이 그랬어. 고모가 학교 다녔을 때랑 비교하면 나는 엄청 얌전한 거래. 고모 예전에 혹시 학교에 불이라도 지른 거야? 어떻게 내가 더 얌전하다는 말을 듣지? 하하하하하."

"얌전하다고?"

그녀는 고개를 갸웃하며 웃었다가 다시 화제를 소녀 쪽으로 옮겼다.

"근데 나는 얌전하다는 말이 딱히 칭찬 같지는 않던데. 얌전하다는 건 사실 재미가 없다는 뜻이거든. 그러니까 남의 말을 잘 듣는 게 좋지 않을 수도 있어. 나는 오히려 네가 얌전하지 않기를 바라거든. 다른 사람이 네게 한 일이 옳은지 그른지 구분할 수 있으면 좋겠어. 그리고 너도 일부러 남을 해치지는 않았으면 좋겠고. 그것만으로도 충분해."

"음, 그거야말로 재미없는 것 같은데?"

"하긴, 좀 그렇긴 하다. 근데 지금 나보고 재미없다고 한 거야? 고화질 버전이라 대단하다 이거지!"

그녀는 손을 뻗어 소녀의 목과 어깨를 움켜쥐었다. 소녀의 머리카락을 힘껏 헝클어뜨리자, 소녀가 비명을 지르면서 앞머리를 수호했다. 그리고 그녀는 생각했다. 그때 학교를 불태울 뻔했던 자신은 어쩌다가, 혹은 결국 재미없는 어른이 되어 버렸을까.

두 사람은 아웅다웅하면서 집으로 돌아왔다. 현관문 앞에 서서 열쇠를 찾고 있을 때였다. 스쿠터를 탄 올케가 평소와는 사뭇 다른 속도로 길 안쪽으로 들어오더니 문 앞에서 급정거를 했다. 헬멧도 벗지 않고 스쿠터에서 내리더니 곧장 딸에게 달려가 화를 냈다.

"귀링링, 대체 어디를 갔던 거야!"

"아무 데도 안 갔는데."

"내가 학교 앞에서 얼마나 오래 기다렸는지 알아! 사람들 붙잡고 물어보기까지 했어. 네가 다른 사람을 따라서 간 걸 봤다고 네친구가 그래서 전화를 얼마나 많이 했는데 한 통도 안 받고. 진짜엄청 놀랐다고!"

"어, 고모가 데리러 온 거 몰랐어? 고모랑 수다 떠느라 전화기소리를 못 들었어."

무고한 얼굴의 소녀는 고개를 숙이고 책가방을 뒤졌다. 그녀가다급하게 말을 이었다.

"미안해요. 연습 끝난 뒤에 보니까 마침 애네 학교 근처더라고요. 그래서 데리러 간 건데, 제가 엄마한테는 말을 했어요……."

올케의 시선이 그녀를 향했다. 마치 무언가를 필사적으로 억누르는 듯한 눈빛이었다. 두 눈이 조금 붉어져 있었다. 화가 났는지조급해하는 건지 알 수 없는 눈빛이었다.

"하지만 내게는 말하지 않았잖아요."

"미안해요. 나는 엄마가…… 진짜 미안해요. 앞으로는 바로 언니에게 말할게요."

올케는 대꾸하지 않았다. 몸을 돌려 스쿠터로 돌아가더니 헬멧을 벗어 핸들에 걸었다. 그러고는 스쿠터를 길가로 옮겨서 댔다.

그녀도 알고 있었다. 아무리 화가 나도 시누이에게 싫은 소리를 할 수는 없다는걸. 그러나 토로하지 않는다고 해서 아무 감정도 없는 건 아니었다. 거기다 아침에 있었던 일까지 더하면 올케의 눈에는 이 집안 식구들이 모두 적으로 보일 터였다. 그러나 실제로는 그렇지 않았다.

그녀는 재빨리 따라가 연이어 사과했다.

"미안해요. 제가 생각이 짧았어요. 정말로 미안해요. 제가……
앞으로는 꼭 언니에게 먼저 말할게요……."

그녀는 올케 옆에 붙어 함께 문 쪽으로 갔다. 올케의 기분이 나
아졌는지는 알 수 없었다. 조카는 아무 일도 없었다는 듯 문가에
긴 다리를 꼬고 기대서서 휴대 전화를 들여다보며 두 사람이 돌
아와 문을 열어 주기만을 기다렸다.

세 여성은 줄줄이 집 안으로 들어갔고 여성은 곧 네 명이 되었
다. 엄마는 그들이 함께 돌아오는 걸 보더니 뒤늦게 무언가 떠오
른 듯 말했다.

"맞다, 네가 애 데리러 간다고 말하는 걸 깜빡했네."

사과의 말이 아니었다. 그저 사실만 말했을 뿐이었다.

"이미 늦었어요, 할머니. 조금 전에 엄마가 저랑 고모를 혼냈다
고요. 앞으로는 일찍 좀 말씀해 주세요."

이 말만 남기고 자기 방으로 휙 들어간 조카는 상황에 신경도
쓰지 않았다. 자기가 던진 말에 할머니와 엄마 그리고 고모인 그
녀의 눈이 휘둥그레진 건 눈치도 채지 못한 듯했다.

"내가 언제……."

"안 그랬어요……."

"너는 어쩌자고 얘들을 혼내니? 널 도와주려고 그런 거잖아.
어, 그리고 내가 말하는 걸 까먹었을 뿐인데, 그것도 기분이 나쁘
니? 그럼 네가 애를 보든지. 다른 애도 보모네로 안 보내면 되겠
네. 출근하겠다고 고집을 피운 건 너잖아. 육아랑 일이랑 둘 다 하
기 힘들 거라고 내가 그렇게 말했는데, 그래도 싫다고 하더니. 뭐

라더라, 자기만의 공간이 필요하다고. 아니, 내가 너한테 잠잘 방을 안 줬어? 어, 지금 나 보라고 성질부리는 거니? 널 도와서 애도 데려오면 안 된다는 거야?"

"엄마, 그게 아니라요, 제가 언니한테 까먹고 말을 못 했어요……."

"너는 나한테 말했잖아. 내가 말을 전하지 못한 거지. 어, 내가 저녁밥을 하느라 바빠서 잊었어. 나한테 뭐라고 하면 되지 왜 쟤들한테 그래?"

"엄마…… 이러지 말아요. 저도 언니 마음 이해할 수 있는……."

"뭐? 너는 네 언니 마음만 이해하고 내 마음은 이해 못 하겠어? 네가 억울하거나 서운해할 일 겪지 않도록 너 키우는 동안 내가 얼마나 전전긍긍했는데. 근데 지금 저쪽 편에 선다 이거지? 너나 네 오빠나 똑같아. 불효막심한 것들!"

화가 단단히 났는지 눈물까지 흘린 엄마는 주방으로 돌아가 들고 있던 뒤집개를 조리대 위로 던졌고, 탕이 끓고 있던 가스레인지 불을 끄더니 식식거리면서 방으로 들어가 버렸다.

"베이비시터네 가서 아이를 데려올게요. 공원에 데려가 잠시 놀다가 올 테니 기다리지 말고 먼저 밥 먹고 있어요."

고개를 돌린 올케는 막 벗었던 신발을 다시 신었고, 조금 전에 돌아온 집을 떠났다.

모두가 집으로 돌아왔는데 집에 그녀 혼자만 남은 듯했다. 적막한 무대에 홀로 서 있었다.

일이 어쩌다가 이렇게 된 거지?

조카를 데리러 가지 않았더라면 이렇게 되지 않았을 텐데. 오늘 오후에 실제로 연습을 했더라면 조카를 데리러 가지 않았을 텐데. 결혼해서 타이베이로 가지 않았더라면 아직도 극단에서 사람들과 함께 연습을 하고 있었을 텐데. 혹은 타이베이에 가서도 계속 극장에 남았더라면, 혹은 팬텀의 지하 미궁 같은 결혼 생활을 이어 갔더라면 지금 이곳으로 돌아오지도 않았을 텐데. 타이베이에 있을 때 "장기 스폰서를 구한 무명 모델"이라는 시댁 사람들의 말을 듣고 화가 난 나머지 맞지도 않는 일에 자신을 욱여넣지 않았더라면, 그랬더라면 이 결혼이 점점 더 견딜 수 없어지지는 않았을 텐데.

지금의 그녀가 무대 아래에서 지웨이가 바라보았던 환히 빛나던 모습 그대로였다면, 여전히 무대 위에서 연기하는 그녀였더라면, 그가 다른 이를 사랑하게 되지는 않았을 텐데.

그랬다면 이 모든 일이 일어나지 않았겠지?

그녀는 주방으로 들어갔다. 질긴 섬유질을 벗긴 뒤에 토막 낸 비짜루가 물기를 빼느라 채반에 담겨 있었고, 작게 두드려서 자른 오이는 소금에 절여진 채 냉장고로 들어가기만을 기다리고 있었다. 조금 전만 해도 약불에 졸여지고 있었던 탕은 뚜껑을 열지 않아도 냄새만으로 무엇인지 알 수 있었다. 강아지풀 닭탕. 그녀가 가장 좋아하는 음식이었다.

도마 위에는 얇게 썬 여지가 포개진 채 쌓여 있었고, 그 옆의 작은 접시에는 청주 안에 담긴 셴단 노른자와 고춧가루가 있었다. 그녀는 눈에 띄는 붉은색을 멍하니 보았다. 사실 엄마는 알고 있었던 거다.

올케가 이걸 먹으면 얼마나 좋을까.

그녀는 이 붉은 가루를 그것이 올라야 하는 무대에 올리기로 결심했다.

엄마가 조리대 위로 내던졌던 뒤집개를 끓는 물에 깨끗이 헹궜다. (역시 엄마는 엄마였다. 조리대 위로 뒤집개를 내던질 때마저도 나중에 치우기 좋은 자리를 고른 것이다.) 그녀는 엄마가 했던 요리를 마무리 지을 생각이었다.

식이 요법을 중시하는 시어머니는 담백한 음식만 먹었기에 그녀는 시댁에서 자기가 좋아하는 여지 셴단 볶음을 좀처럼 요리해 먹을 수 없었다. 휴대 전화로 평소 구독 중인 요리 계정으로 들어가 레시피를 살펴보았다. 그런데 스크롤을 하다가 오후에 보았던 '카오베 시댁'의 조식 관련 게시물을 다시 보게 되었다. 게시물 바로 아래에 익숙한 계정이 남긴 댓글이 보였다. 타이베이의 시누이였다. 친구로 추가한 적은 없지만, 지웨이의 계정에 늘 댓글을 달거나 '좋아요'를 누른 계정이었기에 전혀 낯설지 않았다.

저도 그 마음 잘 알겠어요.
저도 시누이이기는 하지만 올케에게 정말 잘하거든요.
근데 올케는 진짜 말도 안 될 정도로 남에게 폐를 끼쳐요.
제 살롱용 샴푸를 늘 훔쳐 쓴다니까요. 물어보면 절대 아니라며 인정도 안 해요.
씻고 나오면 같은 향을 풍기는데 말이죠.
왓슨에서 산 샴푸를 쓴다는데 그게 제 거랑 어떻게 향이 같을 수 있겠어요.
결국 보디로션도 욕실 안에 못 놓고 방에서 몰래 쓰잖아요.

씻자마자 로션을 못 바르는 게 얼마나 불편한데요.

자기가 돈을 못 버니까 제 동생처럼 건실한 청년을 찾아 결혼하고 싶었던 것 같은데 그래도 너무 심하잖아요.

유명 배우 행세 좀 제발 그만했으면. 돈이나 제대로 벌지. 남편한테 기댈 생각 하지 말고.

회사 동료들한테 물어보니까 이름도 들어 본 적이 없대요. 근데 자기 혼자서만 인기가 많은 줄 안다니까요.

다행히 곧 이혼할 것 같아요. 제 동생이 드디어 정신을 차린 거죠.

근데 재수 없게 제 남자 친구 엄마도 똑같은 거예요.

처음 본 날 저보고 설거지를 하라는 거 있죠.

아직 시집도 안 갔는데 시집살이를 시키려고 하다니.

이 사람들은 왜 이렇게 남에게 폐를 끼치는지 모르겠어요.

위로하는 말과 불만을 토로하는 말들이 게시물과 댓글 아래의 대댓글로 펼쳐져 있었다. 댓글과 대댓글 대다수가 이제는 조식에 대한 원래의 게시물과 관련이 없었다. 그러나 악독한 시누이든 악독한 며느리든 사람들은 각자 하나씩 역할을 맡고 있었고, 정의를 실현하거나 혹은 실현되는 정의에 의해 처단되어야 했다.

원래는 여지 센단 볶음 만드는 법을 찾으려고 했었다는 걸 까맣게 잊은 채 그녀는 조리대 앞에 서서 휴대 전화를 움켜쥐고는 댓글 창을 열어 하나씩 상세히 읽어 보았다. 그녀는 이게 자신과 무관한 세계라고, 더는 횟수를 늘릴 수 없을 만큼 오래 방영한 아침 드라마 속에만 존재하는 세계라고 상상했다. 혹은 다른 이의 이야기일 수도 있었다. 패스트푸드 가게에서 들은 낯선 이의 이야기. 그리고 그녀는 여전히 조류 소녀였다. 학교를 태울 뻔했던, 학교 선생들에게 두통을 유발할 정도로 총명하면서도 장난기 다분한 조류 소녀. 엄마의 보물이었고, 얼굴로 돈을 버는 무대 위의 배우였으며, 「오페라의 유령」 같은 작품에서 청량하면서도 아름다운 목소리로 노래를 부르는 크리스틴이었다. 추한 팬텀이 아니었다. 팬텀은 누가 연기하든 상관없었다. 악독한 시어머니나 시누이나 누가 연기하든 상관없었다. 그러나 그녀는 반드시 크리스틴이어야 했다. 반드시 크리스틴이어야만 했다.

한국어판 『여신 뷔페』 작가의 말

이제껏 저는 타이완이 아시아 국가 중 성평등에 가장 근접한 나라라고 여겨 왔습니다.

『여신 뷔페』가 바다를 건너 한국 독자에게 다가가고 있는 지금, 제가 사랑하는 타이완에서는 친중 의원을 낙마시키는 시민 운동인 '대파면' 운동이 전국적으로 일어나고 있습니다.* 타이완

* 2024년에 개원한 제11대 타이완 입법원에서 국민당과 민중당은 집권당인 민진당보다 더 많은 의석을 확보했습니다. 야당 의원들은 이를 기반으로 여러 위헌 법안을 강행 통과시켰고, 심지어 헌법재판소를 일부러 마비시키기도 했습니다. 의원의 권력을 무한히 확대하려고 했고, 자신들의 위법 행위가 감시되는 것도 피하려고 했으며 국가의 발전 역량을 약화시키려고도 했습니다. 이에 대한 시민의 불만을 드러내는 '파랑새 운동(青鳥運動)'이 여러 차례 일어났지만, 국민당과 민중당은 여전히 태도를 바꾸지 않았으며 2025년에는 국가 예산안을 근거 없이 대폭 삭감, 동결하였습니다. 이는 중국 공산당에게 길을 터주는 것과 다름이 없다는 평을 받았고, 이에 친중 의원을 파면하려는 시민 운동이 전국적으로 촉발되었습니다.(원주)

에서 너무나 중요한 일이었기에 평소 집에만 틀어박혀 일주일 내내 외출도 하지 않는 저도 비사교적인 성격까지 극복하면서 파면 운동 단체의 자원봉사자 행렬에 합류했습니다. 의원 파면을 위한 2차 서명을 모으기 위해 사방으로 바쁘게 뛰어다녔지요.

자원봉사를 위해서는 대로와 작은 골목을 누비며 다녀야 하기에 저는 평소 생활 방식과 다르게 지내게 되었고, 바로 그 변화로 인해 '아시아 국가 중 성평등에 가장 근접한 나라'에서 오랜만에 다시 성희롱을 겪게 되었습니다.

저는 올해 마흔다섯 살입니다. 여러분의 상상 속에 있는, 성희롱을 자주 겪을 것 같은 젊고 아름다운 여성이라고 할 수는 없지요. 게다가 제 생활 반경과 이동 경로는, 그리고 평소 만나는 사람들은 아주 안전한 편입니다. 심지어 저는 전날에 파면 운동 단체가 주최한 집회 무대에서 자원봉사자 중 유독 여성이 많다는 걸 알게 되었다는 발언을 하기도 했습니다. 파면을 반대하는 이들에게 욕설을 듣거나 공격당하는 일이 많기에 자원봉사자들은 의식적으로 서로를 더 보호하려고 하고, 곁에 있어 주려고 합니다. 그래서 저는 잊고 있었습니다. 저도 성희롱을 당할 수 있다는걸요.

제가 여러모로 '안전'하다고 느꼈을 때, 저는 자원봉사자들에게서 조금 떨어진 채 서 있었습니다. 우리는 각자 팻말을 들고 있었고, 서로의 팻말을 보고 있었지요. 그런데 어떤 중년 남성이 지를 발견한 겁니다. 그는 휴대전화로 저를 찍으면서 짧은 머리카락을 가진 여성은 여성미가 없다, 집에서 할 일도 없는데 남자가 고프니까 이런 데 나와서 사람들의 관심이나 끌려고 한다고 말했습니다. 음란한 말투와 단어를 계속 구사하며 제게 성적인 쾌감을 주겠다고 했지요.

저는 그제야 제가 진즉에 알았어야 했던 사실을 깨달았습니다. 지난 몇 년간 성희롱을 당하지 않을 수 있었던 건, 나이가 들어 성적인 매력을 잃어서가 아니었습니다. 타이완이 아시아에서 가장 성평등을 이룬 국가처럼 보여서도 아니었지요. 제 생활 반경과 접하는 사람들의 범위를 축소시켰기에, 위협이라는 게 존재하지 않을 정도로 최소화하였기에 가능했던 거였습니다. 그러나 모든 사람이 이렇게 할 수는 없겠지요. 또 그렇게 하고 싶어 하지 않을 수도 있고요.

제 작은 안전 지대에서 한 걸음 벗어나는 것만으로도 제 나이가 어떠하든, 제 체형이 어떠하든, 제 직업이 무엇이든, 제 자태가 어떠하든 간에 누군가의 눈에는 그저 홀로 남은 여성에 불과했던 겁니다. 자기 감정을 쏟아내며 화풀이를 할 수 있는, 자기 권력을 과시할 수 있는 대상인 거죠. 그 순간, 제가 썼던 책도, 제가 공개적으로 했던 발언도, 다양한 성별과 처지에서 고민했던 논점들도 모두 의미가 없게 되었습니다.

제가 가진 울타리가 얼마나 튼튼하든, 안에서 울려 퍼지는 목소리가 얼마나 크든, 이 안에서 성평등이 얼마나 당연한 것처럼 여겨지든…… 진정한 평등과 비교했을 때 여전히 한참 부족합니다.

성평등이라는 건 '어떤 사람들'에게만 해당해서는 안 됩니다. 설사 그 어떤 사람들이 제 주변 사람들이라고 할지라도요. 당연히 '어떤 나라들'에게만 해당해서도 안 됩니다. 설사 그 나라가 내 나라라고 할지라도요.

이러한 경험을 통해 저는 뼈저리게 느꼈습니다. 저와 한국 여성이 비록 다른 환경에 처해 있지만, 신분도 전혀 다르고 완전히 다른 삶을 살아왔지만, 우리는 같은 배를 탄 동지라는 것을요. 우리가 서로의 나라로 여행 갈 수 있어서 그런 것만은 아닙니다. 지금과 같은 시대에서는 제가 타이완 안에만 머문다고 할지라도, 한국에서 벌어진 일과 그로 인해 일어난 담론들이 빠르게 타이완으로 전해져 타이완의 성평등 의식에도 영향을 미치기 때문입니다. 타이완 남성이 '우리가 그래도 한국 남자보다는 낫지.'라면서 잘못된 자기 행동을 합리화할 수도 있고, 한국 여성 또한 타이완에서 성평등 의식이 높아지는 걸 보고 평등을 쟁취하고자 더 큰 용기를 낼 수도 있으니까요.

우리는 힘을 모아야 합니다. 여기서 우리는 타이완 여성만을 이야기하는 게 아닙니다. 아시아 여성만을 의미하는 것도 아니지요. 성평등을 진정으로 중요하다고 생각하는 전 세계 모든 이들을 말하는 겁니다.

성평등은 겉으로 보기에 여성을 돕는 것처럼 보입니다. 그러나 실제로는 가장 강력한 적인 '가부장제 문화'로부터 다양한 성별과 성적 지향을 가진 이들을 구해 내는 겁니다. 전통적인 사회 문화에 깊이 박힌 여성 혐오는 우리가 어떻게 보일지에만 영향을 미치는 게 아닙니다. 우리가 자기 자신을 어떻게 바라보고, 스스로를 제한하는지에도 영향을 미칩니다. 이 점에 관해서만큼은 남녀 모두가 그렇다고 볼 수 있습니다.

최근에 한국 드라마「폭싹 속았수다」를 보았습니다. 그중에서도 가장 좋아하는 장면이 있는데요. '여자가 배 타면 재수가 없다.'라는 풍습에 순응해 왔던, 그래서 남편의 배에도 오르지 않았던 여주가 자기 딸의 인생만큼은 얽매이게 만들고 싶지 않아 딸과 함께 금기를 부수던 장면이었습니다. 저는 이 장면을 보며 눈물을 흘렸습니다. 여성 혐오적 사고방식은 이미 우리에게 각인되어 있습니다. 가끔은 자기도 모르게 자기 자신과 타자(她者)를 억압하게 만들기도 하지요. 하지만 불꽃이 터지는 찬란한 어떤 순간에, 사랑과 자기 성찰은 우리가 한계라고 생각한 적이 없던, 그 보이지 않는 족쇄마저도 깨뜨릴 수 있게 해 줍니다.

저는 제가 타이완 여성에게서 보았던 '보이지 않는 족쇄'들을 『여신 뷔페』에 담아내고 싶었습니다. 엄청난 죄악처럼 보이는 족쇄는 아니지요. 가끔은 달콤한 설탕물이 입혀 있기도 합니다. 그러나 그 족쇄들을 정확히 짚어 낼 수 있어야만 다음에 비슷한 상황을 마주했을 때 우리는 더는 가부장제의 공범이 되지 않겠다고 자기 자신을 일깨울 수 있습니다.

비슷한 상황을 마주했는데도 이를 잊게 되었다면, 혹은 아직은 그렇게 할 수 없는 거라면, 그래도 괜찮습니다. 어쨌든 인류 사회에 수천 년이나 심어진 독소인걸요.

포기하지만 않으면 됩니다. 다음에 안 되면 그다음에 하면 되는걸요. 우리 계속 함께 노력해요.

2025년 6월
류즈위

추천사

저기 여자들이 있다. 우리가 '여자'를 배웠던 여자들. 한때 사랑했지만 영영 불편해진 여자들. 고발하고 싶다가 결국 변호하게 되던 여자들. 이중 거울 같은 그 여자들과 함께 타이완 동시대 페미니즘 문학을 대표하는 류즈위가 처음 한국에 도착했다. 한 여자가 여자들과 함께 올 때는 '여성성'에 꽂힌 혐오와 원망의 가시를 하나씩 제거하는 실천으로 온다. 여덟 편의 단편이 수록된 『여신 뷔페』는 작가 스스로 여성 혐오를 직시하는 과정이자 그 뿌리를 탐색한 결과물이기도 하다.

거기 여자들이 있다. 갈등과 위기의 거미줄에 얽힌 여자들. 여자에 대해서 쓰거나 말하고 싶지 않은 여자들. 오래된 죄책감과 수치심, 자기 검열과 자기혐오를 먹고 자란 감정과 언어의 구조에 갇힌 여자들. 이들 몸에 각인, 상속된 기억은 특히 그리스 신화 속 메두사와 아테나를 현대 사회의 직장 내 여성 관계와 성폭력 문제로 재해석한 표제작 「여신 뷔페」에서 강렬하게 작동한다. 현실과 신화의 사이 공간에서 역동적으로 생성되는 복합적인 관점과 가능성, 무엇보다 웃음은 여덟 편 모두에서 되갚고 싶은 선물이다.

여기 여자들이 있다. 먼저 신랄하고, 냉소적이 되었다가 결국 자포자기의 침묵에 갇힌 여자들. 그러지 말아야 한다는 걸 알면서도 삶을 바꾸지 못하는 자신을 가장 미워하는 여자들. 그러다 폭발하듯 말하는 여자들. 그들의 목을 죄어 오는 세계의 보이지 않는 끈을 예민하게 포착하는 순간, 어떤 시기에 우리에게 있었으면 했던 바로 그 언어로 류즈위는 억압과 상처의 지도를 이어 그린다. 한 여자가 여자들에 관해 쓴다는 것은 명백한 상처와 고통까지도 자기 검열의 대상으로 삼게 되는 일이어서 그의 언어는 뜨겁고도 차갑다. 책을 덮고 나서 우리에게 남을 바람도 그럴 것이다. 억압의 지도에 기입될 새로운 상처마다 곁에 있어 줄 따뜻한 어둠을, 그 가장자리의 부드러운 떨림을, 그것이 불러올 섬세한 언어를 모든 여자들에게.

김지승(작가, 독립 연구자)

추천사

류즈위의 손에서 태어난 화자들이 소설에서 무얼 하는 중이었던가 되새겨 보면 그들은 하나같이 말을 하고 있다. 무척이나 다양한 그들의 모습을 차례차례 떠올리며, 서로 똑 닮은 그들의 행위를 육하원칙에 의거하여 설명한다면, 이렇게 써 볼 수 있겠다. '여성 인물이, 말해야만 할 때, 누군가와 누군가의 사이에서, 눈에 보이는 것을, 낱낱이, 돕기 위해' 말을 하고 있다.

이때 인물들의 시선은 그 자신을 돌보는 만큼, 당장 눈앞에 벌어지고 있는, 자신에게는 책임이 없다고 해도 무방할 다른 여성의 삶에도 드리워진다. 요가원 원장이 학생을 향해, 엄마 아닌 이모가 조카를 향해, 오랜만에 엄마의 집에 찾아온 딸이 엄마의 며느리를 향해. 자신에 대해 말하는 만큼 남에 대해 말하자 여성으로서 마주 서야 하는 시선의 부당함과 모순, 야멸침과 아늑함이 동시에 드러나며 화자를, 그리고 독자를 일순간 얼어붙게 만든다. 다른 누구도 아닌 내가 이런 말을 해도 되는 걸까? 내가 말한다고 달라지는 게 있기나 할까? 의심은 순간의 얼어붙음을 길게 늘이고 우리는 그렇게 길어진 순간들이 엮인 한 권의 소설책을 손에 쥐게 되었다.

말을 한 다음에는 무얼 해야 할지 아득해져 화자도, 독자도 아무것도 하지 못하는 와중 한 가지 이상한 든든함도 있었는데, 이번 소설집에 묶인 단편들이 꼭 계속되는 한 편의 이야기로 읽혔다는 점이 그러했다. 이번 소설의 화자가 다음 소설의 화자를, 다음 소설의 화자는 또 그 다음 소설의 화자를 바라보는 식으로 이어지는 이야기. 앞에 선 이에 대해 말을 하던 내가 뒤를 돌아보자 나에 대해 말하고 있는 또 다른 사람을 보게 되는 듯한 이 감각이 어쩌면 그다음 행동을 이어 가는 데 있어 어떤 실마리가 되어 주지 않을까. 이제는 의심 대신 이 어렴풋한 감각을 길게 늘여 보고도 싶었다.

정기현(소설가)

옮긴이
김이삭

평범한 시민이자 소설가 그리고 번역가. 『베스트 오브 차이니즈 SF: 중국 여성 SF 걸작선』, 『인사반파자구계통』 등 중화권 장르 소설과 웹소설을 우리말로 옮겼다. 한중 여성 작가 SF 앤솔러지인 『다시, 몸으로』를 기획했고, 『북방의 바람』으로 중국작가협회 번역 지원금을 받았으며 한중작가대담 기획·실행, 한—타이완 연극 교류 등 국제 문화 교류에 힘쓰고 있다. 저서로는 『한성부, 달 밝은 밤에』, 『감찰무녀전』, 『천지신명은 여자의 말을 듣지 않지』, 『북한 이주민과 함께 삽니다』 등이 있다. 홍콩 영화와 중국 드라마, 타이완 가수를 덕질하다 덕업일치를 위해 대학에 진학했으며 서강대학교에서 중국 문화와 신문방송을, 동 대학원에서 중국 희곡을 전공했다.

여신 뷔페

1판 1쇄 찍음	2025년 6월 2일
1판 1쇄 펴냄	2025년 6월 10일

지은이	류즈위
옮긴이	김이삭
발행인	박근섭·박상준
펴낸곳	(주)민음사

출판등록	1966. 5. 19. 제16-490호
주소	서울시 강남구 도산대로 1길 62(신사동)
	강남출판문화센터 5층(06027)
대표전화	02-515-2000	팩시밀리 02-515-2007
홈페이지	www.minumsa.com